Reiner Kotulla

Merle

Impressum
Texte: © Copyright by Reiner Kotulla
Umschlag: © Copyright by Reiner Kotulla
Verlag: Reiner Kotulla
Karlstraße 33
96515 Sonneberg
reiner.kotulla@t-online.de
Druck: epubli - ein Service der neopubli GmbH,
Berlin

Mach´s gut Merle

Kurzgeschichten vom Kennenlernen und sich Verlieren

Reiner Kotulla

epubli

Reiner Kotulla, geboren in Berlin (später DDR), war Betriebsschlosser, Schlosser unter Tage, Bauhilfsarbeiter, Soldat und Lehrer, bis er 2000 mit dem Schreiben begann. „Seine Romane bieten Gesellschaftskritik neben Unterhaltung, Fiktion, Spannung, Lokalkolorit und Erotik", meinte letztens jemand, der seine Überzeugungen teilt.

Die Handlung der Kurzgeschichten ist frei erfunden. Alle Figuren sind Erfindungen des Erzählers. Keine ist identisch mit einer toten oder lebenden Person.

Der Autor weist darauf hin, dass der vorliegende Text aus Kostengründen nicht lektoriert werden konnte. Er bittet um Nachsicht für formale Fehler.

Inhalt

Vorwort

Wer kennt sie nicht, die Geschichte von den Königskindern, die nicht zusammenkommen konnten? Da heißt es:

Es waren zwei Königskinder,

die hatten einander so lieb,

sie konnten beisammen nicht kommen,

das Wasser war viel zu tief. (...)

Oder das Gedicht von Heinrich Heine:

Ein Jüngling liebt ein Mädchen,

Die hat einen andern erwählt;

Der andre liebt eine andre,

Und hat sich mit dieser vermählt. (...)

„Es ist eine alte Geschichte", heißt es in der letzten Strophe von Heines Gedicht, und doch bleibt sie immer neu, so auch noch heute in Deutschland Ost und West nach der „Rückwende". Erotisches, Nachdenkliches, Heiteres in dreiundzwanzig Kurzgeschichten.

Ein Mädchen liebt einen Jüngling

Ein Jüngling liebt ein Mädchen,

Die hat einen andern erwählt;

Der andre liebt eine andre,

Und hat sich mit dieser vermählt...

(Heinrich Heine)

In zwei Stunden würde sie in Rostock sein, dann käme die unangenehm zu fahrende Strecke, die durch viele Ortschaften an der Küste entlangführt, über den Rügen Damm und die Insel nach Binz.

Sie denkt an ihren ersten Ferienaufenthalt dort, 1974. Damals war sie vierzehn Jahre alt.

Die Mutter einer Freundin, die im Berliner Friedrichstadtpalast beschäftigt gewesen war, hatte sie eingeladen, an einem Kinderferienlageraufenthalt teilzunehmen. Renate, die Freundin, war ebenfalls vierzehn Jahre alt und beide hatten, was Jungen betraf, gleiche Interessen. Oft bilden sich Mädchenfreundschaften unter Konkurrenzgesichtspunkten.

Ein attraktives Mädchen wählt ein weniger attraktives aus. Das bringt ihm den Vorteil, dass es beim Kennenlernen von Jungen von der Freundin weniger Konkurrenz zu erwarten hat.

Das weniger attraktive Mädchen geht die Freundschaft auch deshalb ein, weil es alleine oder mit einer ebenfalls nicht sehr attraktiven Freundin weniger Chancen hätte, überhaupt Jungen kennenzulernen.

Brigitte und Renate hatten nicht nur ähnliche Interessen was Jungen anbetraf.

So hatten beide an allem Gefallen gefunden, was aus dem Westen kam, Kleidung, Musik, Filme, Zeitschriften. Alles von drüben war für sie besser als gleichartige Produkte aus der DDR-Produktion.

Dass auch die Menschen dort für den Konsum dieser Dinge hart arbeiten mussten, und dass auch damals schon viele Menschen im Westen arbeitslos waren, interessierte sie nicht weiter.

Die schöne, bunte Fernsehwelt, die von dort herübergeflimmert kam, verschleierte auch gewaltig das wahre Bild der BRD. Und sie, eingemauert, hatten keine Gelegenheit durch eigene Anschauung zu realistischeren Bildern zu gelangen.

* * *

Es ist wenig Verkehr auf der Autobahn. Brigitte kehrt in Gedanken zu dem Kinderferienlageraufenthalt zurück. Sie erinnert sich an schöne Tage, aber auch daran, dass dort die Freundschaft mit Renate zu Ende ging.

Sie wohnten in Hütten, immer acht Mädchen oder Jungen in einer. Außer dem Schlafraum befanden sich dort noch ein Toiletten- und ein Waschraum. Natürlich wohnten sie und

Renate zusammen in einem Haus. Für jeden Tag gab es ein Programm, an dem alle, zusammen waren es fünfundzwanzig Mädchen und Jungen, teilnahmen:

Besichtigungstouren, Fahrten mit dem „Rasenden Roland", Kutterfahrten, „Schnitzeljagden" und Nachtwanderungen. Abends saßen sie oft am Lagerfeuer, und da viele Teilnehmer aus Künstlerfamilien kamen, wurde auch viel gesungen und getanzt.

Ein Junge, er war DDR-Meister im Klavierspielen, hatte es Renate angetan. Sie gefiel auch ihm, und bald gingen sie miteinander, wie man das damals nannte. Später wurde Brigitte eifersüchtig, glaubte ihrerseits in den Jungen verliebt zu sein.

An einem Abend, Renate tanzte mit dem Klavierspieler in der Nähe des Lagerfeuers, ging Brigitte hin und „klatschte ab". Etwas widerwillig, so schien es Brigitte, ging Renate zum Feuer zurück. Brigitte zog den Jungen zu sich heran, spürte dessen Erregung.

Man tanzte damals, wenn nicht auseinander, so, dass die eine Hand an der Schulter oder etwas über der Hüfte des Partners oder der Partnerin lag. Den anderen Arm ließ man lässig herunterhängen, die Hände waren ineinander verschränkt.

Wie zufällig steuerte Brigitte seine und ihre Hand so, dass sie seine Erregung spüren konnte. Nicht lange, und er beendete das Tanzen, küsste sie heftig. Er nahm ihre Hand und bedeutete ihr, ihm zu folgen.

Sie entfernten sich aus der Reichweite des Feuerscheins. Dann blieb er stehen, zog sie zu sich heran und küsste sie,

6

nun schon geschickter und länger. Seine Hände glitten an ihrem Rücken herab und verweilten rechts und links auf ihrem Po. Brigitte hatte es Spaß gemacht, ihn zu erregen. Sie stellte sie sich nun hinter ihn und steckte, unter dem Vorwand, ihr sei kalt, beide Hände in seine Hosentaschen. Nun streichelte sie ihn gezielt, und es dauerte nicht lange, bis er, heftig atmend, seine Hände erneut auf ihren Po legte.

Hätte er, so denkt Brigitte heute, danach das Gleiche mit ihr getan, wäre sicher so manches in ihrem Leben anders gelaufen. So aber nahm er sie bei der Hand und ging mit ihr zurück zu den im Kreis um das Feuer Sitzenden.

Sie hockten sich in eine Lücke und taten im Übrigen so, als sei nichts geschehen. Schlagartig verlor der Junge das Interesse an Brigitte, aber auch Brigitte das ihre an ihm. In diesem Sommer beendete Renate ihre Freundschaft mit Brigitte.

Wehmut überkommt Brigitte, sie hält auf einem Parkplatz, steigt aus und weint. Niemand ist in der Nähe.

* * *

Rügen hat sich verändert seit damals. Kurz vor Sellin erblickt sie linker Hand eine Häuseransammlung und traut ihren Augen nicht. Zunächst erkennt sie am Stil der Architektur die schönen Villen wieder, die sich in allen größeren Ostseebädern diesseits der Strandpromenade befinden.

Das Zentrum eines jeden Bades bildet dort die Seebrücke. Die Häuser sind in der Regel zweistöckig gebaut. Hölzerne, verspielt wirkende Vorbauten, Balkone und Eingangsüberdachungen prägen den Charakter der Gebäude. Oft sind es Hotels oder Pensionen.

Brigitte hat kurz angehalten, um sich die Verkitschung dieses Baustils anzuschauen. Fünf- und sechsstöckige Hotelbauten, Disneyland auf Rügen.

Sie kommt nach Binz und parkt ihr Auto im unteren Teil der Stadt. Mit der Sicherheit, die ihr ihre Kreditkarte verleiht, geht sie die Hauptstraße hoch, die an der Seebrücke endet. Links und rechts Baustellen und Hotelneubauten, die noch recht unbewohnt wirken. Dasselbe Bild in der Parallelstraße.

Hier möchte sie nicht wohnen, und so entfernt sie sich vom Zentrum der Stadt. Bei einem lang gestreckten, verfallenen Haus bleibt sie stehen. Die Schrift an der Giebelseite des Hauses ist kaum noch zu lesen. Sie entziffert, dass es sich hier um das ehemalige Betriebserholungsheim eines Landmaschinenkombinates handelt. Sie geht weiter und findet in einer Nebenstraße eine dieser schönen alten Villen mit entsprechenden Holzvorbauten.

Ein Schild: „Zimmer frei". Hier will sie wohnen. Auf ihr Klingeln erscheint eine ältere Frau. Brigitte mietet ein Zimmer mit Bad. Der Wirtin sagt sie, dass sie etwa drei Tage bleiben wolle.

Am letzten Tag fährt sie hinaus. Kurz hinter Binz, in Richtung Sellin, so erinnert sie sich, biegt sie nach links ab, fährt wieder in Richtung Küste. Wenige Kilometer, und sie hält vor dem Tor.

Neben dem verrosteten Eisentor ist ein Loch im Zaun. Danach steht sie auf einer verwilderten Wiese. Etwa einhundert Meter weiter, und sie kommt an einem Sockel vorbei, an dem früher Feuerlöschgeräte angebracht waren. Dann, das erste Haus, Birken recken sich aus den Fenstern. Ein rissiger Betonplatz, das Zentrum, an den Rändern Laternen in Peitschenmastform.

Ihr Haus, vor dem hohlen Eingang eine etwa zehn Jahre alte Kiefer. Sie geht hinein. Unrat überall.

Ihr Zimmer – Renate. Gegenüber dem Haus der Lagerfeuerplatz. Der Meister im Klavierspielen. Sie setzt sich auf einen Findling und lässt Erinnerungen und Gefühlen freien Lauf.

Langsam gelangt sie zurück in die Gegenwart. „Wohin fahren wohl heute die Nachkommen all dieser Kinder, die hier ihre Ferien verbracht haben?" fragt sie sich.

Dann fährt sie zurück.

Mach's gut Merle

„Meine Damen und Herren, in Kürze erreichen wir Berlin Spandau ...", riss es ihn aus seinen Erinnerungen.

Am Ostbahnhof stieg er aus. Axel Benrath mochte diesen Bahnhof mehr als den Hauptbahnhof. Der erschien ihm übersichtlicher, und es gab dort das Restaurant, „Alles Worscht", wo man eine schmackhafte Currywurst und dazu ein Berliner Bier zu einem guten Preis bekam. Auf Reisen orientierte er sich gerne an Shakespeares Wort: „Wenn du in Rom bist, mach es wie die Römer."

Zum Glück wusste man nie, was der Rest des Tages noch bringen würde. So auch er nicht, als er in die S-Bahn stieg. In einem Moabiter Hotel hatte er ein Zimmer gebucht. Wie früher als Kind und Jugendlicher blieb er an der S-Bahn-Tür stehen, schaute hinaus. Plattenbauten, leicht heruntergekommen in den letzten Jahrzehnten. Im Zentrum der Hochhäuser, völlig verkommen, die Gebäude, die dereinst das kulturelle Herzstück jeder Plattenbausiedlung bildeten: Kindergarten, Kinderkrippe, Jugendklubhaus, Dienstleistungskombinat und Kaufhalle. Die Wohnhäuser, und die sozialen Einrichtungen, nicht unbedingt schön anzusehen, aber einmalig in der deutschen Geschichte ...

„Bellevue, sie haben Anschluss zur Tram ..."

Er stieg aus und blieb vor einem Gebäude stehen, das früher, in den neunzehnhundertfünfziger Jahren ein Kiosk war. Einmal in der Woche hatte ihn damals sein Vater rübergeschickt in den Westsektor. Ein halbes Pfund Kaffee, und Filterzigaretten, beides im Osten selten oder gar nicht zu haben, hatte er hier gekauft und teuer bezahlt bei einem Kurs von eins zu fünf, Westmark zu Ostmark.

Axel Benderath verscheuchte die Erinnerungen, musste sich auf den Weg zum Hotel und Tagungsort konzentrieren.

Seit 1996 fand jeweils am zweiten Samstag im Januar die Internationale Rosa-Luxemburg-Konferenz in Berlin statt. Hier trafen sich regelmäßig mehr als 2000 Menschen unterschiedlicher Herkunft und unterschiedlichen Alters, um über die Aktualität des Werkes von Rosa Luxemburg, über linke Theorie und Politik, Geschichte und Gegenwart antiimperialistischer Bewegungen und Perspektiven gesellschaftlicher Veränderungen zu diskutieren. Vortragende wie Besucher der Konferenz kamen aus unterschiedlichen politischen Zusammenschlüssen oder waren unorganisiert. Alle einte die Suche nach Wegen, die mörderische, sozialreaktionäre Entwicklung zu durchbrechen, der Wille, den Kapitalismus zu überwinden und die Einsicht in die Notwendigkeit einer sozialistischen Perspektive.

Die Jahre zuvor hatte er mit großem Interesse an dieser Konferenz und mit Begeisterung an der am Tag danach stattfindenden Demonstration für Rosa und Karl teilgenommen und hatte in den Veranstaltungspausen mit anderen diskutiert. Einmal auch mit dem „Staatsratsvorsitzenden". Zufällig hatte

11

der sich an seinen Tisch gesetzt, und sie waren ins Gespräch gekommen.

Vor einiger Zeit beschäftigte sich Axel Benderath mit der Frage, warum sich ein Teil der Jugend der DDR enttäuscht von ihrem Staat abgewandt hatte. Dabei erinnerte er sich an seine Zeit in dieser Republik und dabei an ein Erlebnis, das zeigte, wie man auf den Einfluss westlicher Musik von offizieller Seite reagiert hatte. Rock and Roll, das war die Musik seiner Jugend gewesen. Er wurde gespielt, und es wurde danach getanzt, nicht nur im Westen. So geschehen auch an den Sonnabenden, wenn im Klubhaus seines Betriebes, einer ehemaligen Unternehmervilla, Tanz angesagt war.

Einmal war, nachdem die Kapelle eine ganze Serie dieser Musik gespielt hatte, der Sekretär der Freien Deutschen Jugend auf der Bühne erschienen und hatte sich über den Charakter derartiger „US-amerikanischer Unkultur" ausgelassen. Schließlich hatte er damit gedroht, die Kapelle anzuweisen, nur noch Walzermusik zu spielen, sollte nicht „anständig" getanzt werden. Gesagt getan, und wie haben wir darauf reagiert? Wir zeigten, dass man auch auf Walzerklänge Rock and Roll tanzen konnte.

Das also hatte Axel Benrath dem „Ehemaligen" erzählt. Der hatte gelächelt und gesagt: „Ich bin mir sicher, wäre diese Musik aus der Sowjetunion zu uns gelangt, wir hätten sie ohne Wenn und Aber akzeptiert.

Heute war Axel Benraths Interesse an politischen Fragen nicht sonderlich groß. Mehr aus guter Tradition war er jetzt

12

hier. Die Krise, in der er mit Judith steckte überlagerte alles, bestimmte all sein Denken. Wie hatte es bloß dazu kommen können, war die bohrende Frage.

Schließlich machte er noch einen Rundgang über den Büchermarkt im überdachten Innenhof. Da waren die Aussteller schon dabei abzubauen. „Das war's", dachte er und begab sich in sein Zimmer. Dort saß er und grübelte. Plötzlich gab er sich einen Ruck. „Nein, so geht es nicht", dachte er, „ich muss unter Menschen, und hoffentlich finde ich in der Hotelbar jemanden, mit dem ich mich unterhalten kann."

Kaum besucht, stellte er fest, als er sich in der Bar umschaute. An zwei Tischen saßen Leute, da mochte er sich nicht dazusetzen. An der Bar selbst stand niemand, was sollte er also da? Linker Hand eine kleine Sitzgruppe um einen Tisch. Er ging an die Bar, kaufte sich ein Bier und setzte sich dort hin. „Das eine Bier und dann doch ins Bett – leider", dachte er. Da öffnete sich die Tür und eine größere Anzahl Leute betrat den Raum. Na endlich, freute er sich schon, als sich die ganze Gruppe in die hintere Ecke begab. Dort standen Taschen, Rucksäcke und Koffer. Alle bemächtigten sich ihres Gepäcks und verschwanden, so schnell wie sie gekommen waren.

Axel Benderath setzte die Bierflasche an die Lippen, auf ein Glas verzichtete er gerne, meinte, Bier schmecke besser aus der Flasche.

„Entschuldigung, darf ich mich zu ihnen setzen?"

Ein wenig schreckte er zusammen, hatte nicht bemerkt, dass die Frau an seinen Tisch getreten war. Natürlich hatte er nichts dagegen, bat sie, Platz zu nehmen.

Später konnte er sich kaum daran erinnern, worüber sie sich im Einzelnen unterhalten hatten, nur daran, dass sie Merle Gähler hieß und Teile ihres Lebens vor ihm ausgebreitet hatte. Und das in einer Offenheit, die ihn dazu animiert hatte, ebenso offen über sich zu sprechen.

Weil sie ihre sogenannte große Liebe in Teilen beschrieben hatte, auch, indem sie ihm einen Brief an den Geliebten vorlas, ließ er anklingen, einmal vor vielen Jahren eine Nacht mit zwei Freundinnen verbracht zu haben.

Sie war interessiert. Lächelnd ermunterte sie ihn zu erzählen. Erstaunt über seinen Mut, noch nie hat er jemandem davon berichtet, zögerte er nicht. Er sagte, dass er unter anderem Politikwissenschaft studiert habe.

„Also", begann er, „es war in einem dieser Seminare, in dem es dem Dozenten in der Hauptsache darum ging, seine Referatsthemen an die Studentinnen zu vergeben, womit er sich den Vorteil verschaffte, nur zuhören und bei Bedarf korrigieren zu müssen. An die Studentinnen, stimmt nicht ganz, war ich doch der einzige männliche Seminarteilnehmer. Ein Vorteil, wie es sich bald herausstellen sollte.

‚Setz dich doch zu uns‘, meinte Renate. Wir kannten uns aus der Asta-Arbeit. Ich schätzte sie auf etwa fünfunddreißig Jahre, so alt wie ich. Sie rutschte einen Platz weiter. Gerne kam ich ihrer Aufforderung nach und setzte mich zwischen sie und Barbara, ihre Freundin, die ebenfalls schon über dreißig sein musste. Alle Drei hatten wir wahrscheinlich schon in anderen Berufen gearbeitet.

‚Ist eigentlich Gruppenarbeit erlaubt?‘ fragte Renate den Seminarleiter. Der zögerte einen Moment: ‚Aber höchstens drei.‘

‚Und?‘ fragte Renate und stieß mich leicht mit ihrem Ellenbogen in die Seite. Ich hatte nichts dagegen und nickte mit dem Kopf. Barbara fragte sie nicht, und so nahm ich an, dass sich die beiden zuvor abgesprochen hatten. Am Abend gingen wir zusammen ins Bett. (…)“

Merle hatte ihn nicht ein einziges Mal unterbrochen. Jetzt, da er geendet, schwieg sie. Er schaute sie an und wollte schon fragen, ob er in seiner Offenheit wohl zu weit gegangen sei. Sie meinte daraufhin: „Ich habe Ähnliches erlebt.“

„Erzähl mir davon“, bat er sie, sicher auch, um zu erfahren, ob sie ihm die gleiche Offenheit entgegenbrachte. Tatsächlich, nach kurzem Zögern erzählte sie ihm von ihrer Jugendliebe, und wie es war, als sie ihn nach vierzig Jahren wiedergetroffen hatte.

Schließlich sprachen sie über die Gegenwart. Er erwähnte, dass er sich zurzeit in einer sehr schwierigen Situation befände, fürchte, dass seine Freundin ihn verließe, und er sehr darunter leide.

Sie redeten und redeten miteinander, merkten dabei nicht, wie die Zeit verging. Dabei saßen sie einander zugewandt nebeneinander. Beide hatten einen Arm auf der Sessellehne liegen, und es wäre für sie oder ihn ein Leichtes gewesen, die Hand des anderen zu berühren. Bei ihm war es nicht fehlender Mut, der ihn daran hinderte, sondern Judith, seine Freundin, die gedanklich ständig zwischen ihm und Merle saß. Bei weitem nicht alles erzählte er, aber genug, dass Merle zu verstehen glaubte, warum seine Hand nicht die ihre berührte. Und sie, behaftet in ihrer eigenen Vergangenheit, wagte es ebenso wenig, den Abstand zwischen ihren Händen zu überwinden.

Indem die Kellner begannen, die Stühle auf die Tische zu stellen, wiesen sie dezent darauf hin, dass die Bar geschlossen werden sollte. Die beiden erhoben sich, ergriffen ihre Utensilien und strebten dem Ausgang zu.

Etwa fünfzig Meter betrug der gemeinsame Weg zu den Hotelzimmereingängen. Der seine links, der ihre rechts des überdachten Innenhofes, wo gestern noch die Büchertische standen. Jetzt wechselten sie kein Wort miteinander, standen sich schließlich einander gegenüber.

„Begleitest du mich morgen früh zum Sammelpunkt der Demo?" fragte Merle.

Axel Benrath zögerte, war sich gar nicht mehr so sicher, ob er überhaupt dorthin wollte oder ob er nicht besser nach Hause fahren sollte, um Judith nicht zu verpassen.

„Ja, mach ich", sagte er, und war ein wenig erleichtert, nicht wissend warum.

16

„Dann können wir uns doch um halb acht zum Frühstück treffen", sagte sie.

„Gerne."

„Na, dann bis morgen", meinte sie und wandte sich nach rechts.

„Bis heute", rief er schon im Weggehen und nahm den linken Eingang. Was wäre gewesen, wenn sich unsere Hände berührt hätten, fragte er sich, kurz bevor er einschlief. Doch sein letzter Gedanke gehörte ihr, der Frau, die ihn verlassen wollte.

Zum vereinbarten Zeitpunkt saß er an einem Tisch für zwei im Frühstücksraum. Er wollte auf sie warten, bevor er sich am Buffet bediente. Dann kam sie, setzte sich ihm gegenüber, lächelte. Jeder Beobachter mochte glauben, dass er schon vorausgegangen war, während sie noch im Bad zu tun hatte.

Auch an das, worüber sie sich am Frühstückstisch unterhalten haben, konnte er sich später nicht mehr erinnern. Was er von ihr wusste war ihr Name, ihre E-Mail-Adresse, dass sie aus Thüringen kam und Mitglied derselben Partei war wie er.

In der U-Bahn standen sie dicht beieinander, ohne sich jedoch zu berühren, hielten sich mit jeweils einer Hand an einer senkrechten Metallstange fest. Etwa fünf Zentimeter betrug die Differenz zwischen ihren beiden Händen – unüberwindbar, wie es den Anschein hatte.

Als sie sich am Frankfurter Tor in den Demonstrationszug einreihten, beschloss Axel Benrath, von einer inneren Unruhe erfasst, den Weg nach Hause anzutreten. Sie umarmten sich kurz. Er sagte: „Mach´s gut Merle", wandte sich um und ging.

Drei Monate später suchte und fand er den Zettel mit ihrer E-Mailadresse.

Darf ich mich zu Ihnen setzen?

Der Tag, auf den ich so lange gewartet hatte, war endlich da - der 13. Januar 2016. Am Vormittag, so gegen 10 stand ich frierend auf dem Bahnsteig in Lichtenfels und wartete auf den ICE. Es war meine zweite Fahrt, die ich mit solch einem Zug alleine unternahm, und ich war ziemlich aufgeregt. Aufgeregt in Bezug auf das, was vor mir lag und aufgeregt in Bezug auf das, was hinter mir lag. Hinter mir lagen unruhige Wochen und Monate, denn seit meine über 40 Jahre andauernde Ehe ein plötzliches Ende gefunden hatte, war mein Leben wie auf den Kopf gestellt. Mein „Zweites Leben", so nenne ich diesen Lebensabschnitt, war gekennzeichnet durch Abenteuer aller Couleur. Jetzt sollte mich der ICE nach Berlin bringen, in eine Stadt, der ich mich schon immer sehr verbunden fühlte, denn sie war für mich der Ort, welcher den literarischen Hintergrund vieler meiner Lieblingsromane bildet. Das Berlin der Zwanziger und dreißiger Jahre des 20. Jahrhunderts wollte ich zum wiederholten Male „ertasten". Ich freute mich darauf, von der S-Bahn aus die wenigen erhalten gebliebenen Hinterhöfe alter Mietskasernen zu sehen, deren quirliges Miteinander Hauptinhalt jener Romane war. Ja, meine Lieblingsschriftstellerinnen Anna Seghers, Hedda Zinner und Elfriede Brüning hatten mir das Leben und den Kampf der Berliner Arbeiter in der Weimarer Republik nahegebracht.

Das oberfränkische Lichtenfels, die Korbmacherstadt, hatte nichts, aber auch gar nichts mit dem roten Berlin gemein. Meine Aufregung, die daher rührte, dass ich alleine und mit schwerem Gepäck reiste, war noch vergrößert worden, weil an jenem Tag ein Orkan den Verkehr in Südthüringen und Oberfranken fast lahmgelegt hatte. Mein Cousin, der mich von meiner Heimatstadt aus mit dem Auto nach Lichtenfels fahren wollte, versetzte mich, und ich war gezwungen, mit dem Taxi, das vor dem Friseur gewartet hatte, zu fahren. 90 Euro kostete mich der Spaß. Friseur und schweres Gepäck - ja, ich wollte wohl die Schönste sein auf der Konferenz, für die ich über die Zeitung „Junge Welt", meine ehemalige FDJ-Zeitung, Karten gebucht hatte. Jahrelang reifte in mir der Wunsch, einmal an dieser Veranstaltung, der Rosa-Luxemburg-Konferenz teilzunehmen. Jene Konferenz ist seit Jahren ein Treffpunkt für Linke, für Sozialisten und Kommunisten mit und ohne Parteibuch. Immer war es am Geld gescheitert. Seit ich mein Einkommen durch einen Nebenjob als Sprachkursdozentin aufbesserte, konnte ich mir einen solchen Hotelaufenthalt locker leisten. Die Konferenz war für mich ein Novum, aber die Liebknecht-Luxemburg-Demo am darauffolgenden Tag, am 15. Januar, dem Tag der Ermordung dieser beiden großen Persönlichkeiten der deutschen Arbeiterbewegung, wollte ich zum dritten Male erleben. Für mich als ehemalige Geschichts- und Deutschlehrerin an einer Polytechnischen Oberschule der DDR, als eine, die nicht wie viele ihrer Schul- und Studienfreunde und viele ihrer Kollegen ihre Gesinnung „abgegeben" hatte, als der kalte Wind der Konterrevolution ihnen ins Gesicht blies, sollten Konferenz und

Demo zu einem emotionalen Höhepunkt werden. Dazu kam noch, dass ich locker und leicht mit Martin verabredet war, in den ich mich fünf Monate vorher verliebt hatte. Ich traf ihn auf einem linken Pressefest im Ruhrpott. Er, ein Wessi aus dem Norden, war der erste Mann in meinem Leben, mit dem ich weltanschaulich-politisch im Gleichklang tickte. Dies war etwas, was mich zutiefst berührte. Aber nicht nur deshalb hatte ich mich in ihn verliebt, sondern auch, weil er für sein Alter, er ist drei Jahre jünger als ich, ganz gut aussieht: Volles blondes Haar und 1 Meter 98 Körpergröße. Wir beiden sahen bestimmt ganz lustig aus beim Schmusen an der Haltestelle Dortmund, wenn man bedenkt, dass ich nur 1,58 groß bin. Aber auch die Erzählungen über seine Hobbys, er war in den Sechzigern Schlagzeuger und Sänger in einer West-Rockband gewesen, über seine berufliche Biographie, er ist Buchdrucker, und vor allem über seine politische Entwicklung beeindruckten mich stark. Er ist Kommunist wie ich, aber er hatte es schwerer als ich, zu den gleichen weltanschaulichen Erkenntnissen zu gelangen. Mein politischer Weg war, unspektakulär ausgedrückt, ein geradliniger.

Zurück zum Lichtenfelser Bahnsteig. Wie immer, wenn ich warten musste, quatschte ich jemanden an, in diesem Falle eine junge Frau, die mir erzählte, sie führe jede Woche nach Berlin zu ihrem Freund. Ich bat sie, mir beim Orientieren auf Wagen- und Sitzplatznummer zu helfen. Sie sagte zu. Auf einmal durchfuhr mich ein großer Schreck. Mir war, als ob mein Herz stehenbliebe. Ich hatte auf meinen Rucksack geschaut und festgestellt, dass die Außentasche offen und leer war. ‚Alles aus! Wieder eine Konferenz und eine Demo ohne dich‘, so meine Gedanken. Ich musste mich an der jungen Frau festhalten, um nicht umzukippen. Ganz plötzlich fiel mir ein, dass ich mir am Kiosk eine Zeitung gekauft und mein Portemonnaie wahrscheinlich in die Innentasche des Rucksacks gesteckt hatte. Ja - so war es, und ich hörte geradezu den Stein vom Herzen plumpsen. Die weitere Reise verlief ohne besondere Vorkommnisse, und in Berlin bezahlte ich dem Taxichauffeur, der mich zum Hotel brachte, meine zweite saftige Taxirechnung an diesem Tage. Dies alles aber konnte meine Laune nicht trüben. Für den Freitagabend war ich in die „Volkskammer", eine DDR-Nostalgie-Gaststätte eingeladen. „Du darfst aber nicht glauben, dass ich in diesen drei Tagen nur Zeit für dich habe", hatte mein Wessi-Freund verkündet. Diese Worte ärgerten mich genauso wie seine geradezu gönnerhaft anmutende Bemerkung: „Ich werde dich mit meinen Berliner Freunden bekanntmachen." Da saßen sie nun in der "Volkskammer", Marie, Udo, Kurt, Horst und Natascha, die Russin. Alle waren mir vom ersten Augenblick an sehr sympathisch. Wir aßen Rostbrätchen, Broiler, Soljanka u. a und tranken Bier. Auch Wodka-Runden waren angesagt. Als es ans Bezahlen ging, regte sich mein Freund auf und sagte, dass er doch gar nicht so viel gegessen und getrunken hätte. Daraufhin Marie: „Die Runden müssen ja gerecht aufgeteilt werden." Ich fand dies einfach nur peinlich, genauso wie die Tatsache, dass er sich den ganzen Abend über kaum um mich gekümmert hatte. Marie meinte aufmunternd, denn sie hatte meine Enttäuschung bemerkt: "Vergiss diesen Typen mit Bausparvertrag, das hast du nicht nötig."

Ihre Worte bewahrheiteten sich sehr schnell, denn dieser Typ mit Bausparvertrag stand plötzlich auf und strebte mit seiner Genossin aus Niedersachsen der Tür zu, ohne sich zu verabschieden. Ich saß dort wie bestellt und nicht abgeholt und wusste nicht, wie ich um Mitternacht vom Ostbahnhof nach Moabit in mein Hotel gelangen sollte. Mir bleibt wieder nur eines, ein Taxi mit einem türkischen Fahrer, der sicherlich erneut einen großen Umweg fahren wird, so dachte ich. Zum Glück mussten Kurt und Horst, zwei junge Männer, relativ junge, versteht sich, auch nach Hause, und so teilten wir uns das Taxi Geld. Allerdings machte ich erst einmal in der Boxhagener stopp, denn dort wohnte Horst. Beim Weg in seine Wohnung mussten wir durch einen der Hinterhöfe, auf die ich mich so gefreut hatte. Zum ersten Male in meinem Leben genoss ich das Gefühl, in einer Berliner Proletengegend zu sein. Es war geradezu berauschend, auch wenn es nicht der Rote Wedding war. Als Horst seine Wohnungstür aufschloss, begrüßte mich in seinem Flur ein gesticktes Wandbild von Teddy, von Ernst Thälmann, dem 1944 ermordeten Führer der deutschen Kommunisten, und ich fühlte mich zu Hause, auch wenn das Bild verkitscht wirkte. Bei den danach folgenden Gesprächen mit Kurt und Horst ging es mir gut, denn sie sind wie ich Ossis, wenn auch aus der Generation meiner Tochter. Ich glaube, beide leben als Paar zusammen. Schlagartig wurde mir bewusst, dass ich mit dieser Begegnung meine Vorurteile gegenüber Schwulen zur Seite gerückt hatte. Der Wodka floss reichlich in dieser Nacht. Er konnte reichlich fließen, denn ich hatte vor dem Einsteigen ins Taxi bei einem türkischen Händler eine große Flasche gekauft.

Seit meiner Studentenzeit vor weit über 40 Jahren rauchte ich wieder Zigaretten. Als ich dann in mein Taxi stieg, welches mir Horst gerufen hatte, dachte ich, gut, dass alles so gelaufen ist. Mit Martin wäre es bestimmt weniger gemütlich gewesen, denn die Wessi-Landsleute können manchmal ganz schön anstrengend sein. In meinem Hotelzimmer angekommen, duschte ich und lag dann so gegen zwei in meinem Bett. Mit einem Baldrian-Dragee konnte ich nach einer halben Stunde sogar einschlafen und wurde dann pünktlich um 7 von einer freundlichen Hotelangestellten per Telefon geweckt. Ich zog meinen neuen dunkelblauen Hosenanzug an sowie eine weiße, leicht durchsichtige Bluse mit Spitzenbesatz und blaue Pumps. Vom teuren Hotelfrühstück gestärkt, wartete ich auf den Beginn der Konferenz, die, davon war ich überzeugt, zu einem Höhepunkt in meinem politischen Leben werden würde. Ich spürte, ein ereignisreicher Tag lag vor mir, wusste aber nicht, dass dieser Tag meine kühnsten Erwartungen übertreffen sollte.

Soweit – so gut! Meine Erwartungen, den Mann betreffend, mit dem ich verabredet war, erfüllten sich jedoch nicht. Auf meiner Heimfahrt am übernächsten Tag schrieb ich ihm in einer WhatsApp Folgendes: „Mein guter Martin, Du warst eine einzige große Enttäuschung." Warum das? Am Konferenztag sprachen wir nur etwa eine Viertelstunde miteinander und dies bei einer Tasse Tee im Hotelcafé. Zweimal hatte er mich versetzt.

Einmal in der „Volkskammer" und einmal ließ er mich im Cafè K, einem von Genossen meiner Partei eingerichteten und betriebenen Treffpunkt, einfach bei einem Freund sitzen, nachdem er erklärt hatte, Getränke holen zu wollen. Ich kam mir wieder vor wie bestellt und nicht abgeholt. Und auch für einen Liederabend, der das Konferenzprogramm beendete, waren wir verabredet. Ich hatte mich auf das gemeinsame Singen von roten Liedern gefreut, denn bei einem solchen Abend hatten wir uns einige Wochen vorher kennengelernt. Der 1,98-Meter-Mann war nicht zu sehen, übersehen hätte ich ihn ja nicht können. Also – Enttäuschung auf der ganzen Linie. Nach dem Programm, welches ich dennoch genossen hatte, legte ich mich wütend auf mein Hotelbett und schlief etwa eine Stunde. Ausgeruht, „geschniegelt und gebügelt" sowie so parfümiert, dass ich, wie meine Tochter einmal bemerkte, wohl wie ein Parfümladen roch, machte ich mich auf den Weg zur Hotelbar. Dort bestellte ich mir einen Cocktail, den ich in einem Zug trank, um danach einen weiteren, es war wohl ein Mojito, zu bestellen. Ja – ich wollte mich besaufen. So saß ich nun auf dem Barhocker, blickte in die Runde und überlegte: Wer mag hier im Mercure MOA „normaler" Hotelgast sein und wer ist auf der Rosa-Luxemburg-Konferenz gewesen? An einem der niedrigen Tische in der Nähe der Bar saß „mutterseelenalleine" ein Mann mit graumeliertem Haar. Bei dem abgedunkelten Licht bemerkte ich nur, dass er etwa in meinem Alter war und gut aussah. Es war wohl dem Alkohol geschuldet, dass ich sehr mutig wurde, mein halbvolles Cocktailglas nahm, zu seinem Tisch ging und fragte: „Darf ich mich zu Ihnen setzen?"

Er nickte, und ich setzte mich ihm gegenüber. Schon nach wenigen Minuten waren wir per Du, denn er war nicht nur wie ich auf der besagten Konferenz gewesen, sondern er war auch mein Genosse, Genosse der DKP, der Deutschen Kommunistischen Partei. Und – was mich ebenfalls überraschte, er war Lehrer wie ich und hatte sogar die gleichen Fächer unterrichtet, Geschichte und Deutsch. Somit gab es Gesprächsstoff ohne Ende. Nachdem wir etwa eine Stunde über Gott, die Welt und ihre Menschen und dies aus der Sicht von Marxisten geredet hatten, wurde das Gespräch Stück für Stück persönlicher. Ich erfuhr so einiges von ihm: Wessi, geboren in Ost-Berlin, verheiratet und in einer Ehekrise steckend. Zum Glück hielt uns dies nicht davon zurück zu lachen. Gelacht haben wir über Storys aus unserer Jugendzeit, die doch ziemlich unterschiedlich verlaufen war. Ein politisch denkender Mensch in der DDR und der BRD während der 60er und 70er Jahren zu sein, dies waren aufgrund der unterschiedlichen Lebens- und Arbeitsbedingungen doch völlig unterschiedliche Filme. Das waren Filme, in denen die „Westler" über andere Dinge lachten als die „Zonis", sich über andere Dinge ärgerten, andere Dinge genossen, andere Dinge fürchteten. Ja, auch die Begrifflichkeiten waren und sind andere. Später, wenn ich an diese Begegnung dachte, fiel mir der Spielfilm mit dem Titel „Jedes Jahr im Juni" ein, in welchem die Geschichte einer Ost-West-Liebe, genau in jenen Jahrzehnten, geschildert wird, ein Film, der mich sehr berührte, obwohl ich damals, als ich ihn sah, noch nicht wissen konnte, dass mir einmal, oder besser zweimal, Männer aus dem Westen über den Weg laufen würden.

Jürgens Stories waren so ganz anders als meine. Ich erinnere mich an eine Geschichte, in der er zwischen zwei attraktiven Kommilitoninnen im Bett lag, die beide etwas von ihm wollten, er aber nicht mehr Manns genug war. In meinem Studentenleben, das sich nicht an der freien Liebe der Kommune 1 alias Uschi Obermaier und Rainer Langhans orientierte, wäre dies nicht möglich gewesen, denn wir wohnten in Sechs-bzw. Achtmannzimmern mit Spind und Doppelstockbetten, zumindest in den ersten vier Semestern. Möglich waren also nur harmlose Liebeleien ohne Sex, da man fast nie ungestört war. Von einer solchen Liebelei erzählte ich ihm, von einer Liebelei mit einem Kommilitonen aus meiner Seminargruppe. Seminargruppen waren etwas, das er nicht kannte. Demzufolge war er nicht in der Lage, diese „DDR-Seilschaften" in ihrer Bedeutung für uns einschätzen zu können. Das Objekt meiner jugendlichen Begehrlichkeiten hatte ich nach über vierzig Jahren wiedergetroffen. Seitdem korrespondierten wir. Einen der Briefe an ihn trug ich bei mir. Nachdem mein neuer Bekannter und Genosse aus dem Westen die Geschichte über die beiden Mitstudentinnen, zwischen die er geraten war, mit den Worten „Dies habe ich noch niemandem außer dir erzählt," beendet hatte, und ich mich kurz über das ungeheure Vertrauen, welches er mir damit entgegenbrachte, wunderte, bekam ich Lust, ihm diesen Brief vorzulesen.

Lieber Stefan,

am 25. Mai, ausgerechnet am dritten Jahrestag unserer Wiederbegegnung, öffnete ich kurz vor Mitternacht Deine letzte Mail - und mir war, um es bildhaft zu sagen, als ob ich von Wolke 7 auf einen kalten Betonboden geklatscht wäre. Ja, auf den Boden geklatscht, oder, anders ausgedrückt: benutzt und weggeworfen, wie einen alten Lappen. Bitte verzeih, aber es fühlt sich bei mir einfach so an! Benutzt, weil ich genau drei Jahre lang, unwidersprochen, Dein Ego streicheln durfte und dies sehr intensiv, sehr zärtlich und langanhaltend. Benutzt auch, weil Du bei mir mit Deinem Verhalten den Eindruck erwecktest, dass Dir doch etwas an mir liegt. Und jetzt, nach diesem abrupten Ende, sind meine Zweifel ganz, ganz groß, aber alles in mir sträubt sich gegen diese Zweifel, und ich gebe nicht auf, dazu bist Du mir einfach zu wichtig, die Hoffnung stirbt ja bekanntlich zuletzt! Fairerweise hast Du mir von Anfang an zu verstehen gegeben, dass Du nicht frei seist für mich. Ich akzeptierte es und versuchte immer wieder, mich zurückzunehmen. Mit der Schauspielerin Hannelore Elsner, der Geliebten des "Patriarchen", sagte ich Dir: "Ich wollte Dich nie heiraten, sondern immer nur lieben." Und dann Deine lieben Fotos, Dein "Dein" vor Deinem Namen und vor allem die gelegentlichen Ausrufezeichen danach sowie Deine Texte, vor allem der Fontane und der Goethe, die bei mir gewollt oder nicht gewollt, was ja auch egal ist, doch Hoffnungen weckten, keine Hoffnungen auf eine feste Beziehung, das wäre von mir mehr als egoistisch gewesen, aber Hoffnung auf einige gemeinsame Stunden "Wege gehen, wo wenige Worte genügen/Wege, ohne Befürchtungen, ohne Erklärungen/Wege, nur mit Dir/nur für wenige Stunden / sich einfach nur fallen lassen/einfach nur sein - ganz nah an den Momenten des damaligen Seins" Du kennst diese Worte gut, denn Du schicktest sie mir, und ich passte sie unserer Situation an! War dies zu fordernd?

28

Stefan, was habe ich falsch gemacht, womit habe ich diese Gefühlskälte, diesen "kalten Abschied" verdient? Fühlst Du Dich jetzt besser? Glaubst Du, damit Dein schlechtes Gewissen, das Du permanent auf der Zunge hattest, ausgeschaltet zu haben? Glaubst Du, dass Du damit alles ungeschehen machen kannst - für Dich, für mich, für Deine Frau? Zurück zu unserer "heißen Nacht", ihrer Vorgeschichte und ihren Nachwirkungen. Heute vor einer Woche! Ich hatte alles auf mich zukommen lassen und versucht, mir keine Gedanken darüber zu machen, ob ich Dich an diesem Abend in der Gaststätte sehen würde oder nicht. Dass ich seit einem Jahr keine Zeit und keine Mühe scheute, um mit Renate gemeinsam unser Seminargruppentreffen zu organisieren, von dem ich mir einfach nur erhoffte, Dich zu sehen, Deine Stimme zu hören – das wusstest Du ja ganz genau. Und ich schrieb Dir auch, wie ich Deinen "Rückzug" empfand. Umso erfreuter und geradezu aufgekratzt wie ein Teenager, war ich, als Ihr dann alle, relativ früh, auftauchtet. Ich fand es blöd, dass Ihr Euch zunächst so verhieltet, als ob Ihr Euren traditionellen Herrenabend einfach fortsetzen wolltet und ging wieder, entgegen meinem ursprünglichen Naturell, in die Spur. Ich bat Rainer, sich zu Katrin und den anderen "Mädels" zu setzen, um ihn in ein Gespräch zu verwickeln, das sich um Katrins Verehrer drehte, einem unserer Dozenten, von dem sie angeblich nichts mehr wusste, aber beim Nachhaken sehr wohl. Einfach schön, diese Erinnerungen! Na ja, alles bekomme ich nicht mehr zusammen, denn ich hatte wohl einige Gläser Weißwein und den von Ulli spendierten Cognac intus, fühlte mich aber stocknüchtern. Ich unterhielt mich mit Ulli; in der Zwischenzeit gingen die meisten, und versuchte dabei, Deinen Blick zu erhaschen. Aber - vergeblich! Tanzstundenatmosphäre ist nichts dagegen! Ich hörte sehr wohl Deine Worte "mein Schatz", an Lissy gerichtet, oder?

Ich mag Lissy, obwohl ich wohl immer ein wenig eifersüchtig auf sie war, aber das weißt Du ja. Sie erzählte übrigens die Story, dass Du irgendwann, vor einer halben Ewigkeit von einer "Kontrolle" aus einem Bett in ihrem Zimmer vertrieben wurdest, nachdem man Deinen Studentenausweis eingezogen hatte. Nur nicht darüber nachdenken, wie lange dies alles zurückliegt! Aber, schön ist es, darüber nachzudenken, dass es dies gab! Ich glaube auch zu wissen, warum Du dies so laut und so demonstrativ sagtest, denn in Saalfeld wolltest Du mir weismachen, dass Du das Wort Schatz gegenüber der holden Weiblichkeit sehr häufig benutztest bzw. benutzt. Ja, und da war dann auch noch dieser Eklat, den Dein Kumpel Gerhard provoziert hat. Mich würde Deine Meinung dazu sehr interessieren, aber Du hast mir ja versichert, dass Du mir nicht mehr antworten wirst. Das tut weh, sehr, sehr weh, da ich nicht weiß, womit ich das verdient habe, denn Du schriebst mir einst, dass wir uns nicht mehr aus den Augen verlieren sollten. Ich hoffe ganz sehr, dass Du Dich eines anderen besinnst. Und nun zurück zu unserer "heißen Nacht", wie ich sie in meiner "Gefühlswelt" bezeichne. Ich war zwar alles andere als betrunken, weiß aber dennoch nicht mehr, mit welchen Worten wir uns auf den "Heimweg" machten, wer vor uns bzw. nach uns ging. Aber ich weiß noch, dass Du mich, ich glaube in der Nähe der Stadtmauer, küsstest. Ich spüre diesen und die nachfolgenden Küsse noch sehr intensiv und bin glücklich. Glücklich auch, weil das Küssen, ob Du mir es glaubst oder nicht, früher für mich mehr Frust als Lust war. Ich ließ Dich auch wissen, dass ich die berühmten drei Worte an diesem Ort und zu dieser Stunde zum ersten Male in meinem Leben sagte. Ach Stefan - warum, warum nur?! Viel mehr erwarte ich doch nicht! Was weiß ich noch? Ich sehe uns die Tür zum Hotel und dann die Zimmertür (Zimmerkarte steckt in meinem Portemonnaie) aufschließen.

Alles andere ist weg und dann kommen bei mir erst wieder die Bilder, die Eindrücke, als wir auf dem schönen breiten Bett landeten. Und dabei spüre ich Deine Küsse. Im Nachhinein fiel mir ein, dass wir kaum miteinander sprachen, obwohl ich mich doch so auf Deine weiche, dunkle Stimme gefreut hatte, und auch in die Augen konnte ich Dir wieder nicht blicken, obwohl ich dieses Mal nicht mit einer Bindehautentzündung geplagt war. Ich höre nur noch meine Liebesbeteuerungen und Dein, verzeih, Gestammel vom schlechten Gewissen. Und ich frage Dich noch einmal: Habe ich das verdient? Als ich am nächsten Morgen meine Sachen aufsammelte, und als ich heute meinen roten Rock bügelte, sah ich Dich vor mir, Deine karierten Boxer anziehen, und es wurde mir schmerzlich bewusst, dass es wieder keinen Abschied, schon gar keinen zärtlichen gab! Diese karierten Unterhosen werden wohl in meinem Kopf bleiben wie damals im Café am Steinweg diese schmiedeeisernen Raumteiler. Dämlich, was! Und noch etwas fällt mir zu dieser eigenartigen Abschiedsszene ein: Mein Geschenk nahmst Du erst, als ich Dir "drohte", es wieder an Deine Schuladresse zu schicken. Ach, Stefan, das kann doch nicht das ENDE gewesen sein! Wie singt Marlene D.: Nun sitz ich hier mit der l'amour und kommst du wieder mal retour...Du hast ja angekündigt, dass Du mir nicht antworten willst, aber, die Hoffnung... Signalisiere mir wenigstens, ob Du meine Zeilen gelesen hast oder ob ich sie nur für das www geschrieben habe!

Dennoch - trotz alledem und alledem

für immer

Deine Judith,

die Deinen Namen, der doch so gar nichts Außergewöhnliches an sich hat, schon immer mochte, die Deinen "schönen Gang" (siehe Lilly Marleen) und Deine Hände liebt, die Deine Stimme unter Tausenden herausfinden würde und Deine Augen mag, die zumindest auf dem Foto aus Schlesien so traurig sind wie Pfirsichblüten (siehe das Kahlau-Gedicht), die Dich selbstlos, nur um Deiner selbst willen liebt.

Jetzt habe ich ganz schön dick aufgetragen, aber es ist die Wahrheit.

Und noch einmal Hugo:

Lieben oder geliebt zu haben genügt,

danach verlangt nichts mehr,

in den geheimnisvollen Wendungen des Lebens

ist keine weitere Perle mehr zu finden.

Mittlerweile war es nach Mitternacht geworden, und wir merkten, dass die Kellner am liebsten die Barstühle hochgestellt hätten. Also, so dachten wir wohl beide, ist es Zeit, uns zu verabschieden. Aber weder er noch ich wollten dies akzeptieren. Ich war sehr froh, als er mich fragte, ob ich nicht mit ihm frühstücken wolle und sagte nach einigem Zögern zu. Ich zögerte, weil ich am nächsten Tag mit meinen neuen Berliner Freunden und Genossen zum Frühstück in der Boxhagener Straße, bei Horst, verabredet war. Martin hatte mir vorgeschwärmt, dass dort vor der LL-Demo immer Wodka getrunken und rote Lieder gesungen werden.

Und er – er zögerte, wohl auch, vielleicht, weil er nicht wusste, ob er die Chance auf eine gemeinsame Nacht verstreichen lassen sollte oder nicht. Ich antwortete: „Wenn du mich nach dem Frühstück direkt zum Frankfurter Tor bringst, Du bist ja gebürtiger Berliner, dann können wir gemeinsam im Hotel frühstücken. Du weißt, die Demonstration beginnt um 10 Uhr, und ich habe keine Lust, mich mit der U- oder S-Bahn zu verfahren oder noch einmal Taxi-Geld zu bezahlen." Ich schlief gut in dieser Nacht, aber nur, weil ich viel Alk im Blut hatte, denn ansonsten hätte ich wohl wachgelegen und immer wieder daran gedacht, was mich nach über vierzig Jahren völlig aus dem Gleichgewicht gebracht hatte.

***

Meine Erinnerungen an meine Studentenzeiten sind melancholischer Natur, denn es sind Erinnerungen an meine Studentenliebe, meine Jugendliebe, die unerfüllt geblieben ist. Diese Liebe war völlig harmlos, eine Liebe ohne Sex und damit eher eine Jungmädchenschwärmerei. Tiefgründig und ernst wurde die Sache wohl erst, als ich Stefan nach über 40 Jahren bei einem Seminargruppentreffen wiedersah, und er wie selbstverständlich seinen Arm um mich legte. Ja, damals brachen bei mir ganze Dämme an Gefühlen, denn ich führte eine Ehe, die schon Jahrzehnte andauerte, eine Ehe, in der die Liebe, wenn sie überhaupt jemals bestand, sich langsam aber sicher aufgelöst hatte. Nicht so bei Stefan, der in einer glücklichen Beziehung lebt oder zu leben glaubt. Seine zweite Frau, 8 Jahre jünger als er, damit 6 Jahre jünger als ich, hatte ihn aus der tiefsten Krise seines Lebens geholt, in die er durch eine gescheiterte erste Ehe geraten war. Seine erste Frau kannte ich, eine Hauptfachgermanistin, die ich immer die schöne Rosi nannte. Das Erstaunlichste an der ganzen Sache ist, dass über Jahrzehnte meine Mitstudenten und auch Stefan aus meinem Gedächtnis getilgt waren. Ich holte mir die Erinnerungen an meine Studentenzeit zurück, als ich, nachdem mein Vater gestorben war, aus einer absoluten Stress Phase in eine Phase der inneren Ruhe gelangte. Eines Tages, ich war wohl 55, fragte ich mich, ob dies nun alles gewesen sei, was mir das Leben bot. Und genau in dem Augenblick fiel mir meine Jugendliebe ein, zuerst sein Name und sein Alter. Dann sah ich ihn vor mir, den immer Lachenden und Flirtenden, den leistungsstarken und rhetorisch begabten Studenten. Nach diesem Zusammentreffen, das ohne Abschied zu Ende gegangen war, schrieb ich ihm am Computer den ersten und bisher einzigen Liebesbrief meines Lebens. Und – er antwortete, sich erinnernd und warme Gefühle andeutend. Ich war überglücklich und schrieb weitere Liebesbriefe, zehn, zwölf Seiten lang. Dies geschah alles ohne das Wissen meines Mannes, der sehr misstrauisch war, allerdings nicht mit dem PC umgehen konnte. Wenn er mir auf die „Schliche" gekommen wäre, hätte es wohl ein Unglück gegeben, denn er schien etwas zu ahnen. Mehr als 10 Jahre hatte ich mich ihm sexuell „verweigert". Dies hing mit seinem schlechten Gesundheitszustand zusammen, aber nicht nur. Die Kenntnis über meine Liebesbriefe hätte das Fass bestimmt zum Überlaufen gebracht. Wie dies bei einem Choleriker wie ihm ausgegangen wäre, steht in den Sternen.

***

Als ich am nächsten Tag erwachte, war ich, um es ganz einfach auszudrücken, glücklich. Es schien, als hätte ich mich erneut verknallt, und dies wieder im wahrlich fortgeschrittenen Alter. Als ich in den Frühstücksraum kam, saß er schon an einem der Tische und wartete ganz artig auf mich. Vor lauter Aufregung konnte ich von dem teuren 12-Euro-Frühstück kaum etwas genießen. Danach gingen wir zur U-Bahnhaltestelle und fuhren die 5 Stationen bis zum Frankfurter Tor. In der Bahn standen wir dicht aneinander, denn der Wagen war ziemlich voll. Wir stützten uns an einer der Stangen ab und unsere Hände berührten sich wie zufällig. Er erzählte mir etwas über seine Kindheit und Jugend in Berlin, und dann hörte ich aus seinem Mund erstmals den Begriff Freud'scher Versprecher. Er fragte, ob ich damit etwas anzufangen wusste, ich verneinte. Und danach folgte sein Freud'scher Versprecher, der da lautete „Ich möchte gerne eine Tasse Kaffee mit Ihnen schlafen." Ich kapierte nicht sofort, aber als er sich, kaum am Frankfurter Tor angelangt, verabschieden wollte, wurde mir schlagartig bewusst, dass ich die neue große Chance auf die wahre Liebe, auf die Liebe des Lebens, wie es auf neudeutsch heißt, vielleicht versäumen könnte. Somit bat ich ihn, doch so, wie in den Jahren zuvor, an der Demo teilzunehmen. Er verneinte, und ich merkte, dass er voller Unruhe war. Blitzschnell gab ich ihm eine meiner Visitenkarten, die ersten, die ich mir hatte drucken lassen und sagte: „Wenn du einmal Zeit und Lust hast, mir zu schreiben." Er sagte nur „Mach's gut Judith" und war verschwunden.

* * *

Der Tag wurde wieder ziemlich chaotisch. Ich hatte mein Ladegerät vergessen und mein Handy auch nicht mit einem hoteleigenen geladen. Somit war der Akku völlig leer. Ich ging zweimal den Demonstrationszug entlang, aber ich konnte weder Martin noch einen meiner Berliner Freunde sehen.

Also quatschte ich wieder einmal einen wildfremden Mann an, und dies war mein Glück, denn durch die Kälte und Nässe an diesem Tag hatte ich Wadenkrämpfe, und ich konnte mich an diesem Mann aus Bremen festhalten. Jener wartete auch vor dem Mahnmal in Friedrichsfelde ganz brav auf mich, denn er hatte schon einige Stunden vorher seine Blumen niedergelegt. Ich reihte mich ein in die lange Schlange der Wartenden und legte schließlich meine zwei roten Nelken, eine für Rosa und eine für Karl, am Stein mit der Inschrift „Die Toten mahnen uns" nieder. Danach ging ich mit dem netten Holger, vorbei an Tausenden von Menschen, die es uns gleichgetan hatten, in Richtung Karl-Marx-Allee. Als wir ein griechisches Restaurant sahen, beschlossen wir, etwas zum Aufwärmen zu trinken und eine Kleinigkeit zu essen. Der Kellner wunderte sich, als ich einen Grog bestellte, den er nicht kannte, und brachte mir dann einen flambierten Metaxa. Danach waren wir gestärkt für die Auftaktveranstaltung der Linken im Kosmos. Sahra wusste wieder einmal die Massen zu begeistern, denn sie gab sich kämpferisch. Nachdem ich mich von Holger verabschiedet hatte, ging ich in die „Hopfenstuben", wo die Berliner einen Tisch bestellt hatten. Dort sah ich auch Martin wieder. Noch einmal setzte er mich in negatives Erstaunen, als er ganz plötzlich aufstand und sich verabschiedete. Ich sagte zu ihm: „Na, schon wieder ein Date mit einer Berlinerin?" Und er bejahte. Es wurde auch ohne ihn ein sehr schöner Abend. Am nächsten Tag fuhr ich nach Hause zurück und mir ging der Mann, in den ich mich verliebt hatte, nicht aus dem Kopf – auch an den darauffolgenden Tagen nicht. Ich wartete auf eine Nachricht von ihm und sagte mir: Er hat sicherlich Wichtigeres zu tun, als einer Zufallsbekanntschaft zu schreiben. Und dann, nach ungefähr vierzehn Tagen kam eine Mail. Es war eine Mail mit Anhang und einem kurzen und nüchternen Text, der da lautete: „Ich schicke Dir eine Erzählung aus der Reihe meiner Geschichtserzählungen." Nachdem ich diese gelesen hatte, fiel mir ein, dass er Erzählungen und auch Romane schreibt. Ich war über den Inhalt dieser Erzählung mit dem Titel „Die Rache des Kulaken" sehr erstaunt. Ein Wessi mit umfangreichen Kenntnissen zur Geschichte der Sowjetunion und mit russischen Sprachkenntnissen? Ja, ein kleines Wunder. Ich setzte mich sofort an den PC und antwortete. In diese Antwort legte ich wieder sehr viel Emotion und ließ ihn in meine Seele blicken. Auch wenn ich die Wörter Liebe bzw. Verliebtheit nicht benutzte, merkte es ein Blinder mit Krückstock, dass ich verliebt war.

Und dann wiederum, ungefähr vierzehn Tage danach, erneut eine Mail und dieses Mal noch nüchterner als die erste. „Wir hatten gute Gespräche", so seine Worte, „und sollten es dabei belassen."

Wir sollten uns anziehen, er muss gleich kommen

Er weiß, der Termin ist einzuhalten – unbedingt. Deshalb nimmt er am Bahnhof ein Taxi. Nun steht er auf der breiten Straße, atmet die Luft, die nach Frühling duftet, schaut an der Platane empor und entdeckt deren erste Triebe. Der Anwalt hat ihm Hoffnung gemacht. Wie befreit fühlt er sich deshalb jetzt. Er schlendert einfach aufs Geratewohl, hoffend in die richtige Richtung. Er ist zum ersten Mal in, dieser Stadt, kennt sich hier nicht aus. Vergebens sucht er nach Hinweisen auf den Bahnhof. „Nachfragen", denkt er. Eine Frau kommt ihm entgegen. „Ja, kein Problem. Sie gehen etwa einhundert Meter weiter, biegen rechts ab, müssten ihn dann schon sehen. "Während sie redet, schaut er ihr, zuerst wie zufällig, dann aber wie gebannt in die Augen – wasserblau, wie ein tiefer See. „Entschuldigung – also in diese Richtung?" Er weist mit seinem Arm in die angegebene Richtung. „Ja, ich sagte schon, einhundert Meter etwa." „Ja, das stimmt, das sagten Sie. Vielen Dank. "Ein Lächeln huscht ob seiner scheinbaren Verwirrtheit über ihr Gesicht. „Ja, dann nochmals danke", sagt er und wendet sich in die angegebene Richtung. Zwei Straßen, direkt nebeneinander, biegen rechts ab. Die eine verläuft nach rechts, die andere ebenso nach links. Unschlüssig bleibt er stehen. Er wendet sich um und blickt zurück. Da steht sie, blickt zu ihm hin, anscheinend, um ihm den richtigen Weg zu beschreiben.

Er deutet mit den Armen eine Frage an, zeigt auf die eine und dann auf die andere Straße. Sie hebt ihren rechten Arm, weist nach rechts. Obwohl er ihren Hinweis versteht, zögert er, ihm zu folgen. Später kann er nicht sagen, warum er, anstatt wie angegeben weiterzugehen, ein paar Schritte in ihre Richtung tut. Zehn Schritte mache ich, denkt er. Wenn sie dann immer noch stehenbleibt, gehe ich weiter. Wenn nicht …Fünf, sechs, sieben, acht, bei neun tut sie den ersten Schritt – zu ihm hin. Nur kurz verharren sie voreinander, blicken sich in die Augen, sagen kein Wort. Unendlich lang erscheint es ihm, dauert der Kuss. Als wäre es selbstverständlich, nehmen sie sich bei der Hand und gehen – in ihre Richtung. An der Kreuzung, als sie nach rechts abbiegen, lässt sie seine Hand los. Wegen der Leute, denkt er, fragt nicht nach und auch sie sagt nichts. Dann stehen sie vor einem Haus. Er registriert: „Erbaut 1905". Sie geht ihm voraus, steigt die Treppe empor, welche auf einen überdachten Vorplatz führt. Gewagt, denkt er, schwach durchsichtige Strumpfhosen, die Mode dieses Frühlings. Frauen fühlen die Blicke der Männer. Sie dreht sich zu ihm und lächelt wissend. Beide stehen im Wohnzimmer, umarmt, der zweite Kuss. Sie schiebt ihn von sich, steigt aus ihren Pumps, streift die Strumpfhosen vom Hintern, den Schenkeln und Füßen. Er folgt ihrem Beispiel Stück für Stück. Schließlich setzt sie sich auf den Rand der Couch, spreizt ihre wunderschönen Beine und streckt die Hände nach ihm aus. Ein Schritt, und er steht zwischen ihren Schenkeln. Sie umfasst seinen Hintern, zieht ihn nah zu sich heran. Kein Wort ist zwischen ihnen gefallen, seit er sich bei ihr für die Wegbeschreibung bedankt hat.

Sie sitzen sich gegenüber, schauen sich in die Augen – wasserblau und tief wie ein See die ihren. Sie öffnet ihre Lippen, will etwas sagen – zögert, schließt die Augen, als wollte sie sich von ihm losreißen. „Wir sollten uns anziehen, er muss gleich kommen."

Der Brief, den du geschrieben

Am Nachmittag waren sie hinausgefahren. Ein asphaltierter Weg führte um den See, der auch gerne von Inlineskatern und Radfahrern genutzt wurde.

Sie waren zu Fuß gegangen, in Richtung Westen. Auf dieser Seite des Sees war das Baden verboten.

Es war ein stiller, sonniger Vormittag. Still deshalb, weil die Ferienzeit noch nicht begonnen hatte. Arno kannte den Weg, und so wusste er auch die richtige Abzweigung zu nutzen, die sie in eine kleine, hinter Büschen versteckte Bucht führte, vom Weg aus nicht einsehbar.

Sie bereiteten die Decke aus, setzten sich darauf und schauten auf den See hinaus.

Am jenseitigen Ufer sahen sie den offiziellen Badestrand, um diese Zeit menschenleer.

Simone trug ein blaues kurzes, ärmelloses Sommerkleid. Arno stellte sich vor, wie es aussähe, wenn sie mit dem Kleid ins Wasser ginge und bei entsprechender Wassertiefe den Rock anheben würde. Er bat sie, dies zu tun.

„Nein, mach ich nicht. Wenn dann womöglich jemand das Bild sieht." Er wusste, wen sie mit „jemand" meinte.

„Ich mache die Fotos nur für mich."

Simone stand auf, zog ihren Slip aus, ging vorsichtig, einen Fuß vor den anderen setzend, ins Wasser.

„Igitt, was für ein Modder."

Dann, bei entsprechender Tiefe, hob sie das Kleid hoch, sodass er ihren halben Po sehen konnte.

„Bleib so stehen", bat er sie und drückte ein paar Mal hintereinander auf den Auslöser seiner Kamera. Dann zog er sich aus und folgte ihr.

„Warte", sagte Simone und warf ihm ihr Kleid zu.

Arno fing es auf und schleuderte es auf die Decke. Als sie bis zu den Schultern im Wasser standen, schlang sie ihre Arme um seinen Hals und die Beine um seine Hüften.

Dann machte sie sich von ihm los und schwamm hinaus auf den See.

Arno blieb stehen, erregt. Später ging er zurück ans Ufer und setzte sich auf die Decke. Er schaute ihr zu, wie sie aus dem Wasser stieg. Jetzt entzog sie sich ihm nicht.

Sie lagen auf der Decke, Arno auf dem Rücken, die Hände unter dem Kopf gefaltet.

„Viel zu selten", dachte er, „schaut man hoch, in die Wipfel der Bäume. Überhaupt blickt man selten nach oben."

Neben sich hörte er Simones gleichmäßige Atemzüge. Sie hatte die Embryonalstellung eingenommen und ihm ihren schönen Hintern zugewandt.

Er konnte nicht widerstehen, und drückte wieder einige Male auf den Auslöser seiner Kamera.

„Ich möchte gerne die Bilder sehen", sagte sie auf der Rückfahrt.

„Fahren wir zu dir?"

„Ja, wenn du noch so viel Zeit hast?"

„Er kommt heute später nach Hause", so Simone.

Wenn Arno geahnt hätte, er hätte das Bild nicht für sie ausgedruckt.

Am Abend des nächsten Tages öffnete er wie gewohnt, sein E-Mail-Postfach.

„Es ist aus, er hat das Bild gefunden. Bitte versuche nicht, mich zu erreichen. Simone"

Arno wusste, dass er ihr nicht antworten durfte, sie hatten eine gemeinsame E-Mail-Adresse.

Er hielt sich an ihre Anweisung, wartete.

Dann, eine Woche später, begegnete er ihr im Einkaufszentrum am Bahnhof. Sie war allein. Seine Einladung zum Kaffee lehnte sie ab. Sie hätte keine Zeit, sagte sie.

„Ich schreibe dir eine Mail, erkläre alles. Tschüss", und weg war sie. Wieder wartete er acht Tage. Acht lange Tage und Nächte.

In der Nacht hörte er die Klingel seiner Wohnung. Er sprang aus dem Bett, rannte zur Wohnungstür, riss sie auf – niemand. Er hatte geträumt.

Dann, endlich. Als er die Mail öffnete, war er erstaunt. Zwölf Seiten, Schriftgrad 10.

Sie schrieb über die Zeit, als sie ihn, Arno, kennengelernt hatte, und dass sie innerhalb von Sekunden gewusst hätte, dass sie mit ihm Sex haben würde. Darüber, was sie empfunden hatte, nach dem ersten Mal in seiner Wohnung. Über das schlechte Gewissen, ihrem Mann gegenüber, den sie doch liebt.

Immer wieder hätte sie versucht, die Beziehung zu ihm, Arno, abzubrechen. Dass sie sich nie getraut hätte, ihm ihre Liebe einzugestehen. Warum sie oft lange nichts hatte von sich hören lassen. Wie schön es gewesen sei, das letzte Mal am See. Wie sie darüber nachgedacht hätte, warum Kinder Mutter und Vater in gleicher Weise lieben dürfen.

„Und dann hat er das Bild gefunden. Natürlich wollte er wissen, wer es aufgenommen hat.

Da habe ich ihm alles erzählt. Er hat vollkommen ruhig reagiert. Auch nicht die blöde Frage gestellt: Was hat er, das ich nicht habe? Als ich zu Ende gekommen war, hat er mich nur noch angesehen. In seinen Augen aber las ich: Du musst dich entscheiden. Und ich habe mich entschieden – für ihn.

Ich will dich vergessen.

Vergiss mich nicht!

Simone"

Wie gerne würde er ihr antworten. Dann schrieb er, in der Hoffnung, ihr wieder einmal zufällig zu begegnen, um ihr den Zettel zustecken zu können nur das Heinegedicht, kommentarlos:

Der Brief, den du geschrieben,

Er macht mich gar nicht bang;

Du willst mich nicht mehr lieben,

Aber dein Brief ist lang.

Zwölf Seiten, eng und zierlich!

Ein kleines Manuskript!

Man schreibt nicht so ausführlich,

Wenn man den Abschied gibt.

45

Die Frau am Fenster

Er entschließt sich für die große Runde. Nach etwa einhundert Metern verlässt er die Hauptstraße und biegt nach links ab. Kurz darauf wendet er sich nach rechts. Der Straße folgt er etwa zweihundert Meter und will gleich links abbiegen, als er in das hell erleuchtete Fenster eines Hauses schaut, in das vor kurzem neue Mieter eingezogen sind. Schon will er weitergehen, als aus dem hinteren Teil des Raumes kommend eine Frau an die Terrassentür tritt. Spätestens jetzt müsste Ulli seinen Weg fortsetzen, aber das, was er sieht, fesselt ihn derart, dass er stehen bleibt. Die Frau hat langes, schwarzes Haar und trägt ein rotes Kleid.

Sie schaut hinaus auf die Terrasse. Dann wendet sie sich um, bleibt stehen und beginnt sich auszuziehen, zuerst das Kleid, dann den BH und schließlich den Slip.

„Bin ich jetzt ein Spanner", fragt sich Ulli, „weil ich nicht sofort weiter gehe beziehungsweise woanders hinschaue?" Er schaut sich um, möchte nicht gesehen werden. Jeder, der ihn so sähe, würde ihn für einen Voyeur halten.

Jetzt schaut die Frau in seine Richtung, lächelt. Er weiß, dass sie ihn nicht sehen kann, steht er doch im Dunklen. Plötzlich dreht sie sich um, scheint den Raum zu verlassen.

Da geht er weiter. Seltsam, denkt er später, als er schon wieder in seinem Bett liegt, nicht das Bild der nackten Frau ist ihm im Gedächtnis haften geblieben, sondern ihr Lächeln, obwohl er weiterhin davon ausgeht, dass sie ihn nicht gesehen haben kann, leider.

Am nächsten Tag wiederholt er den nächtlichen Spaziergang. In der Hoffnung auf ein Wiedersehen wählt er denselben Weg. Und tatsächlich, sie arbeitet im Garten, als er bei dem Grundstück ankommt.

Sie erwidert seinen Gruß, schaut etwas länger und lächelt, wie in der Nacht zuvor.

Sie reden über das Wetter. Der Sommer in diesem Jahr macht seinem Namen alle Ehre. Regen in seiner unangenehmen Form, Fisselregen nennt man ihn hierzulande.

Sie fragt ihn nach lokalen Besonderheiten, einer Bushaltestelle, der Gastronomie und nach Einkaufsmöglichkeiten. Dann berichtet sie von der Angst, die sie ursprünglich vor dem Leben in „jwd", wie sie es nennt, hatte.

„Sie kommen aus Berlin, wenn Sie janz weit draußen sagen."

„Richtig, und meine Angst scheint auch nicht ganz unbegründet zu sein. Gestern Nacht war hier ein Spanner unterwegs. Gesehen habe ich ihn nicht, eher gefühlt."

Am liebsten hätte er gesagt, dass er rein zufällig hier vorbeigekommen sei. So aber formuliert er es allgemein.

„Wenn ich, das gebe ich zu, an einem erleuchteten Fenster vorbeikomme und könnte eine Frau beobachten, die sich auszieht, ich bliebe stehen."

Ein wenig ist er erschrocken über seine Aufrichtigkeit. Unbegründet, denn sie lacht ihn an. „Männer!"

„Und Sie, blieben Sie nicht stehen?"

„Sie meinen, wenn ein nackter Mann zu sehen wäre?"

„Ja."

„Ich glaube schon, auch dann, wenn es eine Frau wäre."

Jetzt ist es an ihr, verlegen zu erscheinen. Sie greift nach der Harke, er versteht den Hinweis.

Am nächsten Abend wählt er einen anderen Weg, durch die Eisenbahnunterführung, entlang des Flusses, zum Campingplatz. Der Kiosk ist noch beleuchtet. Er bestellt ein Bier. „Der Spaziergang und ein Bier", denkt er, „machen Schlaftabletten überflüssig."

Tags darauf trifft er sie auf der Fußgängerbrücke, die über den Fluss führt. Auch sie will in den Supermarkt auf der anderen Seite.

Er erzählt von seiner Einschlafhilfe und erwähnt dabei wie zufällig den Zeitpunkt seines abendlichen Spazierganges. Außerdem ist es an der Zeit, sich vorzustellen.

„Ich heiße Ullrich und wohne schräg gegenüber vom Bahnhof."

„Daniele, und wo ich wohne, das weißt du ja."

Und wieder dieses Lächeln. Zurück gehen sie gemeinsam.

„Mich hat erstaunt, als du neulich sagtest, dass du auch einer Frau beim Ausziehen zuschauen würdest."

„Ja schon, aber nur dann, wenn ich das zufällig beobachten könnte."

„Ich denke, dass das mit vielen Tabus so ist. Bis zu einer bestimmten Grenze überschreiten wir sie, und ich denke, dass das auch völlig normal ist. Nur wenn man eine solche Grenze nicht beachtet oder sie gar nicht als solche anerkennt, nimmt unser Verhalten krankhafte Züge an."

„Du würdest also nicht, um Frauen beim Ausziehen zu beobachten, nachts auf Tour gehen?"

„Nein."

Als Ullrich das sagt, schaut er sie nicht an, kann so auch nicht sehen, dass sie lächelt.

„Bis dann", sagt sie, als sich ihre Wege hinter der Eisenbahnunterführung trennen.

Ich muss es ihr endlich sagen, nimmt er sich vor, als er sich am Abend erneut mit seinem Hund auf den Weg macht.

Weder die Terrassentür, noch ein anderes Fenster des Hauses sind erleuchtet. Enttäuscht geht er weiter. „Heute nur die kleine Runde", denkt er.

„Ich wusste, dass du kommst."

Gäbe es eine Steigerung für Verlegenheit, sie träfe auf ihn zu. Offensichtlich hat sie ihn, hinter der Hecke verborgen, erwartet.

Er weiß nicht, was er sagen soll.

„Mach dir keine Gedanken. Schon beim ersten Mal habe ich dich gesehen. Hinter dir war eine Laterne. Und nur, weil ich dich gesehen habe, zog ich mich aus. Bin ich deshalb eine Exhibitionistin?"

„Ich weiß nicht, du kanntest mich doch gar nicht."

„Ich habe dich schon erkannt, sah dich tags zuvor im Supermarkt, wollte dich näher kennen lernen."

„Deshalb das Lächeln", denkt er. Auch heute trägt sie das rote Kleid.

„Willst du noch einmal zuschauen?"

„Daniele", sagt er und zögert immer noch ... „so gern ich das möchte, aber meine Frau ..."

Und keiner wusste Näheres über sie

Einmal im Jahr, im Sommer, wenn ihr Mann für längere Zeit außer Haus war, lud Britta ihre Kolleginnen und Kollegen zu einer Gartenparty ein. Sie sagte, ihr Mann hätte ihr das so vorgeschlagen, weil ihn die ewigen Kollegengespräche nervten. Das erste Mal war er dabei gewesen und sich schließlich so gelangweilt, dass er, einen Vorwand anbringend, das Haus verlassen und seine Stammkneipe aufgesucht hatte.

Der Wetterbericht sagte Gewitter vorher, die aber auf sich warten ließen. Und natürlich drehten sich die Gespräche wieder um Dienstliches, die Stadtverwaltung betreffend. Später wurde getratscht, natürlich über nicht anwesende Kollegen. Wenn die wüssten, dachte Florian, als er zu Britta hinschaute, in Erwartung des Partyendes.

Kaum, dass es zu dunkeln begann, schaltete Britta das kleine „Hörgerät", wie sie die winzige Musikanlage nannte, ein und sofort erscholl Musik, die zum Zustand der Gäste passte. Und als hätten alle nur darauf gewartet, erhoben sie sich von ihren Plätzen, fanden sich wie zufällig zu Paaren zusammen. Lediglich Britta, Janka und Florian blieben an ihrem Platz, schauten den Paaren beim Tanzen zu.

Florian hätte jetzt auch gerne mit Britta getanzt, wollte aber Janka nicht alleine zurücklassen. Britta nutzte bald die Zeit, um für Getränkenachschub zu sorgen. Da blieb Florian nichts anderes übrig, als Janka aufzufordern, mit ihm zu tanzen. Janka galt im Kollegenkreis als das sogenannte Mauerblümchen. Als pummelig konnte man ihre Figur bezeichnen. Sie war schüchtern, aber immer hilfsbereit, wenn Not an der Frau war.

Alle Anwesenden lebten in festen Beziehungen, wenn auch die jeweiligen Partner fehlten, vielleicht aus ähnlichen Gründen wie Brittas Mann. Janka lebte allein, und keiner wusste Näheres über sie. Florian tat sie ein wenig leid, auch ein Grund dafür, jetzt mit ihr zu tanzen. Umso mehr überraschte es ihn, wie sie sich sofort an ihn schmiegte, als wäre das selbstverständlich. Als sie dann auch noch ihren Unterleib an den seinen presste, registrierte er mit Erstaunen die Reaktion, was auch Janka sicher nicht verborgen blieb.

Da kam Britta zurück, stellte den Getränkekorb ab, setzte sich wieder auf die Bank und blickte interessiert zu den Tanzenden hin.

„Setzen wir uns wieder, sonst ist Britta so allein", flüsterte Janka ihm ins Ohr.

„Wegen mir hättet ihr nicht aufhören müssen", meinte Britta und freute sich insgeheim darauf, dass hoffentlich bald alle verschwinden würden. Florian und Janka schwiegen dazu, waren noch in dem gerade Erlebten gefangen.

Plötzlich sagte Janka: „Ich kann unmöglich noch mit meinem Auto nach Hause fahren, so viel wie ich getrunken habe. Ich werde mir jetzt besser ein Taxi bestellen."

Britta wusste, dass Janka von allen den weitesten Heimweg hatte. Sie überlegte kurz, sagte: „Du kannst hier schlafen Janka, wenn du willst?"

Florian wollte Britta sogleich mit einem Fußkontakt zu verstehen geben, dass er nichts von der Sache hielt, erinnerte sich aber an seine Reaktion auf der Tanzfläche und dachte „na und".

Die Tanzenden waren nicht mehr zu erkennen, so dunkel war es geworden. Man schien sich auch kaum noch zu bewegen. Als Janka sich entschuldigte, sie müsse mal und sich entfernte, sagte Britta: „Sie wird uns nicht stören, du weißt, ihre Hilfsbereitschaft. Tanz lieber noch mal mit ihr, auch wenn ich jetzt viel lieber dort mit dir ebenso wie die anderen rumknutschen würde." „Na ja", dachte Florian, „wenn du es willst."

Und kaum, dass sie für Britta außer Sichtweite waren, schmiegte sich Janka wie zuvor an ihn und legte ihre Arme um seinen Hals. Florian ergab sich in die Situation, ließ seine Hände tiefer wandern und wunderte sich, wie fest sich Jankas Hintern anfühlte. Verschwörerisch klang es, als sie sagte: „Ich glaube, wir sollten wieder zu ihr gehen, und Florian, tanze bitte mit ihr!"

Gehorsam wechselte Florian die Tanzpartnerin, und als sich nun Britta an ihn presste, glaubte sie die Auslöserin seiner Erregung zu sein.

Bald verabschiedete sich ein Paar nach dem anderen, und Florian war sich sicher, dass sie allesamt nichts anderes im

Sinn hatten, als ein lauschiges Plätzchen zu finden, wo sie übereinander herfallen konnten. Die drei Verbliebenen, denn für keinen stand es außer Frage, dass Florian bleiben würde, sorgten noch für ein wenig Ordnung auf der Terrasse und in der Küche.

„Nehmen wir noch ein Glas im Wohnzimmer?" fragte Britta.

„Könnt ihr gerne", meinte Janka und gähnte laut. „Ich bin müde, gehe dann mal nach oben. „Schlaft gut", sagte sie lächelnd und stieg die offene Treppe hoch, die in die obere Etage führte.

Endlich waren sie allein. Nach einem Gläschen stand ihnen nun nicht mehr der Sinn. Britta drehte an der kleinen Anlage - Schmuserock. Florian schlang seine Arme um ihre Taille, legte beide Hände auf ihre Pobacken, presste sie an sich und registrierte erstaunt - nichts. Schließlich hob er ihr das Kleidchen über den Hintern - wann nur hatte sie sich des Höschens entledigt? Er streichelte ihre nackten Pobacken, und als sie kurz zusammenzuckte, wusste er sich am Ziel. „Komm!" flüsterte Britta und zog ihn mit sich auf den Teppichboden.

„Bitte Florian, komm endlich!" Doch leider, nichts rührte sich, dass er ihrer Aufforderung hätte Folge leisten können. Vielleicht, wenn er hätte sehen können, was oben auf dem Treppenabsatz passierte ...

Entgegen ihrer Aussage war Janka absolut nicht müde gewesen, als sie sich von den beiden verabschiedet hatte. Sie wusste, dass Florian und Britta schon lange ein Verhältnis miteinander hatten. Einmal hatten sie alle bei ihr gesessen,

54

keine Party, eher zufällig traf man sich nach einer Betriebskonferenz bei ihr, weil sie in der Nähe der Firma wohnte.

Janka hatte einiges getrunken und ein wenig die Übersicht verloren. Schließlich glaubte sie, alle seien gegangen und wollte zu Bett gehen. Ahnungslos öffnete sie die Schlafzimmertür sah die beiden auf ihrem Bett liegen. Ihren ersten Impuls, sich einfach zu den beiden zu legen, unterdrückte sie. Stattdessen blieb sie in der Tür stehen.

Dass sie heute nicht schlafen konnte oder besser, nicht wollte, lag auch daran, dass sie nach dem Tanzen mit Florian wie auch immer an dem Tun der beiden teilhaben wollte.

Im Schlafzimmer zog sie sich bis auf das Unterhemdchen aus und schlich sich hinaus auf den Treppenabsatz, von dem aus sie beobachten konnte, was unten geschah. Was sie dort sah, erregte sie augenblicklich. Wie gebannt starrte sie nach unten. Florian lag auf seinem Bauch, den Kopf zwischen Brittas Schenkeln. Die stöhnte so laut, dass Janka alles mitbekam: „Bitte, Florian, fick mich doch endlich!"

Als Janka, oben auf dem Treppenabsatz hockend, zum Höhepunkt kam, wäre sie beinahe nach hinten umgefallen, konnte sich im letzten Moment am Geländer festhalten.

Sekundenlang hielt sie ihre Augen geschlossen, sah deshalb nicht, dass Britta sich vom Boden erhoben hatte und zur Treppe wandte. Gerade noch rechtzeitig rappelte sich Janka auf, wankte mehr als sie ging in ihr Zimmer und kroch unter die Bettdecke.

Warum sie alle am Boden verstreut herumliegenden Kleidungsstücke zusammengerafft und mit nach oben genommen, konnte Britta später nicht sagen. Sie überlegte, wohin sie nun gehen sollte. Ins eheliche Schlafzimmer, wo sie allein bleiben würde, denn Florian, das hat sie früher bei ähnlichen Gelegenheiten festgestellt, würde diesen Raum nicht betreten. Ins Gästezimmer, wo Janka sicher schon schlief? „Egal", dachte sie, „leg ich mich zu ihr, da bin ich wenigstens nicht allein. Soll er doch bleiben, wo er will."

Vorsichtig, um Janka nicht aufzuwecken, öffnete Britta die Tür - absolute Dunkelheit. Sie machte sich nicht die Mühe, ihr Höschen anzuziehen, sondern schlüpfte, nackt wie sie war unter die Bettdecke. Immer noch war sie erregt und gar nicht müde. Vor Janka hatte sie keine Hemmungen, denn in einer ähnlichen Situation vor zwei Jahren haben sie beide in demselben Bett gelegen. Sie haben sich über die, wie sie sie nannten, blöden Kollegen beklagt, die sie allein gelassen hatten.

„Wen hättest du denn gerne jetzt hier?" fragte damals Janka. „Den Florian", gab Britta zu. Als sie seinen Namen aussprach, keimte Erregung in ihr auf.

„Du glückliche, er ist der einzige, aber egal ..."

„Gib es doch zu, du hättest ihn jetzt auch gerne in dir?" Britta erschrak über das Gesagte, gerne hier, wollte sie eigentlich sagen.

Janka lachte, ahnte, dass Britta sich versprochen, aber die Wahrheit gesagt hatte. „Stimmt", gab diese zu. Eine Zeit lang lagen sie noch still nebeneinander, bis sie sich eine gute Nacht wünschten und einschliefen. Daran erinnerte sich Britta jetzt.

Als Britta nach oben gegangen war, setzte sich Florian, nur mit seiner Unterhose bekleidet, denn Britta hatte, warum auch immer, auch seine Klamotten mit nach oben genommen, in einen der Sessel. „Was war nur mit ihm los", fragte er sich. Die eine, die er nicht begehrt hatte, hatte ihn erregt, während die andere, auf die er sich den ganzen Abend über gefreut hatte, ihn nun völlig kalt ließ.

Eigentlich war er zu nichts verpflichtet. Britta hatte ihm immer zu verstehen gegeben, dass sie ihren Mann niemals verlassen würde, einem gelegentlichen Fick mit ihm jedoch nicht abgeneigt war. Daran hatte er sich gehalten und seinerseits nicht mehr von ihr verlangt.

Nun hatte ihn das Pummelchen, wie er Janka heimlich nannte, ganz schön erregt. Warum sollte er sich da nicht zu ihr legen und der Dinge harren?

Niemals würde er Brittas und ihres Mannes Schlafzimmer betreten. So wandte er sich zum Gästezimmer, öffnete die Tür. Völlige Dunkelheit umfing ihn. Er wusste, dass sich das Fußende des breiten Bettes genau gegenüber der Tür befand. Also tastete er sich vor, hob die Bettdecke an und kroch unter ihr hinauf, bis zum Kopfkissen. Er vernahm nichts, also schlief sie bereits. Seinen Arm nach ihr auszustrecken wagte er nicht. Er lag auf dem Rücken, und das Wissen, dass sie neben ihm war, ließ ihn nicht einschlafen.

Plötzlich registrierte er neben sich eine Bewegung. Eine Hand tastete nach ihm und wies ihm den Weg. Als er in sie eindrang, zog sie ihre Beine an und verschränkte sie über seinen Hüften. Plötzlich spürte er eine weitere Hand. Das gab ihm den Rest, dass er sich nicht mehr zurückhalten konnte. Kein Wort war gesprochen worden, und doch wusste Florian, dass es nicht Britta war. Gerade wollte er etwas sagen …

„Und was ist mit mir?"

In dem Augenblick erwies sich Janka, das Pummelchen, als das, was sie immer war, als die Helferin. „Ich glaube", sagte sie im Ton einer Krankenpflegerin, „er kann noch nicht wieder."

Was tat sie da, fragte sich Florian, und erinnerte sich daran, dass sich oberhalb des Bettes ein Lichtschalter befand. Noch zögerte er, doch dann dachte er, dass eh alle wussten, was da gerade abging und schaltete die Deckenbeleuchtung ein.

„Du Spanner", lachte Janka, ohne ihr Tun zu unterbrechen. Einfühlsam, wie es scheinbar nur eine Frau sein konnte, erreichte sie schließlich, was Florian unten im Wohnzimmer nicht gelungen war.

Janka stieß ihn mit ihrer freien Hand in die Seite. Da war er wieder der Krankenschwesterton: „Also Florian, jetzt bist du an der Reihe."

Der ließ sich nicht zweimal bitten, zumal er etwas gutzumachen hatte.

„Na endlich", stammelte Britta und weiteres, was er nicht verstand, bis sie sich schließlich aufbäumte, ihm ihren Unterleib entgegen stieß. Ein Orgasmus wollte sich aber bei ihm nicht einstellen. Zum Glück, denn deshalb hörte er unten eine Tür ins Schloss fallen.

„Da kommt jemand", rief er erschrocken aus.

Britta erfasste sofort die Situation, sprang aus dem Bett, raffte ihre Sachen zusammen, zog in Windeseile, die Florian ihr nach dem gerade Erlebten nicht zugetraut hatte, ihr Höschen an, öffnete vorsichtig die Tür, lauschte kurz nach unten, wandte sich nach rechts und verschwand hinter der Tür des ehelichen Schlafzimmers.

Janka las während dessen Brittas restliche Kleidungsstücke zusammen und verstaute sie in ihrem Rucksack. „Man weiß ja nie", sagte sie, an Florian gewandt.

Als sei nichts gewesen, kroch sie danach, nackt wie sie war, unter die Bettdecke.

„Komm schon, Florian, harren wir der Dinge …

Kaum, dass er neben ihr lag, breitete er seinen rechten Arm aus, dass sich Janka, das Pummelchen, an ihn kuscheln konnte. Dabei zog sie ein Bein an und legte es vorsichtig auf seinen Bauch. Bald hörte er sie gleichmäßig atmen, schlief ebenfalls ein.

„Wollt ihr hier den ganzen Tag verschlafen?"

Beide schreckten sie zugleich hoch.

„Wie - was", stammelte Janka.

„Na, das Frühstück wartet unten, aber lasst euch Zeit, Rudi ist auch gerade erst aufgestanden."

Sie redete so laut, dass es ihr Mann unten hören musste.

„Was hältst du davon …", fragte er Janka, als sie gemeinsam unter der Dusche standen, „wenn wir drei uns das nächste Mal bei mir treffen?"

Freundinnen

Prolog

Über Mädchenfreundschaften wurde und wird viel geschrieben. Heutzutage ist der Begriff „beste Freundin" in aller Munde.

In meiner Jugend, in meiner Oberschulzeit und während meines Studiums, habe ich Freundschaften geknüpft, die bis heute von Bestand sind. Ich glaube, sie hielten so lange, weil uns ein vertrauensvolles, herzliches Verhältnis verband. Wir kannten weder Konkurrenzdenken, noch Neid oder Missgunst. Standesdünkel oder gar Mobbing existierten für uns damals nicht. Aber in einem Fall musste ich auch die Erfahrung machen, dass Freundschaften zerbrechen können.

***

Es klingelte. Die letzte Unterrichtsstunde der Klasse 11 A an diesem Freitag im April des Jahres 1968 war zu Ende. Draußen schien die Sonne, und wir freuten uns alle auf das Wochenende. Da meine Schulbank, die letzte in der mittleren Reihe, unmittelbar neben dem einzigen Spiegel in unserem Klassenraum stand, war ich die erste von den etwa acht Mädchen, die vom Spieglein an der Wand bestätigt haben wollten, dass sie die Schönsten im Land seien. Die letzte in der Reihe war meine Freundin Susi. Wie immer bei dieser Gelegenheit rief sie: „Vicky, wie lange brauchst du denn noch? Beeil dich, ich hab' Hunger, großen Hunger." Bei Susi genügte meist ein kurzer Blick, denn sie sah fast immer gut aus. Sie hielt nichts davon, minutenlang an den Haaren und den Klamotten herumzuzupfen. „Sehen wir uns am Sonnabend im Club?" fragte sie mich. „Natürlich", so meine Antwort, den Samstagabend im Club lasse ich mir doch fast nie entgehen, denn darauf freue ich mich die ganze Woche über. An jenem besagten Wochenende holte ich, wie verabredet, Susi von zu Hause ab. Sie hatte gemeint: „Komm ruhig eine Stunde früher, dann können wir noch üben." „Grüß dich, Susi", sagte ich, als ich in ihr Zimmer trat und stellte fest, dass sie noch gar nicht angezogen war. „Ich habe extra mit dem Anziehen gewartet", sagte sie, „um dir zu zeigen, wie man sich am besten kleidet, wenn man Eindruck schinden möchte." Ach ja, ich erinnerte mich, dass ich Susi gefragt hatte, wie es ihr gelinge, die Jungs, die ihr gefielen, zum Tanzen mit ihr zu animieren. Ich hatte nämlich meistens kein Glück mit meinen Tanzpartnern. Im besten Falle waren sie nicht mein Typ und im schlechtesten Langeweiler, die mir in ihrem Äußeren absolut nicht zusagten. Susi wählte eine schwarze Strumpfhose, einen schwarzen engen Rock und eine rote Bluse aus transparentem Stoff. Sie zog den Ausschnitt der Bluse nach unten, nachdem sie diese in den Rock gesteckt hatte. „Nur ahnen sollen sie, die Männer!" Der Rock war sündhaft kurz. Ja, Ende der Sechziger waren die Rocksäume von Woche zu Woche nach oben gerutscht. Susi probierte auch hier das Optimale, eine Rocklänge, die alles erahnen ließ, ohne, dass es verboten wirkte. „Beim Bücken musst du immer in die Knie gehen. Bück dich ja nicht so, dass man deinen Schlüpfer sieht." Schlüpfer sagten wir wohl damals, so wie es unsere Großmütter schon gesagt hatten. „Tja, dein Kleid ist ja süß, hat wohl wieder deine Mutti genäht, aber es ist viel zu brav!" so ihre Worte, als sie mich betrachtete, und: „Das nächste Mal machst du dir mehr Gedanken, bevor du dich anziehst und peppst deine, entschuldige, langweiligen Sachen etwas auf."

Und dann waren da noch die Schuhe. Susi wählte Pumps mit einem kleinen Absatz und meinte: „Lieber wären mir welche mit richtig hohen Absätzen, aber ich besitze keine. Weißt du, solche Absätze machen die Beine einfach schöner. Sie sind sexy. Aber deine Pumps haben doch die richtigen Absätze. Die Riemchen an den Fesseln – wirklich hübsch und deine schönen Beine kommen damit voll zur Geltung. Du musst sie nur so zur Schau stellen, dass sie dem, auf den du scharf bist, in die Augen stechen." Auf diese Art und Weise vorbereitet, machten wir uns am späten Samstagnachmittag zu Fuß auf den Weg zu unserem KM, zu unserem Jugendclub, bei dessen Namensgebung Karl Marx Pate gestanden hatte. Ob diesem wohl das Treiben in jener Einrichtung gefallen hätte? Sicherlich, denn er war ja ein lebensbejahender Mensch und den schönen Dingen des Lebens durchaus zugewandt. Nach etwa einer halben Stunde Fußmarsch sahen wir schon von weitem die Schlange auf der Treppe der kleinen Villa, in der sich unser Club befand. „Die Schlange ist heute besonders lang. Die hatten wohl alle, so wie wir auch, Bedenken, nicht mehr eingelassen zu werden, wenn sie spät dran und die Räume voll sind", sagte ich. In der Schlange stehend flüsterte Susi: „Ob ich wohl heute den wiedersehe, der mich letzte Woche nach Hause brachte? Hoffentlich bekam er kein Club-

Verbot, denn er hat sich nach der letzten Tour mit Jochen geprügelt und für Harry ist eine Prügelei oft ausreichend, um ein Verbot auszusprechen." Club-Verbote standen bei uns des Öfteren auf der Tagesordnung, wenn sich jemand danebenbenommen hatte. Dies konnte eine Prügelei sein, aber auch einfaches Randalieren, welches zu hohem Alkoholgenuss geschuldet war. Harry, der Clubhausleiter, kannte da keine Gnade. Er und seine Frau Marga, die den Ausschank betrieb, hatten alles im Griff, und keiner wollte es sich mit ihnen verderben. Über mangelnde Besucher konnten sich beide wahrlich nicht beklagen. Das, was die meisten jede Woche ins KM zog, war die gute Band, die dort spielte, unsere „Flamingos". Damals gab es noch Live-Musik, denn die Disco-Zeit war in unserem Provinznest im Süden des inzwischen verschwundenen Landes mit den drei Buchstaben DDR noch nicht angebrochen. Live wurden in erster Linie Titel der Beatles, der Bee Gees und der Stones gecovert. Die „Flamingos" spielten ausschließlich Westmusik. Der Autorität, die unser Clubhausleiter besaß, war es wohl auch zu verdanken, dass die unsinnige Vorgabe von 60 zu 40, was 60 % DDR-Titel und 40 % West-Titel bedeutete, von den „Flamingos" nicht eingehalten wurde. Diese ganz besondere Atmosphäre war es, die dazu führte, dass wir uns im KM sehr wohl fühlten. Für mich war es fast wie ein zweites Zuhause, denn dort konnte ich die Musik hören, die in meinem richtigen Zuhause tabu war. Westliche Beat-Musik aus dem Radio eines Genossen Lehrer und SED-Schulparteisekretärs – nein, soweit ging die Liebe meines Vaters zu seinem einzigen Töchterlein nicht. „Warum prügelten sich denn die beiden?" fragte ich, nachdem wir endlich an der Reihe waren und an einem der Vierertische Platz genommen hatten. „Du weißt doch", so Susi, „Jochen glaubt, er hätte Besitzansprüche, was mich anbetrifft. Ja, wir gehen zusammen, aber dies ist doch noch lange kein Grund auszurasten, wenn ich mit einem anderen tanze und schmuse. Und er hat auch kein Vorrecht, was das Nachhause gehen anbelangt. Außerdem gefällt mir dieser Werner, ich glaube, ich habe mich in ihn verknallt. Du weißt doch, der Hübsche aus der 12 B, der mit den kurzgeschnittenen, dunklen Haaren, den tiefblauen Augen und der sportlichen Figur. Du hast ihn sicher schon auf seiner roten Jawa gesehen." „Ach ja, ich glaube, ich weiß, wen du meinst. Er hat nicht nur eine sportliche Figur, er ist auch sportlich. Wenn ich mich nicht täusche, belegte er beim letzten Schulsportfest in seiner Altersklasse im Sprint und im Weitsprung den ersten Platz. Aber das weißt du sicher genauer als ich, denn mir ist nicht entgangen, dass er dich während der Hofpause nicht aus den Augen lässt. Es wäre wohl ganz schön dumm von dir, seine Blicke nicht zu erwidern. Nein, es würde absolut nicht zu dir passen, einen, auf den es auch Karin abgesehen hat, abzuweisen. Du weißt doch, Karin tut immer so, als ob ihr an dir gelegen sei, aber in Liebesdingen hört wohl die Freundschaft, genau wie beim Geld, auf", so meine Überlegungen. Und nach einigem Nachdenken bat ich Susi: „Wir könnten ja bei unserem nächsten Flirtunterricht den Augenaufschlag oder besser gesagt den Schlafzimmerblick, den du so gut beherrschst, üben." „Na klar Vicky, es wird mir ein Vergnügen sein, dich anzulernen. Wir dürfen es auch nicht beim Augenaufschlag belassen. Einen scharf zu machen, dazu gehört noch ein wenig mehr. Aber heute wende erst einmal meine Tipps in puncto Bewegung an, als in puncto Gang, Hüftschwung, Po-Wackeln und und und. Ich antwortete: „Ich versuche es, aber ich habe so meine Bedenken.

Aber, sag mal, wie findest du denn das heutige Outfit der Flamingos?" „Nicht schlecht die ziemlich weit ausgestellten dunkelblauen Hosen und die leuchtend roten Hemden. Die weißen Jacken und die auffallenden Jabots, die sie letzte Woche anhatten, fand ich scheußlich, einfach zu weiblich." In der Zwischenzeit waren die ersten Takte des Manfred-Man-Titels „Pretty Flamingos", der Auftaktmusik unserer Band, erklungen und mein Herzklopfen setzte ein. Wer würde kommen, leicht mit dem Kopf nicken und sagen „darf ich bitten." Würde es einer von denen sein, die mir gefielen oder einer, mit dem das Tanzen absolut keinen Spaß machen würde, vor allem nicht bei den Schmusetiteln wie „Hey jude". Den Kopf schütteln und dann alleine am Tisch sitzenbleiben? Peinlich! Susi wird unter Garantie von einem geholt werden, der gut aussieht, von einem, den sie vorher „angemacht" hat. Vielleicht hätten wir schon eher den Schlafzimmerblick üben sollen", so meine Gedanken. Na klar, da stand wieder einer vor mir, der mir überhaupt nicht gefiel, einer aus meiner Parallelklasse, dem ich schon einmal einen Korb gegeben hatte. Um ihn nicht noch einmal zu verärgern, stand ich auf und begab mich zur Tanzfläche. Nur gut, dass Titel gespielt wurden, bei denen man auseinander tanzte. Als „Satisfaction" von den Stones erklang, schaute ich bewundernd zu Susi, die so richtig aufdrehte. Ihr kam auf jeden Fall die Tatsache zugute, dass das Training in der Gymnastikgruppe unserer Schule ihre

Körperbeherrschung, Gelenkigkeit und Eleganz verlieh. „Gib mir doch etwas ab von deinem Tanzstil", bat ich sie anschließend.

„Auch das werden wir üben, Vicky und dann holt dich am nächsten Samstag ganz bestimmt der hübsche Blonde, den du die ganze Zeit angestarrt hast." Als der Club-Abend so gegen eins endete, ging ich wieder einmal alleine nach Hause, meine Freundin Susi natürlich in Begleitung von Werner. Kurz darauf machte sie mit Jochen Schluss. Nicht länger als ein halbes Jahr hatte sie es mit ihm ausgehalten. In dieses halbe Jahr fielen die Sommerferien des Schuljahres 1967/68 und damit unsere wohl schönste Klassenfahrt, eine Fahrt nach Prag und in das internationale Jugendlager Sobesin. Es war auch die erlebnisreichste Fahrt, die unsere Mädchen-klasse in den vier Jahren EOS, Erweiterte Oberschule, ein Jahr vor dem Abi unternommen hatte. Aber Susi war nicht dabei gewesen, denn der besitzergreifende Jochen hatte sie davon abgehalten. Immer, wenn wir später Erinnerungen über diese Fahrt austauschten, ärgerte sich Susi darüber. Ich glaube, mit ihr wären diese Tage noch spannender geworden. Ja, sie hatte etwas versäumt, unsere Susi, denn in diesen vier-zehn Tagen wurde viel gekauft, viel gelacht und viel geflirtet, geflirtet vor allem mit Studenten aus Frankreich während ei-ner Schifffahrt auf der nächtlichen Moldau. Für den Charme der jungen Franzosen waren wir überaus empfänglich, denn wir wussten, dass so eine Gelegenheit sobald nicht wieder-kommen würde. Vermasselt hat uns einen erneuten Abend mit diesen jungen Männern die Mutter von Alice, die als Be-gleitperson mitgereist war und unser Vorhaben spitzgekriegt hatte. Unseren geliebten Klassen- und Englischlehrer hätten wir bestimmt rumgekriegt.

Auch in Sobesin lernten wir Jugendliche aus verschiedenen europäischen Ländern kennen, sogar aus westeuropäischen und fanden dies alles unheimlich aufregend.

Und da waren da auch noch die politischen Wirrnisse im Zusammenhang mit dem sogenannten „Prager Frühling", die wir hautnah miterlebten.

* * *

Susi hatte nicht zu viel versprochen. Es muss wohl die dritte oder vierte Tour bei unserem nächsten Club-Tanzabend gewesen sein, zu der mich der hübsche Blonde, in den ich mich verguckt hatte, holte. Ich kannte ihn, denn er wohnte im gegenüberliegenden Wohnblock, und wenn wir beide auf dem Balkon saßen, gingen die Blicke hin und her. Bei der vorangegangenen Tour hatte ich seinen Blick gespürt. Vielleicht war es mir gelungen, etwas von dem aufreizenden Tanzstil, welchen ich mit Susi geübt hatte, zu praktizieren. Danach tanzten wir jede Tour zusammen. Ich war glücklich. Bei Titeln mit Kuschel-Musik schlang ich die Arme um seinen Hals und schmiegte mich an ihn, wie das eben damals so üblich war. Dabei rutschte mein kurzes Kleid wohl ziemlich weit nach oben.

Kurze Röcke und Kleider waren damals in der Mode fast eine Revolution. In jener Saison trug man die Kleider meist hochgeschlossen, was einen reizvollen Kontrast zu den Sexy-Röcken ergab. Trompetenärmel, lange Ärmel, die nach vorne weiter wurden, gehörten ebenfalls zu dieser

Kleidermode. Auf der Moldau-Fahrt 1968 trug fast jede aus unserer Mädchenklasse solch ein Kleid. Unterschiede gab es nur in Farbe, Muster und Material. Den jungen Franzosen schienen die so gekleideten Mädchen gefallen zu haben, denn jede von uns hatte einen dieser charmanten Verehrer.

Wir hatten also fast den gesamten Abend zusammen getanzt, der Blonde, der Bernd hieß, und ich. Bei der letzten Tour fragte er: „Wir haben doch den gleichen Heimweg, darf ich dich nach Hause bringen? "Natürlich sagte ich nicht, dass ich genau darauf gewartet hatte. Mit einem Nicken, das nichts von meinem Aufgeregt sein verriet, stimmte ich zu. Unterwegs legte er mir seinen Schal um, denn es war ein kühler Abend. Seine Küsse versetzten mich in einen erregten Zustand, den ich so nicht kannte. Zum ersten Mal küsste mich ein Mann, den ich begehrte, und ich war bereit, ihm mehr zu geben als nur Küsse. Nach ungefähr vierzig Minuten standen wir vor meiner Haustür. Ich schloss auf, und wir schmusten im Treppenhaus weiter. Plötzlich, er wollte mir gerade unter den Rock fassen, ging das Hauslicht an, und mein Vater kam schimpfend die Treppe herunter. Die ganze Lust und die ganze Romantik waren im Eimer. Für eine Verabredung blieb keine Zeit. Als ich dann in meinem Bett lag, ließ ich den Abend noch einmal Revue passieren, war glücklich und freute mich auf den nächsten Samstag. Am Montag, noch vor Unterrichtsbeginn, kam Susi an meinen Platz und sagte: „Na, Vicky, wir war's mit dem hübschen Blonden?" „Endlich hab auch ich einmal etwas Aufregendes erlebt", antwortete ich, „es hätte noch aufregender werden können, aber mein Vater machte mir einen Strich durch die Rechnung. Danke, Susi, danke für die Zeit, die du dir für unsere Flirtschule genommen hast und danke für die Mühe, die du dir gegeben hast, um mich aus meinem Mauerblümchendasein zu erwecken. "Den Blonden habe ich nicht wiedergesehen. Von einer Nachbarin erfuhr ich, dass er mit seiner Familie kurze Zeit danach nach Dresden verzogen war. Schade! Aber es kam ein Brief, über den ich mich sehr freute. Für eine engere Beziehung waren wohl unser beider Gefühle nicht ausreichend,

Ja, Susi war damals für mich eine echte Freundin und nicht nur wegen des Flirtunterrichts. Sie begehrte auch immer auf, wenn sie meinte, dass mir, der Ruhigen und Zurückhaltenden, seitens eines Lehrers Unrecht zugefügt worden sei. Und auch in diesen Fällen bewies sie ihr Temperament und ihren Gerechtigkeitssinn. Damals konnte ich noch nicht ahnen, dass mein Urteil über sie zwei Jahre später anders aussehen würde.

***

Februar 1970.

Das erste Studienjahr an der Friedrich-Schiller-Universität Jena lag hinter mir und damit die Aufregungen, die ein neuer Lebensabschnitt nun einmal mit sich bringt. Ich hatte mich an das Leben einer Studentin der Sektion Philosophie und Geschichte gewöhnt. Ich hatte mich eingelebt, ich, die Provinzpflanze. Wie das an den Universitäten der DDR üblich war, gab es für das Studium feste Zeitpläne und feste Strukturen. Ich gehörte zu einer der zwei Seminargruppen Historiker/Germanisten meines Studienjahres und wollte Lehrerin werden. Am wohlsten fühlte ich mich in der Kaffeestube des Uni-Hauptgebäudes und in dem Zimmer, in dem ich mit drei anderen Kommilitoninnen wohnte. Christel, Christine, Dorit und ich – wir hatten uns unsere Behausung gemütlich eingerichtet, so dass der von den Doppelstockbetten und Spinden herrührende Kasernencharakter kaum noch spürbar war. Über unseren Betten hingen Cover, über meinem die von Mireille-Mathieu-Schallplatten, denn ich war wohl schon damals das, was man als frankophil bezeichnen kann. Wir hatten uns buntes Keramikgeschirr, Vasen und andere Deko-Gegenstände gekauft und von zu Hause Decken und Kissen mitgebracht. Abends saßen wir stundenlang zusammen, tranken Tee oder Wein und werteten den Tag aus. Zu diesen Auswertungen gehörten natürlich nicht nur fachliche Dinge, sondern auch das Aussehen und Verhalten unserer Dozenten und Mitstudenten, insbesondere natürlich der männlichen. Schon in den ersten Seminaren verliebte ich mich in einen meiner Kommilitonen. Die Art und Weise, wie Jan in den Seminaren auftrat, imponierte mir. Seine Beiträge zeugten von einem tiefgründigen Wissen und von einer überdurchschnittlichen rhetorischen Begabung. Die Art, wie er sich gab, wie er redete, wie er lachte, wie er sich bewegte, zog mich an, genauso wie seine dunkle, warme Stimme. Er war einfach anders als die anderen. Ich selbst pflegte in den Seminaren nur dann etwas zu sagen, wenn ich dazu aufgefordert wurde. Ansonsten schwieg ich. Dennoch folgte ich den Diskussionen aufmerksam, vor allem, wenn es sich um historische bzw. literarische Themen handelte, denn in diesen Bereichen lagen meine Stärken. Meine Zurückhaltung hatte vor allem zwei Gründe. Einerseits war es mein mangelndes Selbstbewusstsein in Bezug auf mein Wissen und Können und andererseits schämte ich mich geradezu für den nicht zu verbergenden fränkischen Akzent, der in unserer Republik wenig bekannt war. Das dunkle A und das rollende R sind typisch für die Aussprache derer, die südlich des Rennsteiges leben. All das machte mich unsicher. Ich galt als schüchtern und bei den Jungs sicher als langweilig. Später sagte einmal ein Studienfreund: „Vicky, du warst zwar hübsch, aber eben eine aus dem Wald." Ich war also ein Mauerblümchen. Genau wie in meinem heimatlichen Jugendclub war es im Studentenkeller. Ich gehörte nicht zu denen, um die man sich beim Tanzen riss. Bei meiner Freundin Susi war das ganz anders, sie hatte auch im Studentenclub Tänzer ohne Ende. Dennoch, ein wenig mehr Chancen als zu Hause hatte ich, und dies war wohl Susis Flirtunterricht zu verdanken.

Ja, auch Susi studierte in Jena, allerdings an einer anderen Sektion, an der Sektion Sprachwissenschaften. Lehrerin für Englisch und Russisch war ihr Berufsziel. So sahen wir uns ab und zu auf dem Gelände, auf dem unsere Studentenbaracken standen, in der Mensa, in den Pädagogikvorlesungen sowie in den M-L-Vorlesungen. M-L war die Abkürzung für Marxismus-Leninismus, und Kenntnisse in dieser Weltanschauung standen bei allen DDR-Studenten auf dem Stundenplan. An eine dieser Vorlesungen kann ich mich noch ganz genau erinnern und zwar an die letzte vor den Weihnachtsferien und dem großen Schulpraktikum 1970. Überpünktlich und diszipliniert wie wir waren, hatten wir ungefähr zehn Minuten vor Vorlesungsbeginn den großen Hörsaal im Physik-Institut, dessen Bänke im Halbrund angeordnet waren, betreten.

Ich sagte zu Christel: „Lasse uns bitte in dieser Reihe sitzen, denn Jan und sein Freund Gernot setzen sich immer in die Reihe, die man von hier aus gut sehen kann." „Hast du denn ein Auge auf Jan geworfen, auf Jan, den Herzensbrecher?" fragte Dorit. „Ja, er gefällt mir", so meine Antwort, „aber leider auch vielen anderen. Ich glaube, ich bin bis über beide Ohren verliebt, weiß aber nicht, ob er es überhaupt bemerkt hat." „Natürlich setzen wir uns so, wenn du dir davon etwas versprichst", mischte sich nun auch Christine ins Gespräch ein, „ich glaube, im Moment läuft bei ihm etwas mit einer Assistentin unserer Sektion." Die Vorlesung begann, und ich wartete noch immer aufgeregt auf Jan. Ungefähr eine Viertelstunde, nachdem der Professor mit seinen Abhandlungen zu den „Drei Quellen und Bestandteilen des Marxismus-Leninismus" begonnen hatte, tauchten Jan uns sein Freund auf. Er in Jeans, kariertem Hemd und dunkelblauer Studentenkutte, die eine Art Markenzeichen war. Beide drängten sich an ihren Mitstudenten vorbei, um an ihren angestammten Platz zu gelangen. Dorit flüsterte: „Die haben wohl gestern wieder einmal zu tief ins Glas geguckt und deshalb verschlafen." Vor Aufregung hatte ich beim Mitschreiben den Faden verloren und musste mir später Christels Hefter ausborgen. In der Vorlesungspause stand ich mit meinen Freundinnen vor dem Institutsgebäude in einer Ecke und rauchte. Plötzlich, ich traute meinen Augen nicht, kam Jan auf uns zu und fragte: „Vicky, wollen wir nach der Vorlesung zusammen einen Kaffee trinken?" Nicht fähig, etwas zu sagen, nickte ich nur.

„Ich warte dann vor dem Institut auf dich", sagte er noch und begab sich wieder in den Hörsaal. „Also hat er doch etwas gemerkt", dachte ich. Vom Rest der Vorlesung bekam ich gar nichts mehr mit, so aufgeregt, wie ich war. „Meine Güte", sagte ich zu mir, „du bist 20 und benimmst dich wie ein Teenager." Beim Einpacken bummelte ich, denn ich wollte als eine der letzten aus dem Gebäude. Die anderen aus meiner Seminargruppe sollten uns nicht zusammen sehen. Ich hatte Angst davor, dass sie sagen könnten: „Oh, das wird spannend. Vicky, die Schüchterne und Jan, der Casanova. Ob das gut geht?" So ging ich ganz langsam die große Treppe, die vom Hörsaal zum Ausgang führte, hinunter. Er stand am Ende der Treppe, wartete und nahm wie selbstverständlich meine Hand. An der Mensa vorbei gingen wir in Richtung Stadtzentrum. Irgendwo auf dem Philosophenweg küsste er mich, behutsam und zärtlich, als hätte er geahnt, dass ich in sexuellen Dingen ziemlich unerfahren war. Die Berührung seiner Lippen, seiner Hände und seine warme, dunkle Stimme an meinem Ohr ließen in mir den Wunsch nach mehr Nähe aufkeimen. Aber irgendwelche Hemmungen, vielleicht meinem mangelnden Selbstwertgefühl, vielleicht auch meiner Unerfahrenheit mit dem männlichen Geschlecht geschuldet, hielten mich davon ab, ihm das zu zeigen. Absolut undenkbar für mich war es, ihn wissen zu lassen, dass ich gerne mit ihm ins Bett gehen würde. Höchstwahrscheinlich hätte sich dann ein starkes Gefühl der Peinlichkeit eingestellt, wenn unmissverständlich sichtbar geworden wäre, dass ich noch nie Sex hatte. Ich befürchtete wohl, er könne denken, es hätte mich vor ihm noch kein anderer gewollt.

An das, worüber wir dann im Café in der Wagnergasse sprachen, konnte ich mich später nicht mehr erinnern. Kein Wunder, denn ich war so erregt, dass mir das Herz bis zum Hals klopfte. Aber ich erinnerte mich komischerweise an die verkitschte Art des Kaffeetempels, wie wir diese Einrichtung nannten. Somit weiß ich auch nicht mehr, wie wir Abschied nahmen. Ungefähr sechs Wochen sollten wir uns nicht mehr sehen. Die Weihnachtsferien und das große Schulpraktikum lagen vor uns. Ich weiß aber noch, dass wir keine Adressen austauschten. Er hatte also nicht gesagt: „Gib mir deine Adresse, dann kann ich Dir schreiben." Ein Telefon war zu jener Zeit in der DDR alles andere als selbstverständlich. Und ich traute mich wohl nicht, ihn um seine Adresse zu bitten. Dennoch war ich in diesem Moment sehr, sehr glücklich. Einen Tag später stand ich auf dem Bahnsteig am Paradiesbahnhof. Ungefähr fünf Minuten vor Abfahrt des Zuges kam meine Freundin Susi angehetzt. Wir hievten unsere schweren Koffer in ein Abteil und setzten uns nebeneinander. „Du siehst ja richtig glücklich aus, Vicky, hast Du etwas Schönes erlebt in den letzten Tagen, vielleicht eine neue Liebe?" fragte sie mich. Nach ungefähr einer Stunde waren wir alleine im Abteil. In unsere autonome Bergrepublik wollten außer uns nur wenige. Ungefähr zwei Stunden Bummelzug lagen noch vor uns, genug Zeit, um meiner Freundin ungestört von meinem Liebesabenteuer, wie sie es nannte, zu erzählen. „Ein Abenteuer war das, was ich erlebte, nun wirklich nicht", begann ich, „aber für mich genau so aufregend wie ein solches.

Nachdem ich ihr den letzten Vorlesungstag genau geschildert hatte, bat Susi: „Beschreib ihn mir doch einmal, deinen Auserwählten, ich meine beschreibe das, was dir besonders an ihm gefällt, das, was dir offensichtlich ein Bauchkribbeln verursacht und deine, na sagen wir mal, erotische Phantasie anregt." „Ach Susi, etwas Außergewöhnliches hat er wohl nicht an sich, aber für mich ist er einfach anders als die anderen. Ich mag seine Stimme, seine Augen und seine sportliche Figur. Vor allem aber gefällt mir seine Art zu reden und seine Art zuzuhören. Er besitzt einen natürlichen Charme würde ich sagen. Und dieser Charme gefällt wohl nicht nur mir, denn über mangelndes weibliches Interesse scheint er sich nicht beklagen zu müssen. Man sieht ihn immer lachend und flirtend. Die Beziehung zu einer Assistentin unserer Sektion scheint vor kurzem auseinandergegangen zu sein. Er heißt übrigens Jan, stammt aus Dresden und ist zwei Jahre älter als wir, da er vor Studienbeginn seinen Grundwehrdienst bei der Armee ableistete. Wir werden uns jetzt sechs Wochen nicht sehen, und ich zerbreche mir den Kopf darüber, wie es danach mit uns beiden weitergehen soll. Einerseits wünsche ich mir eine feste Beziehung mit ihm, also mehr als Küsschen und Händchenhalten, andererseits habe ich Angst, seinen Erwartungen nicht gerecht werden zu können." „Das scheint ja wirklich ein interessanter Typ zu sein", bemerkte Susi, nachdem ich am Ende meiner Erzählung angelangt war und fügte hinzu: „Wenn wir uns im Februar beim Kulturpraktikum sehen, musst Du ihn mir unbedingt zeigen."

Damals konnte ich noch nicht ahnen, dass dort in Eckartsberga meine Freundschaft zu Susi ihr Ende finden würde.

Die Weihnachtsferien und der Stress des Schulpraktikums lagen hinter und vor mir vierzehn Tage Kulturpraktikum. Obwohl mich das Praktikum an einer der Schulen meiner Heimatstadt voll gefordert hatte, waren meine Gedanken oft, auch in Momenten, in denen ich stark konzentriert sein musste, zu Jan gewandert. Dann ärgerte ich mich auch immer wieder darüber, dass weder er noch ich auf die Idee gekommen war, die Adressen auszutauschen. Ein Briefwechsel hätte uns sicher nähergebracht, und vielleicht hätte ich dann auch bestimmte Minderwertigkeitskomplexe abbauen können. Es hatte nicht sollen sein. So wurden meine Selbstzweifel eher größer als kleiner. Ständig beschäftigte mich die Frage, wie ich für den Fall reagieren sollte, dass er bat, sich in den Seminaren neben mich setzen zu dürfen. Ich hatte große Bedenken, vor den neugierigen Blicken der anderen nicht bestehen zu können und Angst davor, dass meine Unsicherheit in den Seminargesprächen dadurch noch verstärkt werden könnte. Als sich dann alle, die am Kulturpraktikum teilnahmen, auf dem Saalbahnhof in Jena trafen, sah ich ihn wieder, immer noch unschlüssig, wie ich mich verhalten sollte. Und ich machte dann das Dümmste, was ich machen konnte, ich tat so, als ob nichts, aber auch gar nichts gewesen sei mit uns beiden. Aber auch er machte keine Anstalten, auf mich zuzugehen und mich zu begrüßen. Ich war enttäuscht, tief enttäuscht und wütend, sehr wütend auf mich selbst.

Das Kulturpraktikum fand in der Jugendherberge Eckardts-
berga im Bezirk Magdeburg statt. Seminargruppen der Sekti-
onen Philosophie und Geschichte, Germanistik und Sprachwissenschaften sowie der Sektion Physik nahmen daran teil.
Die Jugendherberge befand sich auf einem Berg, in der Nähe
einer romantischen Mühle. Die Zimmer waren gemütlich eingerichtet, das Essen schmeckte und das Programm des Prak-
tikums war vielversprechend. Es hätten für mich wunder-
schöne vierzehn Tage werden können, vielleicht sogar Tage,
die Weichen für mein zukünftiges Leben in einer glücklichen
Partnerschaft gestellt hätten. Aber es kam anders. Ich ging
Jan aus dem Weg und machte nicht die kleinste Andeutung,
aus der er auf meine wahren Gefühle ihm gegenüber schließen konnte. Da ich wusste, dass er in der Theatergruppe mit-
wirken würde, meldete ich mich für den Chor. Christine und
Dorit belegten den Kurs „Schreibende Studenten" und
Christel schrieb sich bei „Malen und dekoratives Gestalten"
ein. Von Susi wusste ich, dass auch ihr der Theaterkurs zu-
sagte. Kein Wunder, denn sie war ja auch im wirklichen Leben eine Schauspielerin. Schon am zweiten Tag unseres Auf-
enthaltes in der Jugendherberge glaubte ich meinen Augen
nicht zu trauen. Nach dem Ende der Chorprobe schaute ich
aus dem Fenster und sah meine Freundin Susi mit Jan eng
umschlungen an der Mühle stehen, sich abknutschend. Eigentlich wollte ich nicht hinschauen, aber irgendetwas trieb
mich dazu, meinen Blick auf das Paar zu richten, obwohl es
regelrecht weh tat.

Ja, es schmerzte, denn mir war sofort klar, dass ich die Chance verspielt hatte, mit dem Mann glücklich zu sein, der mir wirklich etwas bedeutete, und mir war auch sofort klar, dass ich eine Freundin verloren hatte. In den folgenden Tagen quälte ich mich geradezu. Meine anderen Freundinnen konnten mich nicht trösten. Christel, der Enttäuschungen in puncto Partnerschaft nichts Unbekanntes waren, sagte: „Mach dir nichts daraus, so sind sie eben, die Männer, heute verdrehen sie der einen den Kopf, morgen der anderen und übermorgen lassen sie sich den Kopf verdrehen. Die schöne Susi hat wohl all ihre Reize in Szene gesetzt. Und du Naive hast sie noch auf Jan aufmerksam gemacht und damit ihre Neugier geweckt." „Mir können die Männer sobald nicht mehr gefährlich werden. Die Enttäuschung, die ich erlebte, reicht fürs ganze Leben", mischte sich Dorit ins Gespräch ein. Sie hatte in den ersten Semesterferien geheiratet, und diese Ehe hielt nur ein Jahr. Was eigentlich vorgefallen war, erzählte sie uns allerdings nicht. Wir verstanden dies nicht so richtig, denn untereinander hatten wir ein sehr inniges Verhältnis, und es gab eigentlich keine Geheimnisse. Christine, die mit einem der Physiker angebändelt hatte, warf ein: „Wenn ihr heute Abend euren Kummer ertränkt, will aber auch ich dabei sein, denn ich muss ja sicherlich wieder den Schnaps beisteuern. Ich habe aus Vaters Keller eine Flasche Kumpeltod eingesteckt. Kumpeltod nannte man den Schnaps, den die Wismut Arbeiter als eine Art Deputat erhielten. Christines Vater war Wismut Kumpel aus dem Erzgebirge.

Am nächsten Tag hatte ich dann erst einmal damit zu tun, die Nachwirkungen des hochprozentigen Alkohols zu bekämpfen, und dies lenkte mich ab. Als Susi beim Mittagessen scheinheilig fragte: "Vicky, du bist mir wohl böse, weil du mich gar nicht beachtest?" reagierte ich nicht und dachte: „Falsche Schlange, so kann man sich in einem Menschen täuschen."

***

Epilog

Meine Freundin Christine hatte in den Tagen des Kulturpraktikums ihr Glück gefunden. Der Physikstudent, den sie hier kennenlernte, wurde ihr Mann. Aus dieser Ehe gingen zwei Kinder hervor, und sie besteht jetzt seit über vier Jahrzehnten. Beide sind glückliche Großeltern.

Christel hat ihre Enttäuschung mit einem verheirateten Mann nie ganz überwunden. Sie lebt noch immer allein. Dorit heiratete nach über zehn Jahren ein zweites Mal, diesmal einen Lehrerkollegen. Sie ist Mutter eines Sohnes und Großmutter von zwei Enkeln.

Für Susi scheint die Beziehung zu Jan nichts Ernsthaftes gewesen zu sein, denn sie ging ziemlich schnell in die Brüche. Auch die zwei Ehen, die sie führte, scheiterten nach relativ kurzer Zeit. Mehr weiß ich nicht über sie, und ich will auch nicht mehr wissen.

Der Zufall wollte es, dass ich vor kurzer Zeit bei einem Gespräch mit einem Taxifahrer, der mich zum Bahnhof brachte, an Susi erinnert wurde. Nachdem er mir gesagt hatte, in welche Schule er gegangen sei, fragte ich nach Kolleginnen, die dort unterrichtet hatten. Unter diesen war auch Susi. „Na klar kann ich mich an Frau Becker erinnern. So

*eine Lehrerin vergisst man doch nicht. Wir Jungs aus der Zehnten ar-
beiteten in ihrem Unterricht immer besonders aktiv mit. Sehr häufig bat
ich sie, an meinen Platz zu kommen und mir bei schwierigen schriftlichen
Aufgaben zu helfen. Sie kam, beugte sich nach vorne, und ich hatte einen
äußerst entzückenden Einblick in ihr Dekolleté, denn sie trug fast immer weit ausgeschnittene Blusen oder Kleider."*

Rosenmontag

Im Norden nicht gerade ein Feiertag. Und doch, einige Schüler und Lehrer würden am Montag verkleidet in die Schule kommen.

Ich hatte gehofft, Karin bewegen zu können, uns Kollegen am Rosenmontag zu einem kleinen Umtrunk zu sich nach Hause einzuladen. Sie wohnte im sogenannten Lehrerhaus, direkt neben dem Schulgebäude. Deshalb erzählte ich ihr, dass ich endlich dazu gekommen sei, den Videofilm, den ich auf dem letzten Lehrerausflug gedreht hatte, zusammenzuschneiden und dass ich ihn auch dabeihätte. Karin sprang darauf an, wollte aber, dass ich ihr den Film zuvor zeigen sollte. Warum nicht, dachte ich, käme ich bei dieser Gelegenheit bestimmt zu einem guten Mittagessen, denn Karin war dafür bekannt, eine gute Köchin zu sein.

Spaghetti, ein Glas Rotwein und ein zweites, das wir mitnahmen ins Wohnzimmer, wo wir es uns vor dem Fernseher gemütlich machten. Ich legte die Kassette ein und los ging es.

Zuerst der kulturelle Teil: Stadtführung, Museum. Dann am Nachmittag die Weinprobe.

Lehrer, dachte ich, wie sie da immer zulangten, wenn es irgendetwas umsonst gab.

Am Abend landeten wir nach einer Kneipentour in einer Diskothek, alle schon ein wenig betütelt. Und ich immer mit der

Kamera zugange, die damals noch die Größe eines Schuhkartons hatte. In dem Tanzlokal machte ich noch einmal einen Schwenk, fing dabei ein, dass einige meiner Kollegen eng umschlungen miteinander tanzten. Dann verließ mich das Interesse an der Sache, und ich legte das Gerät neben mich auf eine Sitzbank.

An der Tanzfläche stand eine junge Kollegin, Petra, Referendarin an unserer Schule. Ein wenig geflirtet hatten wir schon miteinander. Heute Abend trug sie ein rotes, enganliegendes Kleid, das ihre sportliche Figur betonte. Ich stellte mich zu ihr, machte ihr ein entsprechendes Kompliment. Sie bedankte sich artig und lächelte mich dabei vielsagend an. Dem Alkohol war es wohl geschuldet, dass ich es wagte zu sagen, dass ich gerne mit ihr schlafen würde. Lachend antwortete sie schlagfertig: „Jetzt gleich?"

Im Hotel angekommen, war mein Schrecken groß, hatte ich doch die Videokamera in der Disco liegen gelassen. Beim Frühstück am anderen Morgen, ich wollte sogleich in besagtes Lokal laufen und nachfragen, meinte Petra wie nebenbei: „Ja. Also, ich habe das Ding mitgenommen, und ja", sie beugte sich zu mir und flüsterte, „die ganze Nacht auf dich gewartet." Pure Ironie sprach dabei aus ihren Worten.

Zurück zur Vorbereitung auf den Vorführabend. Der Film endete also mit dem Kameraschwenk über die Tanzfläche.

„Etwas fehlt, ein passender Abschluss", meinte Karin. Ich stimmte ihr zu, und beide saßen wir eine Zeit lang und überlegten.

„Ich hab's", rief sie plötzlich. Gespannt blickte ich sie an.

„Du lässt das Band bis zum Schluss laufen und erklärst, das sei der erste Teil gewesen, sozusagen jener der offiziellen Veranstaltung, nimmst die Kassette aus dem Rekorder, legst eine neue ein und sagst, dass nun der inoffizielle Teil, der, der im Hotel spielte, folge."

Verständnislos blickte ich Karin an. „Es gibt doch keinen zweiten Teil."

„Den konstruieren wir jetzt. Neulich habe ich einem Schüler einen Pornofilm abgenommen, ihm gesagt, seine Mutter könne ihn bei mir abholen. Natürlich hat der seiner Mutter nichts davon gesagt. Diesen Film schauen wir uns jetzt beide an und wählen eine Sequenz aus, auf der keine Gesichter erkennbar sind. Diese Handlung, so glauben dann die Zuschauer, hat in der Nacht auf einem der Hotelzimmer stattgefunden."

„Und wir sind die Protagonisten", unterbrach ich Karin.

„Genau."

„Na dann Karin, leg die Kassette ein und lass sie laufen."

Endlich fanden wir eine passende Abfolge, die uns als geeignet erschien. Wie primitiv auch immer der Inhalt des Videos war, ganz unbeeindruckt davon schien Karin nicht zu sein, und ich war es auch nicht. Indem wir uns die Reaktionen unserer Kollegen auf das Gesehene vorstellten, überspielten wir die zwischen uns aufgekommene Verlegenheit.

84

Die Reaktion der Kollegen übertraf unsere Erwartungen bei weitem. Empörung, mit wenigen Ausnahmen.

Kollege M. brachte es auf den Punkt: „Nicht genug damit, dass sich einige unmäßig am Alkohol vergriffen haben, dann auch noch das da", dabei zeigte er mit angewidertem Gesichtsausdruck auf den inzwischen erloschenen Bildschirm. „Ich werde höheren Ortes darüber zu berichten wissen. Mir als Christen versagt es die Sprache ob dieser Verdorbenheit", stand auf, ergriff seine Aktentasche und verschwand grußlos. Fast alle folgten, Zustimmung murmelnd seinem Beispiel. Zurück blieben, außer Karin und mir nur noch Rosi und Karl. Die beiden hatten durchgeblickt und den Film als das erkannt, was er war, eine Montage.

Mit Rosi hätte ich damals gerne etwas angefangen, doch bisher war sie mir gegenüber zurückhaltend gewesen, obwohl es hieß, dass sie einem Abenteuer nicht abgeneigt sei. Und heute, wenn ich ihre Blicke richtig verstanden hatte, bedachte sie eher Karl als mich mit ihrer Aufmerksamkeit. Und Karl, der schien nicht abgeneigt zu sein, hatte es stets so einzurichten gewusst, ihr gegenüberzusitzen. Das animierte Rosi dazu, betont langsam ihre Beine übereinanderzuschlagen. Und Karin, im Unterschied zu Rosi eher unscheinbar in ihrem Äußeren – wenn sie Hosen trug, dann waren die eher eine Nummer zu groß. Heute trug sie Rock und Pullover, der eine ziemlich lang, der andere etwas zu weit.

Wenn ich allerdings an die Blicke dachte, die sie mir bei der Auswahl der Videosequenz gesandt hatte, war ich mir fast sicher, heute bei ihr Chancen zu haben.

Jetzt saßen wir, hatten die Sessel in eine Runde gerückt und tratschten, natürlich über die Kollegen, die gegangen waren. Für mich stand es außer Frage, dass ich heute nicht mehr nach Hause fahren würde, zumal Karin mir angeboten hatte, auf ihrem Sofa zu übernachten. Deshalb hielt ich mich, was das Trinken betraf, nicht zurück.

Auch Rosi tat so, als würde sie kein Auto mehr lenken wollen. Lediglich Karl hatte sich auf Mineralwasser und Kaffee beschränkt. Er hatte wohl gehofft, Rosi nach Hause bringen zu dürfen. Jetzt, nachdem Karin Rosi angeboten hatte, ebenfalls hier zu übernachten, erhob er sich alsbald, griff nach seiner Tasche und erklärte, verschwinden zu wollen.

„Ich bringe dich zur Tür", erbot sich Rosi und erhob sich gleichfalls.

Nun waren Karin und ich alleine, sprachen weiterhin dem Wein zu und plauderten über dies und jenes. Doch bald begann ich mich darüber zu wundern, dass Rosi solange wegblieb. Ich müsse mal, log ich und ging, um nachzuschauen, wo denn Rosi blieb.

Als ich die Tür öffnete, im Flur war es dunkel, sah ich, wie Karl hastig nach seiner Tasche griff, die am Boden stand, sich zur Wohnungstür wandte und grußlos verschwand.

Ich hatte die Zimmertür hinter mir geschlossen, und als sich meine Augen an die Dunkelheit gewöhnt hatten, gewahrte ich Rosi, an die Flurwand gelehnt.

„Willst du hier Wurzeln schlagen", fragte ich sie und trat auf sie zu. Da legte sie ihre Arme um meinen Hals und zog mich
86

an sich. Der Alkohol ließ mich wohl alle Umstände vergessen. Während wir uns küssten wanderten meine Hände über ihre Hüften abwärts, ergriffen den Rocksaum und hoben den Rock über ihren Hintern. Wann hatte sie wohl das Höschen ausgezogen, fragte ich mich, als ich ihren Po ertastete.

„Komm", stieß sie hervor und schob mich durch die offenstehende Tür in Rosis Schlafzimmer, wo wir sogleich auf dem Bett landeten. Danach wären wir wohl eingeschlafen, wenn nicht ...

„Raus aus meinem Schlafzimmer!"

Erschrocken hob ich meinen Kopf, blickte zur Tür. Wutentbrannt Karins Gesichtsausdruck.

„Und du", sie wies mit ausgestrecktem Arm auf uns beide, „elende Schulnutte verschwindest sofort."

„Also war ich nicht gemeint, so mein erster Gedanke. Rosi, indem sie hastig ihre Kleider ordnete, kam der Aufforderung nach, knallte die Wohnungstür hinter sich ins Schloss.

„Männer", war alles, was Karin mir in dieser Angelegenheit zuraunte.

Schließlich saßen wir an beiden Enden des Sofas, ein Gespräch wollte nicht mehr aufkommen. Karin hob bald ihre Beine, rutschte in die Waagerechte und war fast augenblicklich eingeschlafen. Ich nahm die Decke und deckte meine Kollegin damit zu.

Was sollte ich tun? Das Schlafzimmer war nach den Geschehnissen tabu. Das Sofa bot Platz für zwei. Also hob ich die

Decke und legte mich soweit es ging darunter, so dass wir nun Köpfe an Füßen lagen. Schlaf wollte sich bei mir aber nicht einstellen.

Plötzlich spürte ich Karins Hand zwischen meinen Beinen. Warum nicht dachte ich und tat es ihr gleich. Zuerst sie und dann ich.

„Wir müssen rüber", Karin rüttelte mich an der Schulter. „Die Schüler gehen schon in ihre Klassenräume."

Mir kam zugute, dass ich in meiner Klasse eine Projektarbeit begonnen hatte, und sich die Schüler in einer Phase von Gruppenarbeit befanden. Deshalb konnte ich mich nach der Begrüßung und Grobeinweisung am Lehrertisch niederlassen – und wäre beinahe eingeschlafen.

„Legen Sie doch ihre Füße einfach auf den Tisch", sagte die Schülerin, die mir am nächsten saß, „ich sehe doch wie müde Sie sind."

Einmal nicht nur reagieren müssen

„Ich bin es leid", sagt er zu ihr, „immer nur Gegendemonstrationen organisieren zu müssen. Immer nur reagieren. Ich meine, ich sollte auch einmal ein Zeichen setzen."

„Wie meinst du das?"

„Ich sollte ihnen einmal Feuer unterm Arsch machen."

„Du meinst, Gleiches mit Gleichem vergelten, Gewalt gegen Gewalt?"

„Nein, so meine ich das nicht. Du weißt, dass mir Gewalt gegen Menschen zuwider ist."

„Gewalt also gegen Sachen?"

„Nicht so, wie du das gerade gesagt hast."

„Na wie denn sonst?"

„Ich weiß es noch nicht."

„Aber ich weiß, dass ich jetzt losmuss."

„Wann kommt er?"

„Gegen acht, nehme ich an."

„Ich werde mich umhören", denkt Sven, als sie gegangen war, „werde meine Verbindungen nutzen."

Walter kennt er von früher, aus Studienzeiten. Beide hatten sie sich in der linken Studentenbewegung engagiert. Sven kann sich noch gut daran erinnern, wie er in den AStA, den allgemeinen Studentenausschuss, gewählt worden war.

An einem Montagabend war er einem Aufruf des AStA gefolgt und hatte beim Kopieren von Flugblättern geholfen. Dienstag war er wieder hingegangen. Nach der Arbeit, die Infos lagen gestapelt auf dem Tisch, sollten anderntags verteilt werden, saßen sie in der Asta-Stammkneipe auf ein Bier, wie Walter es vorgeschlagen hatte.

Sven fühlte sich gleich wohl in ihrem Kreis, weil sie ihn nicht spüren ließen, dass er ein Neuling war. Walter war AStA-Vorsitzender und führte das Wort. Er sprach davon, dass man dem dahinsiechenden Kapitalismus endlich den Garaus machen müsse, propagierte die Bewaffnung der Arbeiterklasse. Das gefiel Sven, der sich als ein Linker fühlte, obwohl er nicht so recht daran glaubte, dass sich die Arbeiterklasse würde bewaffnen lassen, in einer Zeit, da die Arbeitslosenzahl auf niedrigem Niveau stagnierte.

Walter machte keinen Hehl daraus, dass er ein Anhänger Maos war und dessen Kulturrevolution am liebsten sofort auf die BRD übertragen hätte. Schließlich saßen sie beide alleine am Tisch, und Walter betonte noch einmal, wie sehr er Svens Wunsch schätzte, bei der verfassten Studentenschaft mitzuarbeiten. Sven fühlte sich ein wenig von Walter überrumpelt, wandte ein, dass er sich die Sache noch einmal überlegen müsse. Walter überhörte seinen Einwand, befahl ihm geradezu, morgen beim Verteilen der Flugblätter dabei zu sein.

War es der Alkohol, inzwischen hatten sie einige Biere getrunken, war es Walters Überredungskunst oder vielleicht auch Einsicht in die Notwendigkeit – jedenfalls sagte er zu, morgen wieder zu kommen.

Es blieb nicht beim Verteilen, bald schrieb er selbst kämpferische Texte. Walter hatte ihn dazu ermuntert.

Für Freitag war eine Sitzung des Studentenparlaments anberaumt worden, weil die Nachwahl für ein ausgeschiedenes AStA-Mitglied erfolgen sollte.

Als sie sich dann, nach der Sitzung in ihrer Stammkneipe trafen, war Sven in den AStA gewählt worden.

Walter jedoch zog sich immer mehr aus der politischen Arbeit zurück, propagierte aber, wenn sie nachts diskutierten, weiterhin die sozialistische Revolution. Sein Freund und Genosse absolvierte das Examen mit sehr guten Noten. Dann verloren sie sich aus den Augen.

Gut kann er sich noch an den Schock erinnern, den er Jahre später erlitt, als der Andere die Bühne betrat und eine Hassrede gegen alles Fremde und Undeutsche hielt.

Er war gekommen, um gegen dieses Nazitreffen zu demonstrieren. Er stand in der ersten Reihe der Zuhörer und wollte gerade zusammen mit einem Genossen das Spruchband entrollen, als er ihn erkannte – Walter.

Ihre Blicke trafen sich und Walter winkte von der Bühne herunter. Sven winkte zurück. Er verzichtete auf das Transparent, log dem Genossen etwas von Übelkeit vor und lief hinter die Bühne, um Walter zu treffen.

Dann saßen sie zusammen in einer Kneipe.

„Wir haben damals einfach die nationale Komponente aus den Augen verloren, weißt du. Wir trugen Palästinensertücher und waren gleichzeitig Freunde Israels. Das war ein Fehler. Die Juden sitzen doch hier in Deutschland schon wieder in der Warteschlange und lauern auf die ihnen prophezeite Weltherrschaft."

Zu viel hatten sie damals gemeinsam unternommen und erlebt, hatten sich oft für dieselben Frauen interessiert und sich auch manchmal eine geteilt, als dass er sich Walter jetzt zum Gegner machen wollte.

Seitdem halten sie eine lockere persönliche Verbindung aufrecht. Wenn sie sich treffen, reden sie nicht über Politik, akzeptieren gegenseitig ihre unterschiedlichen Ansichten. Manchmal besucht er Walter, der verheiratet ist und auch ein schönes Haus sein Eigen nennt. Dann reden sie über die alten Zeiten, lassen aber die Sache mit den Frauen aus, wenn Walters Frau dabei ist.

Einmal treffen sie sich in derselben Kneipe, in der sie damals die Revolution „vorbereitet" haben. Wieder lässt er Walter reden, hört ihm interessiert zu, nickt hin und wieder, heuchelt

Zustimmung, will ihn glauben machen, dass er dabei sei umzudenken.

So erfährt er einiges. Da gäbe es die Kameradschaft, die wäre für ihn, Sven, der Ansprechpartner, sagt der Andere.

„Und an wen müsste ich mich da wenden?"

Walter zögert einen Moment, scheint zu überlegen, ob er ihm vertrauen kann.

„Bauer Wiesner", sagt er dann und erklärt ihm den Weg zu dessen Hof. Als sie sich an diesem Abend voneinander verabschiedet haben, weiß er einiges. Der Wiesner Bauer sei ein alter Kamerad, der seiner Überzeugung treu geblieben war, ein Herz für alles habe, was sich gegen diese Judenbande richte. „Weißt du", hatte Walter verschwörerisch geflüstert, „dass wir heute mehr diese verfluchten Moslems auf dem Kieker haben, braucht der ja nicht zu wissen."

Auf dem Wiesner-Hof gäbe es auch ein Lager für alles Mögliche, sagt Walter schließlich.

Sven fragt nicht weiter nach, will sein Interesse nicht allzu deutlich zeigen.

Schon in der nächsten Nacht macht er sich auf den Weg, um sich zunächst einen allgemeinen Überblick über den Wiesner-Hof zu verschaffen.

Sein Auto lässt er auf dem Marktplatz stehen. Es ist eine dieser Nächte, in der man keine Lampe braucht. Mond und Sterne tauchen die Landschaft in ein fahles, fast bläuliches Licht. Er wird darauf achten müssen, selbst nicht gesehen zu werden. Er lächelt, als er an die Anweisung beim Militär denkt: „Viel sehen, ohne selbst gesehen zu werden."

Zunächst läuft er entlang der Ausfallstraße. Nach etwa fünfhundert Metern überquert er eine Weide, die rechts der Straße liegt, und gelangt an einen Bach. Er folgt dem Bachlauf in nördlicher Richtung. Bald hat er die Hofgrenze erreicht. Den Zaun kann er auf der Höhe des Baches leicht umgehen. Er erreicht einen Punkt, von dem aus er das gesamte Anwesen überblicken kann. Von ihm aus gesehen links befindet sich das Wohnhaus, fast an der Straße gelegen. Rechts neben dem Haus, an dieses angebaut, ein Gebäude, in dem sich Ställe befinden könnten. Dort wird wohl das Lager, von dem Walter gesprochen hat, nicht sein, denkt er.

Aber ihm gegenüber, direkt am Bach steht eine Holzhütte. Da will er hin. Er überzeugt sich davon, dass niemand in der Nähe ist. Mond und Sterne beleuchten das Gelände immer noch ausreichend, sodass er sich mühelos orientieren kann. Trotzdem wartet er noch etwa zehn Minuten - beobachtet. Schließlich läuft er hinunter zum Bach und an ihm entlang bis zu der Holzhütte.

Die Tür ist verschlossen, doch er ist in der Handhabung eines Dietrichs geübt. Ein altes Schloss ohne Zuhaltungen. Er tritt ein und verschließt die Tür hinter sich. Der Raum besitzt nur ein Fenster auf der dem Wohnhaus abgewandten Seite. Er schaltet die Taschenlampe ein. Gerümpel überall. In einer Ecke etwas, mit einem alten Teppich abgedeckt.

94

Den hebt er an. Darunter stehen zwei längliche Kisten, oliv-grün.

Mühelos lassen sich die Verschlüsse öffnen. Er hebt den De-ckel der ersten Kiste hoch, drei Sturmgewehre vom Typ G3, wie er sie von seiner Bundeswehrzeit her kennt, zehn Schach-teln mit der passenden Munition, daneben eine Schachtel ohne Aufschrift. Auch deren Inhalt kennt er, Zünder. Schon glaubt er zu wissen, was sich in der anderen Kiste befindet. Und richtig, Sprengmasse, formbar, und Zündschnur. Trinit-rotoluol, meint er sich an den Namen des Sprengstoffes zu erinnern, TNT.

Er hat genug gesehen. Er achtet darauf, alles so zu hinterlas-sen, wie er es vorgefunden hat.

Sorgfältig verschließt er die Schuppentür. Auf der Heimfahrt denkt er nach und resümiert: Wer eine Waffe besitzt, will diese auch benutzen.

Das würde er zu verhindern wissen, entscheidet er, noch ehe er zu Hause ankommt.

Dort setzt er sich in einen Sessel, öffnet eine Flasche Bier und entwirft einen Plan.

Er erinnert sich: „Pionierausbildung aller Truppen", nannte sich der Lehrgang. Dort hatte er gelernt, wie man Zünd-schnur, Zünder und Sprengmasse miteinander verbindet und die Zündschnur in Brand setzen kann. Das Feuer frisst sich daraufhin mit einer Geschwindigkeit von einem Zentimeter in der Sekunde durch die Schnur, dann löst der Zünder die Detonation aus.

95

Fünf Meter, schätzt er, ist die Zündschnur, die in der Kiste liegt. Das wird ihm ausreichend Zeit für seinen Rückzug geben.

Sonntagnacht. Jeden Schritt, jeden Handgriff hat er geplant und war deren Abfolge immer wieder gedanklich durchgegangen. Obwohl er von der Richtigkeit seines Vorhabens überzeugt ist, plagen ihn Zweifel. In der Nacht liegt er manchmal wach, überdenkt alles, bis er bemerkt, dass sich seine Gedankengänge im Kreis bewegen. Die Dunkelheit ist kein guter Ratgeber, weiß er. Dann nimmt er den Roman vom Nachttisch, liest ein paar Seiten, bis er müde wird. Nicht immer ist es der Roman, der ihn auf andere Gedanken bringt. Katja, wie sie sich ihm hingibt, ohne passiv zu sein. Besonders „schöne" Frauen, glaubt er zu wissen, meinen, dass es genüge, die Beine zu öffnen. Katja ist da ganz anders. Morgens lächelt er über sich, über die Bedenken. Da ist wieder alles klar.

***

Im Wald, an einen Baum gelehnt, wartet er auf die Explosion.

Als die erfolgt ist, läuft er hoch zum Parkplatz am Waldrand. Dort hat er dieses Mal sein Auto abgestellt. In der nächsten Ortschaft biegt er in einen Kreisverkehr ein und gleich wieder ab. Da hört er die Polizeisirene.

Montagnachmittag ruft sie an. „Kannst du heute Abend vorbeikommen? Ich bin allein."

„Ich habe davon gelesen", sagt Katja, als sie sich im Wohnzimmer gegenübersitzen, „und auch, dass es nur Sachbeschädigung gab."

„Ich auch, und dass sie die ganze Bande dingfest gemacht haben, um sie wegen der Gründung einer terroristischen Vereinigung anzuklagen."

„Die ganze Bande? Na, ich weiß ja nicht", meint Katja, lächelt skeptisch.

Dabei lassen sie es bewenden. Der Grund für sein Kommen ist ein anderer.

Sie hat eine Flasche Sekt geöffnet, „Baker Street" läuft und Ähnliches.

Sie trägt ein kurzes, rotes, tief ausgeschnittenes, enges Kleid, keine Strümpfe. Er versucht zwischen ihre Beine zu schauen, fragt sich, ob sie wohl einen Slip trägt? Sie lässt ihn im Unklaren, hält ihre Knie zusammen.

Dann tanzen sie eng umschlungen. Sie spürt seine Erregung, presst sich an ihn. Ihre Hände sind hinter seinem Hals verschränkt, die seinen um ihre Taille. Er lässt sie tiefer sinken, erreicht den Saum des Kleides, schiebt ihn hoch bis über ihre Hüften. Seine Hände verharren auf ihren nackten Pobacken. Er weiß, dass sie sich sogleich umwenden wird, kennt ihre Bedürfnisse - und Verbote. Da hören sie die Tür ins Schloss fallen und erstarren.

„Er wollte doch erst morgen Abend zurück sein", flüstert sie.

Nach dem Frühstück ging ich

Wir hatten uns auf einer Party kennen gelernt, geredet und ein paar Mal miteinander getanzt. Dann, weit nach Mitternacht erfolgte der Aufbruch. Susanne und ich räumten auf. Wir waren mit die Letzten, die den zum Partyraum umgewandelten Seminarraum verließen. Susanne hatte ihre Musikanlage beigesteuert, die nun transportiert werden musste. Ich bot mich an, ihr dabei zu helfen, die Anlage in ihrem Auto zu verstauen. Dann standen wir uns gegenüber, wussten nicht so recht wie weiter.

„Äh, ich wohne im dritten Stock", meinte sie mit Blick auf das Gerät. Ich war zu Fuß gekommen, nahm ihr Angebot gerne an. Sie hatte mir erzählt, wo sie wohnte, und so wusste ich, dass es von ihr zu mir nur einen Katzensprung war. Ihre kleine Wohnung gefiel mir. Wohn- Arbeits- und Schlafzimmer, hübsch eingerichtet. Außer einem kleinen Esstisch mit zwei Stühlen, einem Schreibtisch mit Laptop und Stuhl davor bestand die Einrichtung aus einem Sideboard und mehreren Matratzen in bunten Bezügen. Ich folgte Susanne in die Miniküche, wo sie auf meine Frage hin eine Flasche Weißwein aus dem Kühlschrank und aus dem Hängeschrank zwei Gläser nahm.

Dann saßen wir uns gegenüber, die gefüllten Gläser in den Händen. „Na dann", sagte sie und hob ihr Glas, „auf den schönen Abend und die Nacht." Wir sprachen nicht und ich hatte keine Hemmungen, sie zu mustern, wie sie dasaß, ihre

Knie zusammengedrückt, die Beine schräg gestellt. Susanne war etwa einen Meter siebzig groß. Vollschlank, Schulter- und Hüftweite entsprachen einander. Sie trug einen braun genoppten Wollstoffrock, der ihren großen Hintern betonte, einen dezent ausgeschnittenen Pulli, der üppige Brüste erahnen ließ. Die hochhackigen Pumps hatte sie ausgezogen und – ich stutzte, hatte sie nicht eben noch braune Wollstrümpfe getragen? Nur kurz war sie im Bad verschwunden, nachdem wir die Wohnung betreten hatten. Sie hatte wohl mein Stutzen bemerkt: „Ich hab sie ausgezogen, sind eher was für kalte Tage. Und wenn die Musterung beendet ist, hätte ich gerne das Ergebnis gehört und noch ein wenig von dem Weißen bitte."

Wir lachten beide, und ich ging davon aus, dass ihre Frage nicht ernst gemeint war. Wir sprachen über die Party, tratschten über Kommilitonen und Kommilitoninnen.

Plötzlich, ich traute meinen Augen nicht, stellte sie ihre Beine gerade und öffnete sie ein wenig. Man muss sich das vorstellen. Wir saßen auf Matratzen, also praktisch auf dem Boden. Sie hatte nicht nur die Strümpfe ausgezogen, so dass sie mir jetzt einen Blick zwischen ihre Beine gestattete. Ich musste etwas klarstellen.

„Susanne, ich komme von einem Dorf im Westerwald und habe dort eine Freundin, die ich bald heiraten werde."

Wie musste sich das angehört haben, bestimmt lächerlich, doch es war ernst gemeint. Hätte sie mich in diesem Moment ausgelacht, ich wäre aufgestanden und sofort gegangen. Doch sie lächelte. „Michael, das macht doch nichts, ich nehme dich ihr nicht weg, bin an einer festen Bindung überhaupt nicht interessiert."

Der schöne Abend, das Ambiente hier, und Susanne, wie sie mich anlächelte, ließ mich vergessen. Lass uns tanzen meinte sie und schob eine CD in das Fach. Wir bewegten uns auf der Stelle, und ich presste sie an mich.

„Das ist unfair, Michael. Stell dir vor, ich öffnete jetzt deinen Gürtel. Die Hose würde dir herunterrutschen und du stolpertest, schlügst langeweg hin. Das würde verdammt wehtun, in deinem Zustand. Während ich lachte, zog ich Hose und Unterhose aus, hielt inne, und als Susanne alles auszog, folgte ich ihrem Beispiel. Zwei große Matratzen, bunt überzogen.

Ich weiß nicht, warum wir beide in der Nacht gleichzeitig wach gelegen haben. Wir hatten wohl wegen der guten Musik das Radio nicht ausgeschaltet, waren dann nach dem Liebesspiel eingeschlafen.

Beide waren wir von der Nachricht, die da verbreitet wurde, dermaßen überrascht, dass sowohl Susanne als auch ich zunächst nicht fähig waren zu reagieren. Noch am Abend zuvor, auf der Party hatten wir darüber diskutiert, ob es richtig ist, die militärische Komponente außer Acht zu lassen, wenn man in einem Land den Sozialismus errichten will. Doch er war ein friedfertiger Mensch, der sich nicht vorstellen konnte, dass der Klassenkampf mit der Übernahme der politischen Macht nicht beendet war. Nun war er tot, so meldete es der

Rundfunksprecher. Beide wussten wir - ein Opfer der Konterrevolution, Salvador Allende.

Susanne fasste sich zuerst, zornbebend ihre Stimme, als sie sagte: „Hat es dieses Pack doch noch geschafft, er hätte es wissen müssen."

Ich musste dann doch noch einmal eingeschlafen sein, denn als ich meine Augen öffnete, war es früher Morgen, noch vor dem Sonnenaufgang. Neben mir vernahm ich Susannes ruhigen Atem. Ich richtete mich ein wenig auf, ein Bild, das mich erregte. Susanne lag, ein Bein ausgestreckt, das andere angezogen, mir ihren großen Hintern zugewandt. Ich berührte sie vorsichtig. Sie zuckte kurz zusammen, schien aber weiter zu schlafen. Ich verstärkte den Druck meiner Finger auf ihrer Haut. Susanne drehte sich auf den Rücken, schlug ihre Augen auf, noch schlaftrunken, schloss sie sie wieder: „Was ist?" Sie musste aber genau gewusst haben, was los war.

Nach dem Frühstück ging ich, ohne dass wir ein neues Treffen verabredet hatten.

Zuerst fragte er mich nur nach dem Weg

Meine ersten Tagebuchseiten

Es war ein schöner Samstagmorgen Anfang Mai. Ich saß am Frühstückstisch. Die Sonne schien durch das Küchenfenster. Ihre Strahlen erwärmten meine Haut. "Wie gut doch die Sonnenstrahlen der Seele tun", dachte ich. Ja, das Wort Seele kommt oft vor in meiner Gedanken- und Gefühlswelt. Nicht nur das Sonnenlicht brauche ich für meine seelische Ausgeglichenheit, sondern auch die Musik. Deshalb legte ich die CD mit meinen Lieblingschansons ein. Die Stimme der Piaf ertönte. Die großartige Stimme und die wunderbaren Melodien streichelten meine Seele. Die klangvollen Worte in der von mir geliebten französischen Sprache taten das gleiche. „L' hymne à lámour". ‚Liebe – welch ein großes, welch ein unergründliches Wort", so meine Gedanken. „No, je ne regrette rien" – „Nein, ich bereue nichts." „Ja, diese Worte sollen mich bei meinen Tagebuchaufzeichnungen inspirieren", entschied ich. Seit Jahren nahm ich mir vor, meine geheimsten Gedanken, meine Wünsche und Träume einem Tagebuch anzuvertrauen. Aber in meinem Alltag hatte es nichts gegeben, das es wert gewesen wäre, niedergeschrieben zu werden. Bis gestern. Ich suchte nach dem Heft, welches ich mir vor langer Zeit zu diesem Zweck gekauft hatte. Der romantische Einband zeigte das Pariser Nachtleben – eine Kopie des berühmten Van Gogh- Gemäldes „Café Terrace auf dem Place du Forum". Das schöne Papier des Hardcover-Heftes lud zum Schreiben ein.

Nun endlich war etwas passiert! Dies musste ich unbedingt zu Papier bringen.

Ich hatte eine Begegnung mit einem Mann, eine Begegnung, von der ich schon lange träumte. Eine Begegnung, die zu den Worten der Piaf passte. Diese Begegnung hatte meinen tristen Alltag, der vor allem durch die „Szenen einer unglücklichen Ehe sprich Partnerschaft" bestimmt wurde, ganz schön durcheinanderwirbelte.

Nur gut, dass ich damals noch nicht ahnen konnte, wie alles enden würde.

25. Mai 2014

Mein liebes Tagebuch, nun habe ich es endlich geschafft, Deine erste Seite aufzuschlagen. Ich hoffe, ich kann heute einige Seiten füllen. Es kommt darauf an, ob ich, ungestört von meinem Partner, mein gesamtes Erlebnis taufrisch aufschreiben kann. Der Tag begann wie unzählige vor ihm. Lustlos machte ich das Frühstück, lustlos aß ich, und lustlos brachte ich die Wohnung in Ordnung. Danach zog ich mich an, um in der Stadt Besorgungen zu machen. Irgendwie hatte ich beim Anziehen das Gefühl, ich müsse mich heute ganz besonders schön machen. Also nahm ich einen engen schwarzen Rock aus dem Schrank, von dem ich wusste, dass ich in ihm sexy aussah, und kombinierte ihn mit einer ziegelroten, leicht transparenten Bluse, schwarzen Strümpfen und schwarzen Pumps. Beim Frisieren und Schminken besserte sich meine Laune, denn ich war mit

meinem Spiegelbild zufrieden: rötlich schimmerndes Haar mit kupferro-
ten Strähnen, marineblauer Lidschatten und roter Lippenstift, passend
zum Rot der Fingernägel und der Bluse.

Als ich auf der Straße meiner Heimatstadt, circa 500 Meter in Rich-
tung Stadtzentrum gegangen war, sah ich aus einer Querstraße einen
Mann auf mich zukommen. Er ging nicht an mir vorbei, sondern blieb
stehen und sprach mich an. >Ich bin fremd hier und suche den Bahn-
hof< sagte er. Dabei sah er mir direkt in die Augen. Ich bemerkte, dass
seine Augen eine ungewöhnliche Farbe hatten, ein leuchtendes Hellblau.
Dieses Hellblau passte sehr gut zu seinen dichten blonden Haaren und
zu seinem gebräunten Gesicht. Die weißen Strähnen fielen in diesem
Haar kaum auf. Ich bemühte mich, den Weg so gut wie möglich zu
erklären, merkte aber, dass er der Beschreibung nicht hundertprozentig
folgen konnte. >Wissen Sie was<, sagte ich, >wir können ein Stück
zusammen gehen, am besten bis zur Bahnhofstraße. Dann können Sie
den Bahnhof nicht mehr verfehlen. < > Das ist sehr freundlich von
Ihnen<, bedankte er sich und war bemüht, das Gespräch fortzusetzen.
>Ich besuchte hier in der Nähe einen Studienfreund. Gestern feierten
wir nach über vierzig Jahren Wiedersehen. Den ganzen Abend schwelg-
ten wir in Erinnerungen. Jugenderinnerungen sind ja immer etwas ganz
Besonderes. Bei uns zweien hatten diese Erinnerungen sehr viel mit einer
Kommilitonin zu tun, in die wir beide verliebt waren. Diese wurde seine
Frau. < >Da waren Sie ja in der Rolle des Verlierers", sagte ich, >in
einer Rolle, die Männer eigentlich gar nicht mögen. <

Als ich sprach, wir waren kurz stehengeblieben, schaute er mir direkt in
die Augen. Beim ersten Gespräch hatte ich den Kopf leicht gesenkt, jetzt
hielt ich seinem Blick stand, und ich konnte mich der Faszination seiner
Augen nicht entziehen. Die gleiche Faszination ging von seiner Stimme

aus. Warm und dunkel war sie. Und dazu die klare, so gar nicht dia-
lektgefärbte Aussprache mit einem angenehmen norddeutschen Akzent.
Für mich ist die in meiner Stadt gesprochene fränkische Mundart zwar
ein echtes Stück Heimat, aber bei Männern, die mir gefährlich werden
könnten, mag ich diese nicht. Ja – für Stimmen hatte ich schon immer
eine Schwäche, und ich verglich seine angenehme dunkle Stimme sofort
mit der meiner Jugendliebe. Während des kurzen Gesprächs hatte er
auch seinen Namen genannt, Martin Markow, und erwähnt, dass er
aus Mecklenburg stamme. Mittlerweile hatten wir die Bahnhofsstraße
erreicht. Ich zeigte in die Richtung des Bahnhofs und sagte, dass er in
zehn Minuten dort wäre. >Schade<, bemerkte er, >ich hätte mich gerne
noch ein wenig mit Ihnen unterhalten. < Als ich lächelte, meinte er:
>Wie wäre es, wenn wir noch eine Tasse Kaffee zusammen trinken
würden. Mein Zug fährt erst in zwei Stunden. Darf ich Sie einladen?
< Ich überlegte: Meine Besorgungen kann ich auf morgen verschieben.
Er gefällt mir, und ich bin neugierig auf ihn. Also, warum nicht ins
„Stadtcafé“ gehen und ein wenig plaudern, zumal das Wetter wunder-
schön ist und wir die Sonne genießen können. Wir entschieden uns für
einen Tisch im Freien und bestellten Kaffee und Kuchen. Zunächst be-
fragte er mich nach meiner Heimatstadt. Da ich mich in regionalge-
schichtlichen Dingen relativ gut auskenne und darüber auch schon pu-
bliziert hatte, konnte ich Interessantes aus ihrer Geschichte, der ehema-
ligen Weltspielwarenstadt erzählen. Ich sprach über die Blütezeit meiner
Stadt vor dem Ersten Weltkrieg und über den Niedergang der Industrie,
insbesondere der Spielwarenindustrie, nach der sogenannten Wende. >
Ja, sie war einstmals eine reiche Stadt oder besser, die Stadt reicher Ver-
leger und Puppenfabrikanten“, sagte ich und verwies auf die vielen schö-
nen, seit einigen Jahren sanierten Jugendstil-Villen, an denen wir vorbei-

gekommen waren. Auf Grund der bitteren Armut der Spielwarenarbeiter war das hiesige Land ein sogenanntes Notstandsgebiet, für das auch die Kinderarbeit typisch war. Also Kinder, deren Eltern ihnen kein Spielzeug kaufen konnten, produzierten Spielwaren für Kinder aus reichen Familien. Besonders in der Vorweihnachtszeit war die Mithilfe der Kinder unverzichtbar, so dass es jenen nicht möglich war, in die Schule zu gehen und wenn doch, so schliefen sie oft im Unterricht ein. < > Wie ging es denn mit der Spielwarenproduktion nach 1945 weiter? < fragte Martin. < Nachdem in den Jahren des Krieges die Sonneberger Uniformen, Fallschirme, Lastensegler, Zahnräder und andere Kriegsprodukte produziert hatten und die Spielzeugfertigung fast auf den Nullpunkt gesunken war, wurden bereits im Sommer 1945 wieder Puppen und andere Geschenke für Kinder hergestellt. Die Produktion stieg in der DDR von Jahr zu Jahr. Man kann sagen, dass wir fast das ganze sozialistische Weltsystem mit Spielwaren versorgten. Den traurigen Rest bilden heutzutage nur einige wenige kleine Spielwarenfirmen, deren produziertes Spielzeug vor allem für Sammler gedacht ist. Wie der Spielzeugproduktion ging es auch anderen Industriezweigen im Kreis, der elektrokeramischen Industrie, der Staubsaugerproduktion, dem Maschinenbau und der Textilindustrie. <

Er hörte mir interessiert zu und ließ mich dabei nicht aus den Augen. Ich genoss das Gespräch, das sich in die Länge zog. Dem Kaffee war Rotwein gefolgt. Seinen Zug wird er bestimmt nicht mehr erreichen, dachte ich, sagte aber nichts. Wir waren in der Zwischenzeit zum Du übergegangen. In diesem Zusammenhang sagte ich ihm auch, dass mich seine Stimme an die meiner Jugend- und Studentenliebe erinnere, an die Stimme des Mannes, den ich nach über vierzig Jahren auf einem Seminargruppentreffen wiedersah. > Und <, so fuhr ich fort, > die Gefühle flammten bei beiden wieder auf, weil wohl unter der Asche unserer Liebe *noch Glut war, wie die Tschechin Helena Vondrackova einst sang. Aber auch nach Jahrzehnten hatte diese Beziehung keine Zukunft, denn er ist glücklich verheiratet, glaubt er zumindest. Ich bin halbwegs über diese Enttäuschung hinweg. < Ich genoss weiterhin die Unterhaltung mit Martin, zumal er mich dabei mit den Augen fast auffraß. In meiner Jugend wäre ich aus dem Rotwerden nicht herausgekommen. Unser beider Hände lagen auf dem Tisch und eine unsichtbare Kraft sorgte dafür, dass sie sich einander näherten und schließlich leicht berührten. > Ich kann auch morgen fahren <, sagte er plötzlich, > auf mich wartet ja sowieso niemand. Du kannst mir doch sicher ein Hotel empfehlen. < Ich bejahte und plötzlich, ich weiß nicht, woher ich den Mut nahm, sagte ich: > Wenn Du möchtest, können wir bei mir zu Hause weiter machen mit dem trockenen Roten. Fünf Minuten von da entfernt gibt es ein Hotel, das bestimmt nicht ausgebucht ist, denn meine Stadt ist nicht gerade ein Touristenmagnet und die Besucher des Spielzeugmuseums werden sich auch nicht die Klinke in die Hand geben, da ja keine Ferien sind. < Er sagte erfreut zu, bezahlte und nahm seine Reisetasche. Als wir das Café verließen, dämmerte es schon. Fünfzehn Minuten später standen wir vor meiner Tür. Ich schloss auf und erwähnte kurz, mein Partner sei auf Dienstreise und ich habe noch nie einen fremden Mann in meine Wohnung gebeten. Im Haus hatte wohl niemand mitbekommen, dass ich nicht alleine war. Wenn doch, so meine Gedanken, muss ich mir etwas einfallen lassen, um keinen Ärger mit ihm zu bekommen. Was tue ich eigentlich? Welche Konsequenzen wird diese Einladung haben? < Aber dies alles war mir in diesem Moment so ziemlich egal, denn ich fühlte mich ganz stark zu diesem Mecklenburger hingezogen. In der Wohnung Schloss ich von innen ab, hängte unsere Jacken auf, zog die Gardinen zu und machte Licht. Das Licht sollte aber nicht zu grell sein, deshalb schaltete ich nur die Stehlampe ein. Dann bot ich ihm*

Platz an und holte Weingläser. „Was möchtest Du, einen Merlot oder einen Bordeaux? Ich habe auch Dornfelder und Chianti." Er entschied sich für den Merlot, öffnete, nachdem ich sie aus dem Weinregal genommen hatte, die Flasche und goss ein.

Mit den Augen verfolgte ich die Bewegung seiner schönen Hände und hatte nur einen Wunsch, den Wunsch, dass diese Hände mich berühren; dass sie mich überall berühren mögen, mein Gesicht, mein Haar, meine Schultern, meine Hände, meinen ganzen Körper, auch die intimsten Stellen. Er hatte wohl meine Blicke bemerkt und meine Gedanken erraten, denn er nahm ganz plötzlich meinen Kopf in seine Hände und küsste ganz zart meine Lippen. Ich erwiderte den Kuss, auch mit der Zunge, und schlang meine Arme um seinen Hals. Dabei überkamen mich Gefühle, welche ich in meinem bisherigen Leben nur äußerst selten verspürt hatte, Leidenschaft und sexuelle Begierde. Wenn ich sexuelles Verlangen überhaupt je gespürt hatte, dann war das vor Jahrzehnten gewesen und dies wohl nicht auf meinen jetzigen Partner bezogen, sondern gegenüber meiner Jugendliebe. Im Bett passierte in sexueller Hinsicht bei uns seit Jahren nicht mehr viel. Damit hatte ich mich abgefunden. Ich nehme an, dass dies alles zu jener Begierde geführt hatte.

Martin schien dies alles zu ahnen. Er zog mich behutsam zur Couch, und ich knipste die dort stehende Lampe aus. Vielleicht ahnte er auch den Grund für die plötzliche Dunkelheit. Instinktiv spürte ich, dass ich zu dem Zeitpunkt, als mich schon einmal dieses heiße Gefühl, das alle Bedenken hinwegspült, überkommen hatte, in der einzigen Nacht mit meiner Studentenliebe, ich noch einen jugendlichen, schönen und straffen Körper hatte, jetzt aber die Jahre Spuren hinterlassen hatten. Er fragte nicht nach dem Warum, sondern tastete genauso zärtlich an meinem Körper entlang, berührte meine Brüste, meine Hüften, meinen Po, meine

108

Schenkel. Meine Begierde wuchs und ich spürte seine Erregung. Dann tat ich etwas, was ich noch nie getan hatte, ich knöpfte die Hose eines Mannes auf, legte meine Hand auf seine Hüfte, schob seine Unterhose herunter und berührte sein steif gewordenes Glied. Danach lief alles wie im Film ab, unsere Kleidungsstücke flogen durch die Gegend, er legte mich auf die Couch und drang in mich ein. Dabei flüsterte er mir Worte ins Ohr, die ich nur teilweise verstand, leidenschaftliche Worte. Ob es das erste Mal war, dass ich das verspürte, was man Orgasmus nennt? Oder hatte ich dieses Gefühl nur vergessen? Ich weiß es nicht, und dies ist ja auch völlig gleich. Wichtig ist nur, dass ich diese Gefühle, diese Leidenschaft, diese Erregung, diese Begierde jetzt erleben durfte. Dafür bin ich Martin unendlich dankbar, egal, was aus alledem wird. Mitten in diesen glücklichen Minuten kam mir ein schrecklicher Gedanke, der Gedanke, dass mein Partner ins Zimmer kommen könnte. Ich erinnerte mich ganz plötzlich daran, dass er in einer WhatsApp angekündigt hatte, er käme wahrscheinlich eher von seiner Dienstreise zurück. Also konnte er jeden Moment die Wohnungstür aufschließen. Ich sprang, wie von der Tarantel gestochen, auf und sagte: > Er muss jeden Augenblick kommen. Zieh Dich schnell an, schnapp Deine Tasche und verlass die Wohnung, sonst passiert wohl ein Unglück. < Gesagt getan! Wir hatten noch nicht einmal Zeit, uns zu verabschieden. Nachdem auch ich fertig angezogen und gekämmt war, räumte ich die Couch auf, stellte die Weingläser zurück in den Schrank und die Flasche ins Weinregal. Kaum fertig, hörte ich schon den Schlüssel in der Tür und daraufhin seine Stimme. Das war noch einmal gut gegangen.

Ich hatte es geschafft, meine Tagebuchaufzeichnungen zu beenden, bevor mein Partner von der Arbeit kam, also ungestört. Ich nahm mein Tagebuch vom Tisch und versteckte es zwischen meinen auf dem Couchtisch liegenden Büchern.

Plötzlich stutzte ich. Was war denn das? Auf dem Teppich, vor der Couch lag eine Visitenkarte mit folgendem Text:

Martin Markow, Schiffsbauingenieur, Feldstraße 22, 19053 Schwerin, Mobil: 0177/ 675823. Hatte er die Karte verloren oder mit Absicht fallen bzw. liegen lassen?

Ich setzte mich an meinen Schreibtisch und wollte einen Artikel schreiben.

Ich konnte mich aber nicht so richtig konzentrieren. Immer wieder stellte ich mir die gleichen Fragen. War das mit der Visitenkarte Zufall oder Absicht? Soll ich ihn anrufen oder soll ich es lieber bleiben lassen?

Der Besuch aus dem Osten

Um drei Uhr in der Nacht ging es los. Zwei Mannschaftstransportwagen standen für die Erkunder Gruppe bereit. Schnell waren die Seesäcke verladen, und zu sechst saßen sie auf den beiden Bänken der Laderäume, das Sturmgewehr zwischen den Beinen. Etwa eine Stunde später hatten sie den Einsatzraum erreicht. Mitten in einem Wald wurden sie abgesetzt. Das Gepäck blieb auf den Fahrzeugen, die, kaum waren sie abgesessen, nur mit dem Tarnlicht eingeschaltet davonfuhren.

„Gefreiter Lurig – zu mir!" rief der Oberfeldwebel in gedämpfter Lautstärke. Der Angesprochene eilte, sein Sturmgewehr am langen Arm tragend, zu Brasse hin.

„Gefreiter Rennes, stellen Sie Rundumsicherung her und warten Sie bis ich vom Bataillonsgefechtsstand zurück bin!"

Rolf tat, was ihm befohlen worden war, wies den restlichen zehn Gefreiten eine Stellung zu, aus der heraus sie das umliegende Gelände beobachten konnten, nach dem Grundsatz: „Viel sehen, ohne selbst gesehen zu werden!" Er selbst blieb in der Mitte des Kreises, für jeden per Zuruf erreichbar. Es herrschte absolute Stille. Selbst die Natur schien zu schlafen.

Es mochte eine Stunde vergangen sein, als er sie kommen sah. Jedes Geräusch vermeidend kamen die beiden angeschlichen, ließen sich neben Rolf Rennes ins Gras sinken. Der wies den Oberfeldwebel in die von ihm befohlene Sicherungslage ein.

„Gut, aber jetzt hol sie alle her – Befehlsausgabe!"

Kurz darauf huschten sie heran, bildeten, auf der Seite liegend, um Lurig und Brasse einen Halbkreis. Der begann ohne Einleitung: „Wir haben den Auftrag, uns hier zur Verfügung zu halten, bis wir über Funk unseren Einsatzbefehl bekommen. Von da an gibt es für uns keinen Kontakt mehr zum Bataillonsstab, keine Verpflegung, kein gar nix. Ab sofort sind wir nur noch auf uns selbst gestellt, und unter uns entfällt jeder militärische Firlefanz. Für euch bin ich bis zum Übungsende der Oberfeld. Gesprochen wird nur noch das Nötigste in der geringstmöglichen Lautstärke. Also Jungs, so leid es mir tut – Laubhütten, wie gehabt."

Wasser, Kräuter, Wurzeln, Tannenspitzentee und Löwenzahnsalat wurde zubereitet wie sie es gelernt hatten. Alle gingen mit großer Ruhe ans Werk. Der Feind schien nicht in der Nähe zu sein, also konnten sie es wagen, ein kleines Feuer zu entzünden. Rauch entstand kaum, da sie genügend trockenes Holz gefunden hatten. Bald hingen zwei Kochgeschirre mit Wasser über der Glut, als Stefan ein Zeichen gab. Wie verabredet bezogen alle sofort ihre Stellung. Jemand näherte sich dem Lager. Rolf rief das vereinbarte „Freiheit" und prompt kam die Antwort „Demokratie". Es war der Oberfeld, den hatte bisher niemand vermisst. Als der heran war, bemerkten sie die Überraschung. An seinem Koppel hingen zwei stattliche Hühner. „Feindesland ernährt den Soldaten", gab er als

Erklärung ab. Viel später nannte ihn Lurig einen Hühnerdieb. Jetzt war er der Erste, der sich erbot, die Beute zu rupfen.

„Nicht nötig", meinte Brasse, „aber du kannst sie schon mal ausnehmen." Der Angesprochene begann sofort, und man sah es ihm an, dass es nicht das erste Geflügel war, dem er die Innereien entnahm.

Brasse, eine Zeltbahn unter dem Arm, war zu dem Platz gegangen, wo, gut getarnt, der Erdaushub lag, hatte Lehm eingepackt. Nahe dem Feuer rührte er Lehm mit Wasser zu einer Pampe an. Damit verpasste er beiden Hühnerleichen einen dicken Mantel.

„Jetzt müssen wir nur noch den geeigneten Zeitpunkt abpassen und ihnen die Lehmschicht abklopfen."

Bald wechselte der Lehm die Farbe, und Brasse wies darauf hin, dass man an ihr auf die Innentemperatur schließen könne, natürlich mit einem gewissen Unsicherheitsfaktor.

Es funktionierte, und bald fühlten sich alle gesättigt, wenn auch überwiegend Flüssigkeit in Form von Tannenspitzentee die Ursache dafür war.

„Die Hälfte seines Lebens wartet der Soldat vergebens." Eigentlich ein dummer Spruch, ging es Rolf Rennes durch den Kopf, aber etwas Wahres war schon dran. In der Tat hatten sie sich in Geduld zu üben. Doch dann, in der folgenden Nacht kam über Funk der Einsatzbefehl. Gespannt hatte der diensthabende Gefreite zugehört bis er sagte: „Verstanden – Ende." Er weckte sofort die Erkunder Gruppe und befahl, die Abmarschbereitschaft herzustellen.

Zuerst nur undeutlich, doch dann unverkennbar: „Ein Stern, der deinen Namen trägt …" Plötzlich brach die Musik ab, und sie vernahmen eine weibliche Stimme, ohne deren Worte zu verstehen.

„Da müssen wir näher ran, und ab sofort ist mit Feindberührung zu rechnen." Nach allen Seiten hin sichernd bewegten sie sich fast lautlos voran.

Da war sie wieder, dieselbe Musik und dann die Frau, nun schon deutlicher: „… umzingelt … Minen … Geld … mich und meine Freundinnen …" Nur so viel konnte Rolf verstehen. Und weiter ging's, noch vorsichtiger als zuvor. Was sollte das, fragte er sich. War das vielleicht schon das Ende der Übung und wurde da auf den Manöverball hin geprobt?

Er erinnerte sich an einen solchen in Michelstadt, in der Volkshalle des Ortes. Da hatte er Karina kennengelernt, ein Mädchen aus der DDR. Es war mit entsprechender Genehmigung auf Urlaub in Michelstadt. Karinas Großmutter bedurfte der Hilfe, würde wohl bald sterben, wie sie sich ausdrückte.

Karina studierte in Jena, wollte Lehrer für Deutsch und Geschichte werden.

„Lehrer", hatte er sie gefragt, „doch wohl Lehrerin?" Karina hatte gelacht. „Typisch Wessi" hatte sie gemeint. „Das sehen wir in der DDR anders, oder sagt ihr immer noch Zone?" Sie wartete seine Antwort nicht ab, sondern fuhr fort: „Seit Bestehen unseres Staates können Frauen und Mädchen alles werden, wenn sie entsprechende Fähigkeiten besitzen. Mein

114

Vater, weißt du, der lernte in den neunzehnhundertfünfziger Jahren Werkzeugmacher. Und neben ihm am Schraubstock, so erzählte er, hatte ein Mädchen gestanden. Das war wohl bei euch damals im Westen so gut wie unmöglich. Ja, und weil das bei uns so ist, legen wir keinen Wert auf die weibliche Bezeichnung, zumal Frauen bei uns mit gleicher Qualifikation das gleiche Gehalt bekommen. Hier, das weiß ich, verdienen Frauen immer noch weniger als Männer, dürfen sich aber zum Beispiel Friseurin nennen."

Rolf war beeindruckt. Bisher war die DDR für ihn lediglich Feindesland gewesen. In den wöchentlichen Politinformationen beim Kompaniechef waren sie immer über den „Unrechtsstaat DDR", wie sich der Hauptmann ausdrückte, unterrichtet worden. Positives über dieses Land kam da nicht vor.

Rolf mochte Karina vom ersten Augenblick an. Jetzt wollte er mehr wissen. „Du studierst also. Wie ist es denn da an der Uni? Dürft ihr im Unterricht eure Meinung sagen?"

Wieder lachte Karina, und fast hatte er den Eindruck, als lachte sie ihn aus.

„Im Unterricht, das heißt an der Uni Seminar, diskutieren wir oft heftig miteinander und auch mit den Dozenten."

„Auch über Politisches?" fragte Rolf nach.

„Und ob."

„Ja, und die Stasi?"

„Alles Stasi, außer Mutti" lachte sie wieder.

„Ich verstehe nicht."

„Sagt man bei uns so, weil deren Tätigkeit bei euch ziemlich übertrieben dargestellt wird."

„Ihr dürft an der Hochschule also auch etwas Kritisches über euren Staat sagen?"

„Na klar, wenn es sachlich begründet ist." Und nach einer Pause, die eingetreten war: „Du kannst mich ja mal besuchen."

Das holte Rolf in die Gegenwart zurück. Er war schließlich Soldat, und die DDR war Feindesland. Da durfte er nicht hin.

Die Band spielte Schmuserock, und Karina zog ihn mit sich auf die Tanzfläche. Da war bald kein Platz mehr für Ernsthaftes. Gefühle nur und vorsichtige Zärtlichkeiten.

Als er sie zum Bus brachte, hatten die Offiziere den Saal schon verlassen. Im Park fanden sie ein lauschiges Plätzchen und hatten noch etwa eine Stunde Zeit bis zur Abfahrt des Linienbusses.

Sie ließ ihn gewähren, bis seine Finger ihr Höschen erreichten. Da legte sie ihre Hand auf die seine und deutete damit an, bis hierhin und nicht weiter. Und das Ganze, während sie innige Küsse tauschten. Dann nahm sie ihre Hand von seiner, und er glaubte einen neuen Versuch starten zu dürfen. Bald hatte er jedes Zeitgefühl verloren, bis sie ihn an die Abfahrt des Busses erinnerte.

Danach trafen sie sich noch einige Male, und es verlief ähnlich wie in der ersten Nacht.

116

Doch als sie bei einem Spaziergang vor einem Möbelgeschäft stehenblieb und von dem wunderschönen Schlafzimmer schwärmte, wusste er, dass sie es ernst meinte.

Dann starb die Oma und Karina musste sich entscheiden.

„Bleib", meinte Rolf, „als Flüchtling hast du hier Vorteile."

Karina blickte ihn lange an. Sie saßen vor einem Café in der Innenstadt.

„Komm mit", entgegnete sie, „gute Facharbeiter sind bei uns gesucht."

Eine letzte Umarmung, Rolf reichte ihr den Koffer ins Abteil. Dann stand er und winkte, bis der Zug seinen Augen entschwand.

An Karina erinnerte sich Rolf Rennes jetzt und auch daran, dass dem besagten gemeinschaftlichen Manöverball im Odenwald anderntags ein separater Offiziersball in den Räumen des nahen gelegenen Golfklubs gefolgt war, zu dem der dortige Lions-Club eingeladen hatte. Ein Kamerad, der dort Ordonnanz spielen musste, berichtete, dass neben den Klubmitgliedern beider Vereine, deren Ehefrauen und Töchter und eine Anzahl von Lehramtsstudentinnen der Gießener Universität eigens mit einem olivgrünen Dienstbus herangekarrt worden waren. Stinkvornehm sei es da zugegangen, meinte der Kamerad, ähnlich wie auf dem Wiener Opernball. Die Damen in Ballkleidern und die Herren Offiziere in schicken Uniformen.

Einer der Leutnants hatte sich, nachdem er bei einem Töchterchen abgeblitzt war, kräftig besoffen. Zuerst hätte er arrogant nach der Ordonnanz gerufen, wenn sein Glas leer war. Dann später seien die Schranken gefallen, und er habe sich bei dem Soldaten ausgeweint. Was ihn das Ganze gekostet hätte und noch kosten würde. Eine neue Uniform und das Revanchefest später im heimischen Kasino. Da durften sie natürlich nicht unter dem Niveau des heutigen Balls bleiben, ein schönes Sümmchen an Sondereinzahlung wurde da fällig. Schließlich hätte der Leutnant auf den Tisch und in sein Whiskeyglas gekotzt. „Da bin ich zum Schweigen vergattert worden, was mich aber nicht juckt, dir davon zu erzählen. Später zog mich besagter Leutnant noch einmal ins Vertrauen. Der hätte sich in eine Bedienung des Offizierskasinos verliebt, wollte sie heiraten. Davon riet ihm der Bataillonskommandeur ab. Was sollten denn die Damen der anderen Offiziere denken, wenn sie dann neben seiner Frau sitzen müssten, die dereinst hier bedient hatte."

Rolf wurde aus seinen Gedanken gerissen, denn erneut ertönte die Musik, gefolgt von der Ansage: „Soldatinnen und Soldaten, heute Nacht wird es wieder kalt werden. Außerdem soll es regnen, und ihr werdet in den Löchern stehen, nass werden und frieren. Dazu der Hunger und Durst, denn gemäß Übungsbefehl wird der Spieß mit der Verpflegung bei euch nicht ankommen. Doch es gibt eine Alternative. Zwei Kilometer westlich eurer Stellungen, nahe der Ortschaft Kleinwaldau gibt es einen Klub, da trefft ihr uns. Ausnahmsweise und nur für euch ist heute alles umsonst: Bier, Wein und Gegrilltes. Meine Freundinnen und ich warten auf euch.

118

Also, geht in westlicher Richtung. Bald seht ihr ein hell erleuchtetes Haus am Ortseingang. Da seid ihr richtig."

Abermals erklang die Musik und kurz darauf die weibliche Stimme, und Rolf gestand es sich ein, dass die erotisierend auf ihn wirkte. Unter anderen Bedingungen hätte er ihr gerne weiter zugehört und vielleicht wäre er auch gegangen.

„Unser Auftrag", riss ihn Brasse aus seinen Gedanken, „wie viele Kämpfer, Anzahl der Fahrzeuge, welche Ausrüstung? Wir haben genau eine Stunde Zeit."

Dann, am Übungsende die Ansprache des Obersten:

„Nicht zuletzt durch den hervorragenden Einsatz unserer Erkunder Gruppe ist es uns gelungen, den feindlichen Propagandastützpunkt auszukundschaften und unschädlich zu machen. Ich gratuliere euch zu eurer Standhaftigkeit. Keiner von euch ist der Aufforderung der Frauen gefolgt. Alle seid ihr in euren Stellungen geblieben."

Am Abend fand ein gemütliches Beisammensein statt, an dem auch die „Feinddarstellerinnen" teilnahmen. Doch leider hielten sich die Kameradinnen der Propagandatruppe ausschließlich an den Tischen der Offiziere auf.

Im Hintergrund das Schloss

„Entweder sie haut mir eine runter, oder aber sie lächelt mich an und sagt okay", dachte ich, als ich aus Richtung Weilburg kommend kurz vor Braunfels auf einem kleinen Parkplatz eine Frau beobachtete, die sich durch die Fahrertür in das Innere ihres Wagens beugte. Ich sah nur Beine.

Der Augenblick genügte. Ich trat auf die Bremse und kam neben ihrem Auto zum Stehen.

Immer noch hätte ich auch mit der Kamera in der Hand aussteigen können, um eine Aufnahme vom Braunfelser Schloss zu machen. Ich hätte keinen Verdacht erweckt, denn auch aus dieser Perspektive war das Wahrzeichen der Stadt sicherlich schon millionenfach abgelichtet worden. Auf dieses Schloss ist fast jeder Braunfelser so stolz, als wäre es das seine.

Ich äußerte meinen Wunsch, und sie war einverstanden. Noch einmal nahm sie die Position ein, und ich machte einige Aufnahmen, immer im Hintergrund das Schloss.

„Ich möchte aber gerne sehen, was Sie fotografiert haben, wenn das möglich ist."

Das sei möglich sagte ich, gerne könne ich ihr eine CD brennen.

„Gut, rufen Sie mich an, dann können wir uns treffen."

Sie gab mir eine Visitenkarte, erklärte, dass sie nun weitermüsse, stieg in ihr Auto und fuhr davon. Ich schaute ihr nach, winkte, konnte aber nicht sehen, ob sie zurückwinkte.

Zum ersten Mal hatte ich mich getraut, eine Frau anzusprechen, sie zu bitten, eine gerade bewusst oder unbewusst ausgeführte Position noch einmal für mich nachzustellen.

Alltagserotik nennt man dieses Genre der Fotografie und meint damit das Einfangen erotischer Augenblicke, Schnappschüsse, weil der Fotograf kaum Gelegenheit hat, an seiner Kamera besondere Einstellungen vorzunehmen. Bei den Motiven handelt es sich um Situationen, die sich aus dem Handeln von Menschen ergeben. Eine Schuhverkäuferin, die einer Kundin bei der Anprobe behilflich ist. Natürlich weiß sie, wenn sie morgens einen Minirock anzieht, dass sie mit einer bestimmten Sitzhaltung Männer- oder Frauenblicke auf sich beziehungsweise ihre Schenkel ziehen kann. Die Frau, die ihren Einkauf im Kofferraum verstaut, kennt natürlich die Länge ihres Rockes und weiß, wie viel er von ihren Beinen dabei freigibt.

Der Fotograf ist der Voyeur, aber einer, der mit der indirekten Billigung seines „Opfers" vorgeht. Seine Motive unterscheiden sich in moralischer Hinsicht in keiner Weise von anderen. Die Erotik ist ein normaler Bestandteil menschlichen Lebens. Wer leugnet hinzuschauen, lügt, denke ich.

Ich fragte mich, was sie bewogen hatte, meinem Wunsch nachzukommen.

Kaum zu Hause angekommen, speicherte ich die Bilder ab, brannte eine CD. Am folgenden Tag rief ich sie an.

„Veronica Schuster?"

„Thomas Weiß, guten Tag, ich habe Sie gestern fotografieren dürfen."

„Ah ja, das ging aber schnell. Warten Sie bitte, ich hole meinen Kalender."

„Das klingt geschäftlich", dachte ich, aber wie sollte es sich auch sonst anhören, kannten wir uns doch nicht.

„Da bin ich wieder, Herr Weiß, ich hätte am Freitagabend Zeit."

„Ja, da kann ich auch. Machen Sie einen Vorschlag."

„Sagen wir um acht im Gaudi?"

„Gut, also dann bis Freitag."

Das Gaudi in Wetzlar am Schillerplatz ist eine gemütliche Bar, wusste ich. Ich nahm im hinteren Teil Platz. Geschmackvoll künstlerisch eingerichtet. Man saß dort auf mosaikbelegten Bänken, die im Winter von unten her beheizt werden.

Ich war etwas früher gekommen, wollte sie beobachten, wenn sie hereinkam. Als ich sie dann sah, war ich sofort von ihrem Äußeren hingerissen. Ihr dunkles Haar hatte sie streng nach hinten gebunden. Die rote, weit ausgeschnittene Bluse reichte bis etwa drei Fingerbreit über den Hosenbund der Hüftjeans, die über ihren Knien endete und den Rest ihrer schönen

Beine frei gab. Dazu trug sie hochhackige, über den Fesseln gebundene Schuhe.

„Sie sehen hinreißend aus", konnte ich mich nicht enthalten zu sagen, als sie sich gesetzt hatte.

„Danke, spricht da der Fotograf oder der Mann?"

„Beide", entgegnete ich mit derselben Offenheit. Veronica bestellte für sich einen Roten und ich für mich ein dunkles Weizenbier.

„Weizenbier trinke ich gerne im Sommer draußen", sagte sie.

„Da nehme ich lieber ein Helles", lenkte ich das Gespräch auf eine allgemeine Ebene. So plauderten wir eine Zeit lang. Dann holte ich die für sie ausgedruckten Fotos aus der Tasche. Dazu erläuterte ich ihr meine Theorie der Alltagserotik.

„Interessant", sagte sie, als ich geendet hatte. „Das erinnert mich ein wenig an den Reportage Stil. Was machen Sie beruflich, Thomas, sind Sie Reporter?"

„Nein, ich bin Journalist, schreibe aber auch Reportagen."

„Also sind Sie doch Reporter."

„Na gut, wenn Sie so wollen."

Zu den Bildern selbst gab sie keinen Kommentar ab.

„Darf ich einige der Fotos veröffentlichen?"

„Ja, aber nur die, auf denen man mich nicht erkennen kann."

„Aber das eine hier", und er zeigte auf eine Aufnahme, auf der sie, als sie sich in das Innere des Wagens hineingebeugt,

123

ihren Kopf nach hinten gedreht und in die Kamera geschaut hatte, „würde ich gerne bei mir zu Hause aufhängen."

„Gerne, und damit erübrigt sich auch meine Frage nach Ihrem Beziehungsstand."

Wieder war es diese Offenheit, die sie mir sympathisch machte. Deshalb fragte ich auch gleich zurück, stellte die Frage, die sie mir nicht stellen musste.

Das sei sehr kompliziert, sagte sie, schwieg aber dann.

„Zeigen Sie mir, wie Sie leben?" fragte sie mich, als wir am Parkplatz vor meinem Auto standen.

„Das ist sehr kompliziert", hatte sie gesagt. Deshalb wohl wollte sie mit zu mir kommen.

Wir fuhren die Bergstraße hoch. Ich schaute hin und wieder in den Rückspiegel, vergewisserte mich, dass ich sie nicht verlor. Von sich hatte sie nichts weitererzählt. Nichts weiter? Eigentlich gar nichts. Nur über Allgemeinheiten hatte sie gesprochen. Ich fragte mich nun, was sie gesagt hatte. Ihre Stimme hatte mich fasziniert. Hatte ich deshalb nicht hingehört? Verführerisch sagt man da wohl. Ein anderes Adjektiv fiel mir nicht ein. Ich dachte nicht weiter darüber nach, musste jetzt auch auf den Straßenverkehr achten, rechtzeitig den Blinker setzen, dass sie die Abfahrt zu dem Gebäude aus rotem Klinker nicht verpasste. Zwei Parkplätze waren noch frei.

„Kaffee", sagte sie auf meine Frage. Dann saßen wir uns an dem kleinen Couchtisch gegenüber. Während ich den Kaffee

bereitete, hatte sich Veronica interessiert umgesehen. Besonders meine Bücher schienen sie zu interessieren. Dieselbe Angewohnheit hatte ich auch, kam ich zu fremden Leuten. Bücher sagen etwas über ihre Besitzer, denke ich.

Aus einer Reihe schwarzer Paperback-Bücher nahm sie eines
heraus.

„Ich habe sie alle gelesen. Das erste, mehr zufällig gekauft,
war Die Tote im Götakanal, das Beste, meine ich."

„Das Ekel von Säfle hat mir sehr gut gefallen."

„Diesen Band", und ich zeigte auf das, was sie gerade in ihrer
Hand hielt, „gibt es auch in einer Hörspielfassung."

„Kenne ich, gefiel mir gut. Ich muss aber sagen, dass die Ver-
filmungen, die zurzeit im Fernsehen laufen, nicht nach meinem Geschmack sind."

„Nach dem meinen auch nicht, fehlt mir doch dort die Kritik
an den schwedischen Verhältnissen oder besser gesagt, an
dem dort real existierenden Kapitalismus."

Jetzt schaute sie mich erstaunt, wie ich meinte, an.

„Real existierender Kapitalismus, wie meinen Sie das?"

Ich hatte den Begriff bewusst gewählt, wollte sie provozieren,
was mir auch gelungen schien.

„Ich bezeichne damit die Gesellschaftsordnung", dozierte
ich, „in der wir leben, die geschichtlich betrachtet, verschiedene Etappen durchlaufen hat. So zum Beispiel die des Ka-

pitalismus der freien Konkurrenz im Deutschland des neunzehnten Jahrhunderts, den der Nazi-Diktatur und den der Sozialen Marktwirtschaft in der ersten Hälfte des Zwanzigsten Jahrhunderts."

„Und heute", unterbrach sie meinen Vortrag, „wie bezeichnen Sie die gegenwärtige Stufe?"

„Das ist nicht so einfach zu benennen und lässt sich auch nicht mit wenigen Worten sagen."

„Versuchen Sie es."

„Gut, also die Zeit der sozialen Marktwirtschaft geht zu Ende. In sozialreaktionärer Weise, bezogen auf den Kapitalismus der freien Konkurrenz, schreitet eine noch nie da gewesene und bedingt durch den hohen Stand der Produktivkräfte, Konzentration der Produktion und des Kapitals voran, und das im weltweiten Ausmaß, auch Globalisierung, genannt."

„Halt, halt", unterbrach sie mich, „vielleicht doch lieber ein anderes Mal. Nur noch eine Frage?"

„Ja, gerne", jetzt war ich in meinem Element, hätte am liebsten noch weiter ausgeholt.

„Meinen Sie mit dem Ende der Sozialen Marktwirtschaft, dass Sozialleistungen und Löhne gekürzt, die Arbeitszeiten aber verlängert werden?"

„Genau das meine ich."

126

„Da sind wir uns einig. Man sieht, wo ein Gespräch über Schwedenkrimis hinführen kann."

Sie machte eine Pause und fuhr dann fort: „Das, was ich Ihnen vorschlagen möchte, hat auch mit Politik zu tun. Doch ich weiß nicht, ob das jetzt der geeignete Zeitpunkt ist, mein Anliegen zu äußern."

„Das klingt aber so richtig geschäftsmäßig."

Ich war enttäuscht, hatte ich mir doch etwas ganz anderes vorgestellt, als wir hierher in meine Wohnung gefahren waren.

Trotz alldem war mein Interesse geweckt, und ich wollte mehr über ihr Anliegen, wie sie es nannte, hören.

„Ich weiß nicht, Sie müssen noch fahren, darf ich Ihnen trotzdem ein Glas vom Roten anbieten?" fragte ich sie.

„Ich wohne praktisch gegenüber, kann zur Not also laufen. So sage ich nicht nein zum Roten."

Ich ging in den Keller und holte eine Flasche Dorgali aus dem Regal. Als ich in mein Wohnzimmer zurückkam, hatte Veronica es sich bequem gemacht, sich ihrer Pumps entledigt und die Beine hochgelegt. Ich stellte zwei Gläser auf den Tisch und schenkte uns ein.

„Ein guter Wein", sie nahm die Flasche in die Hand und las, „Sardinien, muss ich mir merken."

Ich sagte nichts, um unserem Gespräch keine neue Wendung zu geben, schaute sie stattdessen erwartungsvoll an.

„Um es direkt zu sagen, ich möchte, dass Sie meinen Mann fotografieren."

Das hatte ich nun wirklich nicht erwartet, dachte sogleich an Intimfotos, möglicherweise von Beiden. Mein Erstaunen muss wohl deutlich gewesen sein, denn jetzt lachte sie mich offen an.

„Ich sehe Ihnen an, an welche Art Fotos Sie jetzt denken. Müssen Sie wohl auch, wenn ich an die Bilder berücksichtige, die Sie von mir gemacht haben. Aber bei den Fotos, die Sie von meinem Mann machen sollen, geht es nicht um Sex, sondern um Politik."

„Sie sprechen in Rätseln, wenn ich das einmal so sagen darf."

„Da haben Sie Recht, aber bevor ich Weiteres sage, möchte ich Sie um etwas bitten."

„Nur zu."

„Darum, dass Sie, sollten wir nicht miteinander ins Geschäft kommen, all das vergessen, was ich Ihnen jetzt erzähle."

„Wenn Ihnen dazu meine Zusage genügt?"

„Ich habe keine andere Wahl. Wir kennen uns kaum, da muss ich mich auf mein Gefühl verlassen und auf die Bücher."

„Auf die Bücher? Ach so, ja. Okay, dann lassen Sie mich wissen, um was es geht."

„Gut, also mein Mann bewirbt sich für eine Partei um ein Landtagsmandat. Ich vermute aber, dass er, sollte er gewählt werden, dann aus dieser Partei austreten wird, um einer anderen Partei zu dienen."

„Und wen oder was soll ich nun fotografieren?"

„Alle, mit denen er sich trifft."

„Und wie soll das von statten gehen?"

„Mein Mann hat ein schlechtes Gedächtnis. Deshalb schreibt er sich alle Termine auf. Dazu führt er einen Kalender, verschlüsselt aber die Eintragungen. Den Schlüssel habe ich herausgefunden, indem ich ihn beobachtet habe. Ich bin ihm nachgegangen, weil ich zunächst annahm, er hätte eine Geliebte. Hatte oder besser hat er auch, aber das interessiert mich nicht mehr. Dann habe ich die Eintragungen in seinem Kalender mit den Zeiten und Orten seiner Treffen in Beziehung gesetzt und dabei die Systematik herausgefunden."

„Und wozu brauchen Sie dann mich?"

„Weil die Gefahr, dass er mich entdeckt, sehr groß ist."

„Verstehe."

„Ich würde Ihnen also telefonisch Zeit und Ort seiner Verabredung durchgeben. Sie gehen hin und fotografieren. Dann treffen wir uns, und Sie geben mir den Datenträger. Möglicherweise können wir uns hier bei Ihnen treffen und dabei auch das Geschäftliche regeln."

Die Sache interessierte mich schon, klang spannend. Und da ich zeitlich gesehen nicht gebunden war, hätte ich den Auftrag auch ohne eine Gegenleistung ihrerseits übernehmen können. Trotzdem fragte ich nach. „Was meinen Sie mit ‚das Geschäftliche regeln'?"

„Das ist jetzt nicht ganz einfach für mich, Ihnen ein Angebot zu machen. Und bitte, verstehen Sie mich nicht falsch."

Sie schien zu überlegen, war sich wohl noch unschlüssig darüber, ob sie fortfahren sollte.

„Gut, ich habe bemerkt, dass ich Ihnen gefalle. Sie sind mir nicht unsympathisch. – Ach, was soll ich lange darum herumreden. Geld habe ich keines dafür. Wir könnten miteinander schlafen."

Das hatte ich nun überhaupt nicht erwartet. Ihr musste das auch nicht leichtgefallen sein, denn während sie sprach, hatte sie unter sich geschaut. Als sie jetzt hochblickte, versuchte sie ein Lächeln.

„Ich weiß und sehe es Ihnen auch an, was Sie jetzt denken: das Angebot einer Nutte, stimmt's?"

Ich konnte nicht sofort antworten, war zu überrascht von ihrem Ansinnen. Ich hatte keinerlei Erfahrungen, hatte noch nie gegen Bezahlung mit einer Frau geschlafen. Gedanklich vorgestellt hatte ich mir eine solche Situation schon, war mir aber ziemlich sicher gewesen, dass ich rein körperlich den Geschlechtsakt hätte nicht vollziehen können, weil das Wissen um die Bezahlung mir jegliche Illusion von bestehender Zuneigung geraubt hätte. Einmal war mir Ähnliches passiert. Ich stand an einer Hotelbar, kam mit einer Frau ins Gespräch. Wir hatten uns gut unterhalten und irgendwann schlug sie vor, das Gespräch auf meinem Zimmer fortzusetzen. Das koste dann aber Geld.

Im ersten Moment hatte ich nicht verstanden, was sie meinte. Dann dämmerte es mir.

Sie musste mein Erstaunen bemerkt haben, denn sie lächelte mich an und erklärte, dass sie nun gehen müsse, denn sie hätte noch zu tun. Ich habe sie nicht aufgehalten. Mein Zögern bereute ich nicht, dachte nur, dass ich wohl mit ihr geschlafen hätte, wenn sie mir ihre Forderung später, im Bett, offeriert hätte. Eine unrealistische Vorstellung, wie ich wusste.

„Thomas, was ist los, warum sagst du nichts?" riss sie mich aus meinen Gedanken. Offenheit gegen Offenheit, dachte ich und sagte ihr, woran ich gerade gedacht hatte.

„Heißt das jetzt, dass du es nicht tun willst?"

Eine zweideutige Frage, und so hakte ich nach. „Wie soll ich das verstehen, mit dir ins Bett gehen oder observieren?"

„Beides."

„Also gut, ich beobachte deinen Mann, tue das aber nicht gegen Bezahlung", zog ich mich aus der Affäre. Bewusst hatte ich auch das „Du" gebraucht.

Eine Woche später trafen wir uns in meiner Wohnung wieder. Ich übergab ihr, wie abgesprochen, den Stick und bot ihr an, gleich einmal einen Blick auf die Bilder zu werfen.

Veronica war an dem Tag eher wortkarg, wirkte abwesend.

Ich stellte das Notebook auf den Tisch, schaltete es ein und legte den Datenträger in das Fach. Kurz darauf erschienen die Bilder in der Miniaturansicht. Einmal klickte sie alle Fotos durch. Bei manchen Bildern nickte sie, als habe sich ihr Verdacht bestätigt, mit dem Kopf, äußerte sich aber noch nicht dazu. Dann, sie hatte alle Fotos gesehen, lehnte sie sich zurück und lächelte mich an.

„Volltreffer, Thomas, was ich vermutet hatte.“

„Dass er sich mit Leuten einer anderen Partei trifft, beweist doch noch nicht, dass er mit denen kungeln will.“

„Aber ja“, Veronica wirkte jetzt regelrecht gelöst, „ich habe ihn gefragt, und wir haben über die Männer gesprochen. Er bezeichnete deren Ansichten als widerwärtig und niemals, so sagte er, würde er mit denen auch nur ein Wort wechseln. Und jetzt schau dir dieses Foto an“, sie klickte ein paar Aufnahmen zurück, „gibt man sich so, wenn man jemanden widerwärtig findet?“

Auf dem Bild war Veronicas Mann zu sehen, wie er seinem Gegenüber die Hand auf die Schulter legt und ihn dabei freundlich anlächelt. Ein weiterer Klick und dieselben Personen sitzen an einem Tisch. Der Fremde zeigt mit seinem Finger auf ein Blatt Papier, und Veronicas Mann hält einen Kugelschreiber bereit, offenbar, um sogleich damit zu unterschreiben.

„Das sehe ich wie du, Veronica, und ich erinnere mich gut an die Situation. Er hat etwas unterschrieben, und anschließend haben sie sich die Hände geschüttelt.“

„Da siehst du, dass ich recht habe."

Ich konnte ihr nicht widersprechen, nahm den Stick aus dem Fach und übergab ihn ihr.

Sie zögerte zuerst, legte den Datenträger vor sich auf den Tisch. Sie sah mich an, wirkte unsicher. Dann, als habe sie sich zu etwas entschlossen, stand sie auf und begann sich auszuziehen. Schon wollte ich sagen, dass ich diese Art Bezahlung nicht anzunehmen gedachte, als sie in ihrem Tun innehielt und mich anlächelte.

„Thomas, nicht was du denkst. Ich will dir anbieten, mich zu fotografieren."

„Das Angebot nehme ich gerne an", sagte ich erleichtert und holte meine Kamera.

Als die letzten Aufnahmen im Kasten waren, bedankte ich mich bei ihr. Slip und BH hatte sie schon wieder angezogen. Jetzt nahm sie ihren Rock, zögerte. Später, ich hatte sie hinuntergebracht, trat ich mit ihr vor die Haustür.

„Wann wirst du Wolfgang die Bilder zeigen?"

Erstaunt, ja fast erschrocken, schaute sie mich an.

„Woher kennst du seinen Namen? Ich habe ihn bewusst nicht erwähnt."

Ich wusste, dass ich ihr jetzt eine Erklärung schuldig war.

„Wir waren gute Freunde damals, wollten beide Lehrer werden. Dann hatte die Landesregierung einen Einstellungsstopp beschlossen. Monate später wurde Wolfgang in das Beamten-verhältnis übernommen, ich nicht. Es hatte eine Anfrage beim Verfassungsschutz gegeben, und ich, so wurde mir eröffnet, böte nicht die Gewähr, dass ich mich jederzeit für die freiheitlich demokratische Grundordnung einsetzen würde. Während meines Studiums war ich Mitglied im Sozialistischen Hochschulbund gewesen, der sozialdemokratischen Studentenorganisation. Für den war ich in den Allgemeinen Studentenausschuss gewählt worden. Berufsverbot nannte man das, was ich zurecht befürchtete.

Später fand ich heraus, dass Wolfgang informeller Mitarbeiter beim Landesamt für Verfassungsschutz gewesen war.

Der eigenen Einstellung in den Landesdienst hatte er unsere Freundschaft geopfert.

Jetzt waren wir quitt.

Es war nicht bei einem geblieben

Wir saßen auf der Terrasse, Bea, meine Freundin, Uwe und Kerstin, unsere Freunde, und ich, Udo. Auf dem Weg hierher, im Esszimmer hatte uns Anna, die Tochter von Kerstin und Uwe, mit dem heute üblichen „Hallo" begrüßt. Sie saß auf einem Hocker in einer Zimmerecke, hatte ein Bein unter ihrem Hintern liegen und telefonierte.

Auf der Terrasse genossen wir die Frühlingssonne, angenehm nach dem langen Winter. Vielleicht machte sie uns alle ein wenig schläfrig, dass so recht kein Gespräch aufkommen wollte. Aber eben, es war Frühling, und ich habe gerne hingeschaut. Anna trug weiße Shorts mit weitem Beinausschnitt, und für den Bruchteil einer Sekunde registrierte ich das rote Höschen.

Ob das der Auslöser für meine Frage war, weiß ich heute nicht mehr. Anna, das wusste ich, fuhr einen blauen VW-Käfer, und das brachte mich auf eine Idee. Ich erinnerte mich plötzlich an eine Begebenheit während meiner Studentenzeit. Auch ich fuhr damals einen VW-Käfer.

Eines Abends kamen ein paar Kommilitonen und ich auf dem Weg von der Kneipe zum Auto an einem Container vorbei. Einer Angewohnheit folgend, warf ich einen Blick in den großen Müllkasten. Frauenbeine, wie man sie in Unterwäschegeschäften zur Dekoration von Strümpfen verwendet. Ich kletterte in den Kasten, rief, ich hätte da eine Idee.

Wenig später standen wir, in einem Hauseingang versteckt, und beobachteten die Leute, die an meinem Auto vorübergingen.

„Sauerei", erboste sich ein Passant, „muss die denn ihre Beine so weit herausstrecken. Was die da wohl in dem Auto treiben?"

„Ekelhaft", eine ältere Frau in Begleitung eines ebenso alten Mannes. „Das geht doch gar nicht", darauf ihr Begleiter, „da ist doch beim VW der Motor."

Ich hatte die Motorraumklappe geöffnet und die beiden Strumpfbeine gespreizt in die Öffnung geschoben, dass es so aussah, als ob eine Frau im Wagen läge, die ihre Beine in eben dieser Haltung aus dem Auto streckte.

Ich trat hervor und sagte: „Sie haben recht." Dann öffnete ich die Motorraumklappe und zog die beiden Strumpfbeine hervor.

„Ach so", meinte die Begleiterin des Mannes, wie um sich zu entschuldigen.

Daran erinnerte ich mich jetzt auf der Terrasse in der Frühlingssonne.

„Ich muss mal", entschuldigte ich mich, und ging, in der Hoffnung, Anna zu begegnen ins Haus. Und tatsächlich, im Flur begegnete ich ihr.

„Na", fragte sie und lächelte mich an, „zu heiß in der Sonne?"

„Nein, das Bier, du weißt schon."

136

Wenn sie weitergegangen wäre, Gelegenheit verpasst, dachte ich. Doch sie stand da und schaute mich immer noch an. Also fasste ich den Mut, sie zu fragen: „Du hast doch diesen Käfer?"

„Das weißt du doch."

„Ja, schon, also …"

„Willst du ihn mal fahren?"

„Nein, das nicht, vielmehr möchte ich dich fotografieren."

„Wenn ich ins Auto steige, vermutlich?"

Jetzt war es an mir, ihr die Geschichte zu erzählen. Sie verstand sofort: „Ich soll also meine Beine gespreizt aus dem Auto strecken?"

„Das geht doch nicht, Anna, da ist doch der Motorraum."

„Also, wie soll das nun abgehen?"

„Ich mache zwei Fotos. Das eine vom Hinterteil deines VW, bei leicht geöffneter Motorraumklappe und das andere, wenn du auf der Stoßstange sitzt, die Beine auseinandergenommen."

Anna überlegte kurz: „Ohne Höschen oder mit?"

„Anna, mit natürlich."

„Natürlich, na gut und wann und wo?"

„Wenn es dir passt, morgen Nachmittag, da fahren wir ein Stück raus."

„Einverstanden, um drei am Bahnhof?"

„Gut, ich werde da sein."

Ich überlegte kurz, war auf einmal unschlüssig. „Sollte ich Bea davon erzählen?"

Nun war es an ihr nachzudenken. „Besser nicht, sonst denkt sie nur Wunders was."

Warum also? Anna war fünfundzwanzig, und ich mehr als doppelt so alt wie sie. Und überhaupt, ich wollte sie doch lediglich fotografieren.

Bald hatten wir einen unbesuchten Waldparkplatz gefunden. Die Aufnahmen vom Heckteil des Wagens waren schnell im Kasten.

Schließlich saß Anna auf der Stoßstange, lediglich mit einem roten Höschen und BH bekleidet.

„Ich habe auch noch ein weißes mit, wenn du es wünschst?" Ironie in der Stimme.

Und ob ich das wollte, war darauf gespannt, wie sie den Wechsel inszenieren würde.

Eine Show, im wahrsten Sinn des Wortes. Mir abgewandt, so dass ich für ein paar Augenblicke ihren nackten Hintern zu Gesicht bekam, schob sie das rote Höschen betont langsam über die Pobacken, ließ es auf den Boden fallen, bückte sich, um es aufzuheben. Und dasselbe noch einmal in umgekehrter Reihenfolge mit dem weißen.

Mindestens zwanzig Aufnahmen hatte ich im Kasten, als sie sich ein letztes Mal von der Stoßstange erhob und auf mich zutrat.

„Mir ist kalt, Udo."

Das wirkte auf mich wie eine Aufforderung, was es ja auch war. Wann hatte ich zuletzt mit einer Frau im Auto…? Jahrzehnte muss es her gewesen sein.

Bea erfuhr davon ein paar Wochen später. Nicht etwa von Anna, sondern durch ihre Mutter. Sie reagierte klassisch: „Was hat sie, das ich nicht habe?"

Ja, was war das Besondere an Anna? Sie war jung, spontan und unkompliziert. Sonst hätte sie sich wohl nicht auf ein Abenteuer mit mir eingelassen. Denn mehr war es nicht. Einmal habe ich Anna danach noch getroffen, auch nur, um ihr die Bilder zu zeigen.

„Ich sollte etwas zunehmen, meine Beine sind einfach zu dünn."

Ansonsten fand sie gut, was ich daraus gemacht hatte. Die Fotomontage zeigte Anna beziehungsweise ihre gespreizten Beine in der Seitenansicht. Die Aufnahmen zwischen ihre Beine behielt ich für mich. Sie fragte auch nicht danach. Worüber sich Kerstin und Bea an jenem Tag unterhalten haben, erfuhr ich nicht. Jedenfalls schien sie die Sache einander nähergebracht zu haben, denn bald darauf wurden Bea und ich erneut von Kerstin und Uwe eingeladen.

Ein schöner Sommerabend hatte sich angekündigt, ideal zum Grillen, Trinken und Klönen geeignet. Doch es sollte noch etwas dazukommen. Schon beim Abwaschen des Grillbestecks registrierte ich, mit dem Trockentuch in der Hand neben Kerstin stehend, dass sie näher als notwendig an mich heranrückte.

Später, wieder auf der Terrasse, herrschte völlige Dunkelheit. Da tanzten Uwe mit Bea sowie Kerstin und ich miteinander. Kerstin war zehn Jahre jünger als ich, leicht vollschlank, so wie es mache Männer meines Alters lieben. Sie hatte ihre Hände auf meine Schultern gelegt, so dass ich sie auf Taillenhöhe umfassen konnte. Bald erwiderte ich ihren Druck, so dass sie meine Erregung spüren musste. Was sich gerade zwischen Uwe und Bea abspielte, wusste ich nicht, wollte es auch gar nicht wissen.

„Lasst Euch nicht stören", ertönte es plötzlich von der Terrassentür her. Anna musste wohl nach Hause gekommen sein. Wir befolgten ihre Anweisung. Gerade hatten sich unsere Lippen gefunden, als die Beleuchtung anging. Nicht Anna hatte den Lichtschalter betätigt, sondern Uwe, der jetzt mit versteinerter Miene zu uns hinstarrte.

Bea, das erfuhr ich später, war ins Bad gegangen, auch um ihre Kleidung zu ordnen.

Natürlich bedeutete dies das Ende der Grillparty. Im Hinausgehen begegneten Bea und ich Anna. Wir begrüßten und verabschiedeten uns von ihr in einem.

„Ich muss noch packen, denn morgen fliege ich auf Einladung eines Bekannten nach Caracas."

Ich kannte Uwes politische Einstellungen, wusste, dass er den Präsidenten Venezuelas absolut nicht mochte. Uwe stand in der Esszimmertür. So sagte ich an Anna gewandt, doch so laut, dass er es hören musste: „Dann richte mal Hugo, wenn du ihn treffen solltest, einen schönen Gruß von mir aus."

„Musste das sein?" fragte mich Bea, als wir außer Hörweite waren. Den Rest des Weges, bis zu unsrer Wohnung, schwiegen wir. Gut fühlte ich mich nicht. Zuerst die Sache mit Anna und jetzt die Knutscherei mit Kerstin. Ich hatte den Bogen wahrlich weit überspannt. Allerdings kam mir in den Sinn, dass ja vielleicht auch Bea und Uwe vorhin nicht nur miteinander getanzt haben. Ich wollte mir Klarheit verschaffen. „Habt ihr eigentlich vorhin …?"

„Du meinst, ob Uwe und ich auch miteinander rumgeknutscht haben, so wie du mit Kerstin?"

„Genau, das habe ich gemeint", reagierte ich entsprechend auf ihren aggressiven Ton. Ohne mich anzusehen oder gar stehen zu bleiben: „Mensch Udo", sagte sie erschrocken, „mein Slip liegt noch auf der Terrasse, den habe ich doch glatt vergessen."

Ich wagte nicht nachzufragen. Damit schien alles geklärt zu sein. Wortlos hat sie noch in der Nacht ihren Koffer gepackt und war gegangen. Wir haben uns nicht wiedergesehen.

Im Winter darauf traf ich Kerstin, die vor ihrem Haus Schnee fegte, als ich bei einem Spaziergang vorüberkam. Seit damals hatten wir kein Wort mehr miteinander gewechselt.

„Siehst recht verfroren aus, Udo. Wie wär's mit einem Grog?"

Alles, nur das nicht hatte ich erwartet.

„Vergessen wir die alten Geschichten, was meinst du?"

„Nichts dagegen Kerstin. Wie geht es Anna?"

„Ist verheiratet, und ich werde bald Oma."

„Du Glückliche", bemerkte ich mehr ironisch, „und wo ist Uwe?"

„Auf Dienstreise – für zwei Wochen."

Dann, es war nicht bei einem Schnaps geblieben, rückte sie auf dem Sofa nahe an mich heran. „Übrigens", sagte sie mir danach, „sie hat ihn nicht ausgezogen."

„Was meinst du?"

„Na, ihren Slip, damals auf der Terrasse."

„Woher weißt du das?"

„Hat sie mir erzählt, später."

Diese Kabine hätte ich gerne

Ich stieg die schmale Treppe hinunter, den Zettel mit der Kabinennummer in der Hand. Eine Flusskreuzfahrt hatte ich gewonnen. Lange schon davon geträumt, nur konnte ich mir eine solche Urlaubsreise bisher nicht leisten. Acht Tage und dann zurück mit der Bahn.

Flüsse faszinieren mich schon seit ich denken kann. An einem war ich geboren, und nun, Jahre später, war er für mich gleichbedeutend mit Heimat.

Unmittelbar neben dem Treppenende las ich das Schild an der Tür. „Kab. 2". Da war sie schon, meine Unterkunft für die nächsten Tage. Ein Bett, ein Schrank, ein Sideboard, ein Sesselchen vor einem kleinen Tisch in der Mitte des Raumes. Etwa auf Augenhöhe das Fenster und in der ihm gegenüberliegenden Kabinenecke die Nasszelle hinter durchsichtigen Acrylglaswänden.

Im Moment säumte den Fluss eine Auenlandschaft, selten geworden in einer Zeit begradigter Flussläufe.

Zuerst duschen und dann umziehen zum Abendessen, dachte ich und wollte gerade die Vorhänge zuziehen, als vor meinen Augen eine Frau über den Gang zwischen Reling und Kabinenfront vorüberging. Kurz nur schaute sie zu mir hin, lächelte verlegen und entschwand aus meinem Blickfeld.

Dunkles, fast schwarzes mittellanges Haar, knallrot geschminkte Lippen und dazu ihr Lächeln, ein Bild, das mich begleitete, als ich die Nasszelle betrat.

Ich wusch mir die Haare, seifte mich ein und genoss das warme Wasser, das mir über den Körper rann. Dann nahm ich den Duschkopf aus der Halterung, spülte die Seifenreste vom Körper, richtete dazu den Wasserstrahl zuerst auf meinen Rücken und senkte ihn langsam tiefer. Leicht spreizte ich meine Beine, und als ich den warmen Strahl dort spürte, erschien das Bild erneut vor meinen geschlossenen Augen. Ihr Lächeln, eben noch verlegen, jetzt ermunternd.

Ich wollte das Schiff erkunden. Einmal entlang der Reling. Jenseits der Ufer immer noch die Auenlandschaft. Linker Hand Kabinenfenster. Als ich an meinem vorüberging – ich erkannte meinen Koffer, der noch neben dem Tischchen stand. Hatte ich nicht die Vorhänge zugezogen? fragte ich mich.

Nach Sonnenuntergang kühlte die Luft ab, gut, dass ich eine leichte Jacke übergezogen hatte. Unter Deck gelangte ich auf einen Gang, rechts und links ein paar Geschäfte. In einer kleinen Buchhandlung entdeckte ich eine Sitzecke. Ohne zu überlegen griff ich nach einem Buch aus dem Krabbelkorb am Eingang. Ich setzte mich so, dass ich den Eingang im Blick hatte und blätterte durch die Buchseiten. Da stutzte ich, warf noch einmal einen Blick auf den Einband: Eine dunkelhaarige Frau, auf einem roten Tuch liegend, ein schöner Kontrast zu ihrer weißen Haut. Wegen ihrer Lage erschien ihre

144

Hüfte besonders geschwungen, ihren üppigen Hintern betonend. Vielleicht sah sie so aus, die Frau, die vorhin an meinem Fenster vorbeigegangen war? Bald hatte ich hatte genug gelesen, um entscheiden zu können; nein, das Buch war nichts für mich. Nicht dass mir der Text zu freizügig erschien, was sich da einer aus den, wo immer auch her, gesogen hatte; das war es nicht. Was da stand war einfach an der Realität vorbei geschrieben und noch dazu in einer Sprache, die nicht nach meinem Geschmack war.

Und doch, ich hatte das Buch zugeklappt und zurück in den Krabbelkorb gelegt. Das Bild der hellhäutigen, dunkelhaarigen, nackten Frau auf rotem Untergrund ließ mich nicht kalt.

Ein Blick auf meine Armbanduhr sagte mir, dass es Zeit war, den Speiseraum aufzusuchen. Ob man sich selbst einen Platz suchen konnte oder platziert würde, ich war gespannt. So betrat ich mit gemischten Gefühlen den großen Speisesaal. Es war wohl noch etwas früh, die meisten Tische noch nicht besetzt. Sofort steuerte ein Kellner auf mich zu und fragte mich nach meiner Kabinennummer. Also wurde man platziert. Der Mann geleitete mich zu einem Tisch am Saalrand, direkt unter einem Fenster. Auch hier hatte ich nicht die freie Platzwahl. Den gelegten Bestecken und Servietten entsprechend, wies mir der Ober den Platz unter dem Fenster zu. Gegenüber und rechts von mir war für zwei Personen eingedeckt. Hoffentlich kein älteres Ehepaar, war mein erster Gedanke. Und schon sah ich sie kommen, er und sie in die Siebzig. Schon schalt ich mich einen Ignoranten, der vergaß, dass er selbst einmal alt werden wollte, als der Kellner den beiden die Plätze an meinem Tisch verwehrte und sie an den Nachbartisch geleitete. Interessiert studierte ich die Abendkarte und entschied mich für ein einfaches Gericht, Wiener Schnitzel mit Pommes und Salat. Bei der Kellnerin gab ich ein großes Bier in Auftrag. Kaum auf dem Tisch, trank ich davon und verschluckte mich prompt, als ich sie sah. Dunkles mittellanges Haar und knallrot geschminkte Lippen – die Frau vor meinem Kabinenfenster.

Der Mann grüßte freundlich, setzte sich mir gegenüber an den Tisch, während sie kurz innehielt, mir dann zunickte, mit demselben Lächeln im Gesicht wie vorhin am Fenster und sich rechts von mir niederließ. Der Moment hatte ausgereicht, einen Blick auf ihre Beine zu werfen, wozu der kurze schwarze Rock ausreichend Gelegenheit bot. Sie trug keine Strümpfe und die Hautfarbe ihrer Beine entsprach der ihres Gesichtes und der unter dem Dekolleté, einer vornehmen Blässe. Vermutlich trug sie einen dieser BHs, die die Brüste zusammendrücken und damit meiner Fantasie Vorschub leisteten, mehr zu wollen, als sie nur zu betrachten. Ob ihr wohl mein Blick meine Gedanken verraten hatten, jedenfalls lächelte sie erneut, und ich war mir sicher, dass ihr Lächeln mir galt, obschon sie in eine andere Richtung blickte.

Er stellte sie und sich mir vor: Selina und Julius Dreigen, beide begeisterte Anhänger von Kreuzfahrten. Ich nannte meinen Namen, Axel Willner, und bekundete meine Leidenschaft für das Wasser, wobei ich eher die Flüsse mag, meinte ich leichthin. Zu einem weiteren Gespräch zwischen uns kam

146

es vorerst nicht, weil nun die Bestellungen aufgegeben wurden.

Julius Dreigen mochte um die Fünfzig, Selina, ich ließ im Stillen ihren Nachnamen weg, dagegen schien mir Anfang Dreißig zu sein. Berufe raten war mein Hobby und Julius Dreigen konnte gut und gerne Verwaltungsleiter eines Unternehmens sein, so wie er sich kleidete, anthrazitfarbener Anzug, darunter ein taubengraues Hemd und weiße Krawatte. Vielleicht war Selina Hausfrau, die ihre Berufsausbildung seiner Karriere geopfert hatte. Im Gegensatz zu der ihren wirkte seine Haut wie künstlich gebräunt.

Während wir aßen, führten wir ein oberflächliches Gespräch: das Wetter, das Schiff, die Freizeitmöglichkeiten an Bord. Als das Geschirr abgeräumt wurde, trat ein Kellner an unseren Tisch, fragte nach weiteren Wünschen.

„Wie wäre es", meinte Julius, „da wir nach Osten fahren, mit einem Wodka?"

„Gerne", meinten Selina und ich wie aus einem Mund. Julius hob drei Finger und fügte hinzu: „Doppelte bitte."

Als Julius und ich die Sache „Osten" vertiefen wollten, mischte sich Selina ein und ordnete an: „Bitte keine Politik!" Wir beide nahmen die Order an, betrachteten sie nun mit fragendem Blick. Selina entnahm ihrer Handtasche einen Prospekt, begann vorzulesen, was es an Möglichkeiten gab, das Land zu erkunden. Bevor wir den zweiten Schluck nahmen, stießen wir an, wozu wir uns einander über den Tisch hin ansahen. Ich änderte dazu meine Beinstellung nicht, doch Selina

147

hatte entweder ihre Schenkel gespreizt oder beide Beine in meine Richtung geneigt, denn plötzlich spürte ich deren Druck an meinem Knie. Das war kein Zufall, denn sie beließ es dabei, als wir längst wieder aufrecht saßen. Jetzt reagierte ich mit Gegendruck, und wieder gewahrte ich ihr Lächeln, ohne dass sie mich anschaute.

Nach dem zweiten Wodka meinte Axel, dass er müde sei. „Die lange Autofahrt zum Hafen, Sie verstehen?"

„Aber ja, ich mache noch eine Runde entlang der Reling und werde dann noch ein wenig im Bett lesen, bis ich das Buch zur Seite lege."

Wir verabschiedeten uns voneinander und verabredeten uns zum gemeinsamen Frühstück. Zum Lesen kam ich nicht, denn ständig kreisten meine Gedanken um Selina, was ich gesehen und verspürt hatte. Meine Gedanken wollten mich nicht einschlafen lassen. Plötzlich vernahm ich an der Tür ein hastiges, leises Klopfen.

Mit einem Satz war ich aus dem Bett. Wer sollte es sonst sein, wenn nicht sie? Ich öffnete, und sofort drängte sie sich an mir vorbei in meine Kabine. Ich verstand und schloss umgehend die Tür. Ohne ein Wort zu sagen umschlangen wir uns. Meine Hände glitten an ihrem Rücken herab, kein BH und tiefer, kein Höschen. Wir küssten uns, und zum ersten Mal gewann das Wort knutschen für mich eine entsprechende Bedeutung. Stundenlang hätte ich so stehen bleiben können. Zunge um Zunge, Lippen aufeinander, umeinander. Ich ahnte, dass wir nicht viel Zeit haben würden. Dann schob ich sie vor mich

148

her, doch als wir mein Bett erreichten, hielt sie mich auf. „Warte bitte! Ich muss dir etwas sagen, Axel." Erschrocken hielt ich inne.

„Ich kann nicht mit dir schlafen."

Jetzt verstand ich überhaupt nichts mehr und musste sie wohl auch so angeschaut haben.

„Also, warum das so ist, erzähle ich dir später, wenn du es dann noch hören willst. Jedenfalls habe ich nur Spaß daran, Männern dabei zuzuschauen. Du hattest sicher vergessen, die Vorhänge zu schließen. Ich lief später noch einmal an deinem Fenster vorbei, schaute hinein und gewahrte dich unter der Dusche. Das machte mich so an, dass ich mir vornahm, dich kennen zu lernen. So nun weißt du es."

Alles, nur das nicht, hatte ich erwartet. Einen Moment war ich zu keiner Reaktion fähig. Doch ich wollte sie, zog Hemd und Hose aus. Selina hatte sich auf die Bettkante gesetzt. Wie gebannt blickte sie an mir herab und begann dasselbe an sich zu tun, was ich an mir tat. Noch einmal küsste sich mich auf den Mund, und weg war sie.

Wie würde es sein, am Morgen zum Frühstück, unser Zusammentreffen? Gespannt wartete ich, denn wieder war ich vor ihnen da. Trotz der Angst, ihr Mann könnte etwas gemerkt haben, verspürte ich einen guten Appetit, wollte dem Buffet aber noch fernbleiben. Dann sah ich sie kommen, hatte erst einmal nur Augen für Selina. Sie trug ein leichtes Sommerkleidchen, ein wenig länger als ihr Nachthemd, so wie ich es in Erinnerung hatte. Julius´ Outfit interessierte mich nicht, denn ich wollte zuerst seinen Gesichtsausdruck interpretieren.

„Hallo!" begrüßte er mich freundlich, und nachdem er sich gesetzt hatte, sagte er: „Wie ein Stein habe ich geschlafen – und Sie?"

Ich war erleichtert, entkrampfte mich, lächelte ihn offen an: „Mir ging es genauso." Und in einem Anflug von Ironie: „Nur einmal, da glaubte ich ein Klopfen an der Tür gehört zu haben, doch das hatte ich wohl nur geträumt."

Jetzt erst richtete ich meinen Blick auf Selina: „Und Sie, haben auch Sie so gut geschlafen?"

„Aber ja, und wenn mich Julius nicht so …", sie machte eine bedeutsame Pause, „geweckt hätte, läge ich wohl immer noch in der Kiste."

Das saß. Ich sah ihr kurz in die Augen und erkannte das Lächeln wieder, ohne dass sie ihre Miene verändern musste. „Na dann wollen wir mal", meinte ich, erhob mich und steuerte auf die reichlich eingedeckten Tische zu. Alles schien also in bester Ordnung zu sein, auch wenn mich ihre Bemerkung eifersüchtig gemacht hatte. Einen Dummkopf, schalt ich mich, deshalb.

Beim Essen drehte sich unser Gespräch um das Wetter und das für heute angebotene Programm. „Man kann mit dem Ruderboot auf eigene Faust die Seitenarme des Flusses erkunden", wandte sich Selina an Julius.

150

„Du weißt, was ich vom Rudern halte", sagte Julius und mit einem erklärenden Blick zu mir hin: „Vor Jahren, da ist ein Freund von mir bei einem solchen Ausflug ertrunken. Er konnte nicht schwimmen, was ich nicht wusste. Als ich ihn dann herauszog, war es bereits zu spät gewesen. Er wandte sich an Selina: „Aber vielleicht würde dich ja Herr Willner begleiten?"

Selina zögerte einen Moment, bevor sie mich ansah, fragend.

Zeige deine Freude nicht und warte einen Augenblick mit der Antwort, ermahnte ich mich. „Also, da würde ich mitmachen." Dabei sah ich nicht sie, sondern Julius Dreigen an.

* * *

Kurze, an den Schenkeln weit geschnittene, weiße Shorts und über der Brust ein ebenso weit geschnittenes Leinentop, das bereits beim Gehen einen Blick auf ihren Bauch zuließ, so kam sie mir entgegen, als ich an der Rampe auf sie wartete. Bevor wir in den Bus einstiegen, der uns zum Bootsverleih bringen sollte, wandte Selina sich noch einmal um und winkte zur Reling hin, wo ich Julius Dreigen erkannte.

War es Verlegenheit? Während der Busfahrt und auch danach sprachen wir kein Wort miteinander. Wir stiegen in das Boot, und wie selbstverständlich setzte sich Selina auf die Heckbank, überließ mir den Platz an den Rudern. Ohne Übergang begann sie:

„Er war fünfzehn, ich dreizehn, und obwohl Mädchen, vielleicht nicht nur in diesem Alter, den Jungen voraus sind, hatten wir beide ähnliche Interessen. Er nahm mich mit, wenn

151

bei seinen Freunden gefeiert wurde und genoss es offensichtlich, wenn mich seine Freunde mit Hintergedanken anstarrten, schritt aber sofort ein, sollte mir einer zu nahekommen. Heute weiß ich, dass da nicht nur brüderlicher Beschützerinstinkt dahintersteckte.

Eines nachts, unsere Eltern waren bei Freunden eingeladen gewesen, saßen wir lange vor dem Fernseher. Erotisches Sommerkino nannte sich die Filmreihe. Später, wir lagen schon im Bett, musste ich aufs Klo. Ich verharrte vor seiner Tür, weil er scheinbar mit jemandem sprach. Ein Blick durchs Schlüsselloch zeigte Anderes. Er hatte die Bettdecke zurückgeschlagen und masturbierte. Dabei redete er mit sich selbst. Ein Wort ließ mich zusammenzucken, ,Selina', mehrmals stöhnte er meinen Namen.

Ich tat oft dasselbe, hatte aber nie meinen Bruder dabei vor Augen. Jetzt schlich ich weiter, setzte mich auf die Klobrille. Ich hatte meine Augen geschlossen, sah also nicht, wie sich die Tür öffnete.

So richtig haben wir nie miteinander. Dann starb Sven bei einem Motorradunfall, und es hat lange gedauert, bis ich eine Beziehung zu einem Mann aufnehmen konnte.

Mich haben die Erlebnisse mit meinem Bruder so geprägt, dass ich zum Geschlechtsverkehr nicht in der Lage war. Anfangs akzeptierte Julius meine Neigung. Dann eines Nachts, schaute er mir wieder zu. Plötzlich warf er sich auf mich. Ich ließ es geschehen, hätte mich auch nicht wehren gekonnt.

Von da an achtete ich stets auf einen ausreichenden Abstand zwischen uns, damit ich ihn im Notfall abwehren konnte. Doch eines Tages war er zu nichts mehr fähig. Er tat mir so leid, dass ich versuchte, ihn zu verführen. Zwecklos, er konnte es nicht.

Ich fühlte mich schuldig, versuchte alles Mögliche – ohne Erfolg. Jetzt sah ich dich unter der Dusche ...

Ich bekam zwar alles mit, was sie erzählte, doch was ich sah, machte mich so an, dass ich am liebsten sofort die Ruder hätte fahren gelassen hätte. Selina war mit ihrem Hintern auf den Rand der Heck Bank gerutscht, hatte ihre Arme nach hinten genommen, um sich abzustützen. Ihre Beine waren so weit gespreizt, wie es die Bootsbreite zuließ. Damit erlaubte sie mir einen Blick auf ihr rotes Höschen.

Ich hatte mich zurückgehalten, solange sie mir von der Angelegenheit mit ihrem Bruder berichtete. Als sie dann aber mit ihrem Po auf der Bank herumrutsche, bis nur noch ein winziger roter Streifen erkennbar war, hielt ich es nicht länger aus. Ich überließ die Führung des Bootes der Flussströmung.

Selina ließ Shorts und Höschen an, während sie sich streichelte. Als sie meinen Namen stöhnte, hielt es mich nicht mehr auf der Ruderbank. Das Boot schwankte. Ja und wie das so ist mit dem Gleichgewicht, stürzten wir beide aus dem kenternden Kahn.

Zusammen drehten wir das Ding wieder auf die richtige Seite und halfen uns gegenseitig beim Hineinklettern. Zum ersten

Mal erfühlte dabei meine Hand ganz kurz die Innenseiten ihrer Schenkel. Die Sonne schien und trocknete unsere Sachen, derweil wir uns, auf dem Bootsboden sitzend, ausruhten.

„Ich glaube, Selina ist der Ausflug gut bekommen", meinte Julius am Morgen. „Lange schon habe sie nicht mehr so ausgiebig gerudert, erzählte sie und dass Sie sich davor gedrückt hätten."

Das hatte sie ihm also erzählt. Gut, dass ich das jetzt wusste. So konnte ich angemessen reagieren: „Um bei der Wahrheit zu bleiben, Herr Dreigen, sie ließ mich nicht an die Riemen und um ehrlich zu sein, hatte ich auch nichts dagegen."

„Ich schlage vor, wir lassen das Sie, Axel."

„Einverstanden, Julius."

„Da schließe ich mich doch an, Axel."

Eine gute Schauspielerin war sie schon.

„Weißt du Selina, eigentlich wollte ich dir das heute Vormittag schon anbieten", setzte ich noch einen drauf.

Nach dem Abendessen gingen wir an die Bar. Ich hielt mich, was den Alkohol betraf, zurück, während Julius einen Wodka nach dem anderen trank. Es wurde getanzt, und ich bat Julius höflich um die Genehmigung, mit Selina tanzen zu dürfen.

Ich spürte sie durch den dünnen Stoff. Sie trug keinen BH, und als ich oberhalb ihres Hinterns nach dem Bund eines Höschens fühlte, meinte sie leichthin: „Ich war schon vorhin so scharf, dass ich nichts darunter angezogen habe."

„Er trinkt viel", lenkte ich ab, denn ich hätte sie am liebsten von der Tanzfläche aufs Klo geschleift.

„Lass die Tür offen", flüsterte sie später, als Julius, auf sie gestützt, und ich zu unseren Kabinen strebten.

Natürlich schlief ich nicht ein, wartete, weit hatte sie es ja nicht, denn ihre Kabine lag der meinen gegenüber. Dabei hatte ich ständig die Szene vor Augen, wie Selina, auf dem Klo sitzend, mit dem Rücken an den Toilettendeckel gelehnt von ihrem Bruder dabei beobachtet wurde.

Dann endlich, vorsichtig öffnete sich die Kabinentür. Ich sprang aus dem Bett, stürzte regelrecht auf sie, umarmte sie, und für eine Zeit, die hätte ewig dauern können, versanken wir in einem Kuss, wie ich ihn nur von ihr kannte, weiche warme Lippen auf den meinen. Wieder trug sie das kurze Nachthemdchen, und es machte mich fast traurig, dass ich nicht darunter greifen durfte, so stark war mein Verlangen, ihren runden Po zu fassen, die festen Brüste zu streicheln. Warum war sie eigentlich rasiert, wenn doch niemand sie dort berühren durfte?

Sie erkannte mein Begehren, welches ihr auch meinen Zustand anzeigte, denn plötzlich löste sie sich von mir und setzte sich, wie in der Nacht zuvor, auf den Rand des Bettes.

Ich berichtete ihr von meinen Vorstellungen.

Völlig erschöpft lagen wir danach nebeneinander, wussten, wie wenig Zeit uns zum gemeinsamen Entspannen blieb. Es war absolut still um uns herum. Wie zufällig blickte ich zum

Kabinenfenster, dorthin, wo alles begonnen hatte. Ich erschrak, denn wieder hatte ich vergessen, die Vorhänge zu schließen. Bei Dunkelheit hatte ich das nicht bemerkt. Jetzt aber schien der Mond in voller Größe und beleuchtete den Raum. Ich sprang auf und holte das Versäumte nach – zu spät, sollte ich schon bald erfahren.

Selina war aufgestanden, schob sich ihr Hemdchen über Hüften und Po. Gerade als wir uns zum Abschied umarmen wollten, vernahm ich ein Klirren, wie es berstendes Glas verursacht. Selina hatte es ebenfalls gehört. „Das war in unserer Kabine", raunte sie mir zu. Einen Moment standen wir beide wie erstarrt voreinander. Plötzlich hechtete Salina zur Tür, riss sie auf, stürmte über den Flur. Ich hinterher. Ohne auf den Krach zu achten, öffnete sie die Tür ihrer Kabine, blieb wie angewurzelt im Türrahmen stehen. Ich folgte ihrem Blick. Julius lag auf dem Boden, bauchabwärts blutüberströmt. Wie in Trance traten wir näher heran. In der geöffneten linken Hand lag sein Glied, mit der rechten hielt er ein fast tellergroßes Glasstück umklammert. Da fiel mein Blick auf den zertrümmerten Wandspiegel, von dem ein Teil noch in den Halterungen hing. Jetzt löste sich die Erstarrung bei uns beiden gleichzeitig. Selina blickte mich Hilfe suchend an. „Ich hole den Arzt, du versuchst das Blut zu stillen", befahl ich, und dachte, wenn es dazu nicht schon zu spät ist. Dankbar blickte sie mich an und zum Glück an mir herunter. „Aber zieh dir zuvor bitte eine Hose an."

Das Schiff lief den nächsten Flusshafen an. Julius wurde notversorgt in ein Hospital gebracht. Der Schiffsarzt hatte richtig reagiert, und so war es dem Chirurgen möglich, Julius' Penis zu erhalten.

***

Es fiel mir verdammt schwer, Selina zu vergessen. Weil ich mich an den tragischen Ereignissen mitschuldig fühlte, wagte ich nicht, Kontakt zu ihr aufzunehmen. Im Stillen hoffte ich, dass es ihr ähnlich ging.

Drei Jahre später buchte ich wieder eine Kreuzfahrt. Dieses Mal sollte es über das Mittelmeer gehen, mit Aufenthalten auf Sardinien, Sizilien und Kreta.

Die Kabinenzuteilung erfolgte beim Einchecken in Marsseiles.

„In Ihrer gebuchten Klasse", sagte der Offizier, „gibt es eine Kabine mit Außenfenster, allerdings hinter einem Rundgang."

Schlagartig überwältigte mich die Erinnerung und ließ mich zögern, das Angebot anzunehmen.

„Entschuldigung, aber diese Kabine hätte ich gerne", meldete sich eine Frauenstimme hinter mir.

Es riss mich förmlich um – Selina.

Auf der Wolga

Wir kannten uns noch keine zwei Monate, als Katja eines Abends vorschlug, die Flusskreuzfahrt, über die wir schon einmal gesprochen hatten, zu buchen. Russland meinte sie, wollte sie schon immer mal kennenlernen. Vor kurzem hatte ihr eine Kollegin davon vorgeschwärmt. Die hatte vor zwei Jahren diese Reise gemacht. „Nur weißt du", hatte sie eingeschränkt, „allein, das kannst du vergessen, nur Paare an Bord, und dreißig Jahre älter, als ich."

Nicht, dass sie keine Chancen gehabt hätte, meinte sie, doch ständig unter den Augen gestrenger Ehefrauen, da sei nicht mehr als ein scheuer Blick oder ein verstecktes Lächeln möglich gewesen. Doch die Reise selbst, die weiten Flusslandschaften, die riesigen Stauseen und die besuchten Städte, „einfach Spitze".

Ich hatte Katja anlässlich einer Konferenz in Berlin kennengelernt. Wie zufällig saßen wir beim Einführungsreferat nebeneinander in einer Stuhlreihe. Und das Thema lautete: „Russland in kritischer Freundschaft." Es ging um die gegenwärtige Außenpolitik der russischen Regierung im Spannungsfeld zwischen US-amerikanischer Einkreisung und westeuropäischer Bündnistreue. Im Anschluss an den Vortrag wurde heftig diskutiert und erfreut registrierte ich zwischen Katja und mir eine gewisse Meinungsgleichheit in grundsätzlichen Fragen. Und doch, in der Einschätzung des russischen Präsidenten und seiner politischen Absichten waren wir unterschiedlicher Ansicht.

So ergab es sich, dass wir unser Gespräch am späten Abend an der Hotelbar fortsetzten. Natürlich war da zwischen uns nicht nur politisches Einvernehmen gewesen. Auch als Frau gefiel sie mir. Wie es sich herausstellte war Katja fünfzehn Jahre jünger als ich, leicht vollschlank, aber so, dass Hüft- und Schulterbreite übereinstimmte. Bei entsprechend schlanker Taille zeichneten sich unter ihrem Wollkleid Rundungen ab, die auf manche Männer meines Alters recht erotisierend wirken.

Ich hatte gerade meinen 60.Geburtstag gefeiert. Das Fest erreichte seinen Höhepunkt, indem Ruth, meine Freundin, mir erklärte, endlich die Liebe ihres Lebens gefunden zu haben, ihren Jugendfreund, den sie nach siebzehn Jahren zufällig wieder getroffen hätte. Wenn ich ehrlich war, hatte sich meine Enttäuschung in Grenzen gehalten, konnte ich doch nun frei von entsprechenden Verpflichtungen meinem Hobby, dem Schreiben, intensiver nachgehen.

Ich hatte, den Rentenabschlag in Kauf nehmend, meine Berufstätigkeit aufgegeben. Mietfrei im eigenen Haus, da kam ich finanziell gut hin, was mir auch die Teilnahme an interessanten Veranstaltungen, wie eben dieser, erlaubte.

Mit Heiko Mandler hatte ich mich Katja vorgestellt, und damit meinen ersten Vornamen, Edwin, der mir eigentlich nicht gefiel, verschwiegen.

Wir redeten und redeten, kaum einer unserer Blicke verirrte sich ins Abseits. Schauten wir uns nicht direkt in die Augen so doch ständig zu einander hin. So bemerkten wir nicht, dass außer uns beiden niemand mehr anwesend war. Erst das Rücken der Stühle brachte uns zurück in die Realität. Als Katja am Bahnhof Alexanderplatz ausstieg, sie wohnte dort im Hotel, verabredeten wir uns für den nächsten Tag zum Frühstück bei ihr.

„Mach's gut Katja", eine kurze Umarmung und weg war sie. Erst gegen 4:00 Uhr am Morgen schlief ich endlich ein. Sie war mir nicht aus dem Kopf gegangen.

Am Nachmittag checkte ich in meinem Hotel aus und in ihrem ein. Schon am Morgen darauf beschlossen wir, eine Russlandreise machen zu wollen.

* * *

An ein breites Bett gewöhnt, waren wir zunächst enttäuscht, als die Reiseleiterin auf meine Bitte hin erklärte, in unserer Kabine sei ein Zusammenschieben der Betten nicht möglich. Doch eine Regelung fand sich bald: abends bei ihr, morgens bei mir. Beide schienen wir unersättlich zu sein, so als hätten wir zuvor im Kloster gelebt. Absolut offen zu einander, erfüllten wir uns jeden Wunsch – fast jeden.

Das Schiff war über 130 Meter lang; Kabinen auf drei Etagen, Restaurant, Café Bar, Panoramabar, zwei Außendecks, Sauna und Vieles mehr.

Schon beim ersten Abendessen stellten wir fest, dass wir anscheinend die jüngsten Passagiere waren, und wie es ihre Kollegin damals gesagt hatte, alles Paare. Man hatte uns platziert, und bestimmt war man bei der Zuordnung altersmäßig vorgegangen. So saßen an unserem Tisch zwei Paare, eines etwa in meinem Alter und das andere ein wenig älter. Etwas verschlossen, was Katja dazu animierte, beide in Gespräche zu verwickeln – mit mäßigem Erfolg.

Nur einmal hatte ich mit Winfried, dem älteren Mann, eine Diskussion, die ich hier wiedergeben möchte. Gerlinde, seine Frau, war in jungen Jahren Lehrerin, hatte aber dann ihre Berufstätigkeit aufgegeben, um sich voll und ganz, wie sie sagte, der Familie widmen zu können. Er, Winfried, war Unternehmer gewesen und hatte in dieser Zeit so viel auf die „hohe Kante" legen können, dass sie im Alter ein sorgenfreies Leben führen konnten. Fast den gesamten Erdball hätten sie inzwischen bereist, meinte er nicht ohne Stolz. Irgendwie kamen wir auf die deutsch-russische Geschichte und das Deutschsein zu sprechen. Da bekannte Winfried: „Ihr könnt ja sagen was ihr wollt, ich jedenfalls bin stolz darauf, ein Deutscher zu sein."

Ich war erst einmal überrascht, diese Aussage von ihm zu hören. Dann relativierte ich, indem ich meinte: „Ja, ich bin stolz auf Goethe, Schiller und Heine, aber ich schäme mich für Himmler und Hitler."

Woraufhin Winfried nur eine Bemerkung machte: „Hitler war doch Österreicher."

Des Weiteren ging es um seine Rolle als Unternehmer. Es ergab sich zwischen mir und ihm der folgende Dialog.

Er: „Wenn Angestellte den Kunden gegenüber freundlich und zuvorkommend sind, bringen sie damit auch die Freude an ihrer Arbeit zum Ausdruck."

Ich: „Und sind sie es nicht, fliegen sie raus."

Er: „Das Wichtigste für den Unternehmer ist, dass die Kunden zufrieden sind."

Ich: „Nein, das Wichtigste für den Unternehmer ist, dass der Profit stimmt."

Er: „Meine Angestellten arbeiten 8 Stunden am Tag, ich 16, also doppelt so viel."

Ich: „Du arbeitest doppelt so lang wie deine Angestellten, kassierst aber das Zehnfache ihres Lohns."

Er: „Der Unternehmer trägt schließlich das Risiko."

Ich: „Sagt die Schlecker-Tochter heulend vor der Kamera: ‚Alles ist verloren', nachdem sie die Millionen auf ein Konto sonst wo überwiesen hatte, während die Schlecker-Frauen völlig risikolos in die Armut geschleudert worden sind."

Danach haben wir nur noch über das Wetter gesprochen.

* * *

Abends wurde in der Panoramabar getanzt, auch hier altersorientiert die Musik. Getanzt hatten wir noch nicht miteinander. So wollten wir uns keine Blöße geben, zumal alle anderen

162

aufeinander eingespielt waren. Ein Paar fiel mir besonders auf. Er hatte mich am Nachmittag recht unhöflich zurechtgewiesen, als ich ihm unbeabsichtigt vor der Rezeption den Weg versperrte. Jetzt, auf der Tanzfläche, gab er sich jugendlich, vollführte übertriebene Drehungen und Hüftschwünge. Seine Partnerin machte auf mich den Eindruck resignierter Ergebenheit. Sie folgte anscheinend willig seinen Anweisungen. Am Tisch führte er das große Wort, Beifall gewohnt. Am dritten Abend, russische Tänze waren angesagt, erschienen beide in russischen Trachten. Offensichtlich hatten die Animateure die beiden als Impulsgeber ausgesucht. Es folgte ein Spiel, in dem er mit drei ebenfalls in Tracht gehüllten Frauen tanzte und sich dann anschließend für eine der drei entscheiden musste. „Peinlich", kommentierte Katja die Darbietung. „Bootskasper" nannte ich ihn seitdem. Eine Episode will ich noch anfügen. Einmal lief ich von der Café Bar aus zur Toilette die etwas abseits lag. Dort hatten sich schon einige Männer mit demselben Bedürfnis versammelt. Der „Bootskasper" kam dazu und klinkte an der Tür. Ich sagte: „Es gibt eine Schlange". Er blieb stehen und meinte nur: „Ach so."

Als ein anderer Mann die Toilette verließ, sagte der Kasper in die Runde der Wartenden: „Der nächste Herr dieselbe Dame." Solch Geistes Kind war der Mann.

* * *

Jeden Tag eine andere Stadt, so gelangten wir bald nach Wolgograd, dem früheren Stalingrad. Ich war tief bewegt, dort zu stehen, wo einst den faschistischen Räubern die entscheidende Niederlage bereitet worden war.

Ich habe die Angewohnheit, aus Orten von Bedeutung einen Stein mitzunehmen. Ein Stück Basaltstein, mit Betonresten versehen, war es dieses Mal. Ich bilde mir ein, er wäre beim Abbruch einer Mauer aus jener Zeit übriggeblieben. „Aus Stalingrad", erklärte ich Katja am Abend. Sie lächelte. Den nächsten Kiesel würde ich in Uljanowsk, vor dem Haus, in dem Lenin einst aufgewachsen war, einsammeln.

Es muss am vierten Abend gewesen sein, beim Abendessen, als sich bei mir zum ersten Mal ein wenig Eifersucht regte. Michael und Victoria, zwei unserer Tischnachbarn, sprachen nicht viel miteinander und schienen sich auch ohne Worte zu verstehen. Zuerst registrierte ich kaum, worüber Katja mit Micha, wie sie ihn inzwischen nannte, sprach, denn ich war wieder einmal fasziniert von der ungeheuren Weite der Land-schaft, die an uns vorüberzog. Wir durchquerten gerade einen riesigen Stausee, Steppe am jenseitigen Ufer. Ein malerischer Sonnenuntergang ostwärts. Ein Foto mit dem Smartphone. Da hörte ich Michael sagen, „... würde ich dich auch einmal gerne."

Später sprach ich Katja darauf an. „Ja, ein Foto will er ma-chen, ich an die Reling gelehnt, beim nächsten Sonnenunter-gang."

„Was ist?" fragte sie mich später, da ich wohl etwas wortkarg war.

„Nichts", log ich. In dieser Nacht war Katja besonders zärt-lich zu mir. Sie wusste, wie sie mich mit ihren Händen in höchste Erregung versetzen konnte. Tags darauf, beim

Abendessen, wandte sie sich ausschließlich mir zu, wenn sie sprach. Ich schalt mich einen Narren ob der Bedenken vom Vortag.

Das Restaurant fasste etwa 200 Passagiere an Tischen zu jeweils sechs Personen. Das Bedienungspersonal bestand überwiegend aus jungen Frauen im Alter von 20-30 Jahren. Unseren Tisch bewirtete eine Angestellte, deren Vorfahren aus dem asiatischen Teil der Sowjetunion stammen mussten. Das breitflächige Gesicht, gut zum Schminken geeignet, leicht schräg gestellte Augen, eine kleine Nase über den vollen Lippen.

Bewusst oder unbewusst bewegte sie ihren hübschen Hintern, beim Geschirrabräumen. Wenn Sie an unserem Tisch die Speisen auftrug, richtete sie hin und wieder, scheu wie es mir schien, ihre schönen blauen Augen auf mich. Ging sie vorbei, registrierte ich ein Lächeln auf ihren Lippen, obwohl sie mich nicht anschaute, wissend, dass ich zu ihr hinblickte.

Anfangs betrachtete ich sie wie Männer ebenso schauen. Doch mit der Zeit begann ich auf ihr Lächeln zu warten. „Hübsch anzuschauen, nicht wahr?" bemerkte Katja eines Abends, allerdings ohne Groll in der Stimme. Deshalb maß ich ihrer Äußerung keine Bedeutung bei.

Bald erweiterten wir das Zusammensein mit Victoria und Michael auch auf den Abend aus. Wenn wir die Musik Bar betraten, glitt Katjas Blick suchend über die Tische, und wenn an dem Tisch der beiden Stühle frei waren, setzten wir uns zu ihnen. Daraus wurde es zur Gewohnheit, dass, wer zuerst in die Bar kam, für die anderen Plätze freihielt. Die Tanzmusik heute bestand überwiegend aus Foxtrott- und Walzerklängen.

„Darf ich mit deiner Freundin tanzen?" fragte Michael anfangs.

„Sie ist nicht mein Eigentum", tat ich großzügig. Ich gebe es zu, dass ich bisher lediglich mit dem Wunsch zum Tanzen gegangen war, jemanden kennen zu lernen.

Viktoria bemerkte, dass sie absolut unmusikalisch und am Tanzen nicht interessiert sei. Ich kam auch nicht auf die Idee, sie aufzufordern, zumal sie absolut nicht mein Typ war. Superschlank, ja fast dünn, ohne die weiblichen Rundungen, wie ich sie an Katja so mochte.

Als Katja wieder einmal mit Michael tanzte, hatte ich ganz plötzlich die Vorstellung, Nastja im Arm zu halten. Nastja, so stand es auf dem kleinen Schild, das sie oberhalb der Brust trug. Es war der Name der jungen Frau, die an unserem Tisch die Speisen auftrug.

* * *

Wieder einmal hatte sich die Wolga zu einem riesigen Stausee ausgedehnt. Unendliche Weite, am Horizont keine Berge, nur sanfte Hügel, Steppenlandschaft. Wir saßen beim Frühstück, und ich blickte aus dem Fenster, hörte kaum zu, worüber am Tisch gesprochen wurde.

Plötzlich hatte ich den Wunsch, es ihnen einfach zu sagen: „Ich habe mich verliebt."

Und alle drei blickten mich verständnislos an. Ich richtete meinen Blick auf das jenseitige Ufer, da trat am rechten Fensterrand eine Kathedrale in mein Blickfeld.

Die Sonne knallte regelrecht auf die goldenen Zwiebeltürme. Kein Windhauch regte sich und auf dem Wasser des Flusses spiegelte sich das Bauwerk. Ich achtete nicht weiter auf die erwartungsvollen Augen meiner Tischnachbarn, fischte mein Smartphone aus der Umhängetasche und machte eine Aufnahme. Ein wenig wunderte ich mich dabei über mich selbst, hielt ich doch den massenhaften Neubau orthodoxer Kirchen mit goldenen Dächern in der gegenwärtigen wirtschaftlichen Situation Russlands für unangemessen, auch in Anbetracht der armen Menschen, meist Frauen, die sich am Eingang des Gotteshauses demütig bekreuzigten, wie ich das am Vortage beobachtet hatte.

So, nun musste ich es Ihnen aber endlich sagen. „Ja", sagte ich erneut, "ich habe mich verliebt." Aus den Augenwinkeln beobachtete ich Katja. Sie lächelte, wusste aber anscheinend nicht so recht, wie sie meine Aussage einschätzen sollte.

„Ja – in die Wolga." Wieder sah ich Katja an. Irgendwie hatte ich gehofft, Erleichterung in ihren Augen zu entdecken. Nein, die fand ich dort nicht. Anders das, was sie sagte: „Ich dachte schon, die hübsche Kellnerin sei die Glückliche."

Nun war es an mir, meine Überraschung zu verbergen. An Nastja hatte ich nicht gedacht. Da fiel mein Blick auf Michael. Ich folgte der Richtung seiner Augen – Katja.

Später saßen wir in der Bar, tranken Kaffee und lasen. Am Nachbartisch ein Ehepaar, von dem ich gehört hatte, dass einer seiner Koffer am Zielflughafen nicht angekommen war. Gehört, weil die Frau jedem, der es hören wollte oder nicht von diesem „tragischen Ereignis" berichtete. Inzwischen hatten sich beide auf Kosten des Reiseunternehmens neu eingekleidet, waren aber offensichtlich mit dieser Zwischenlösung nicht zufrieden. Sie, Solarium gebräunt, in den Sechzigern hatte sich mit, so nenne ich es einmal, Glitzerklamotten versorgt. Heute trug sie paillettenbehaftete Jeans, die, wie es in diesem Jahr Mode war, an den Knien aufgerissen waren. Dazu ein Sweatshirt mit dem großen glitzernden Aufdruck „Tropical heath". Er, ein wenig kleiner als sie, ebenfalls Solarium gebräunt, gab ihren Ausführungen und Beschwerden kopfnickend recht.

Dann, vier Tage vor der Abreise bekam sie endlich ihren Koffer nachgesandt. Aber auch nun war sie nicht zufrieden. „Schrecklich", meinte sie zu einer Mitreisenden, „ich kann mich an meinen schönen Sachen überhaupt nicht mehr erfreuen. Wann soll ich sie denn nun noch anziehen?"

Da trug sie wieder eine schwarze, reich mit silbernen Paletten besetzte Bluse und vor dem Bauch eine Art Portemonnaie, auf dem eine schwarze Rose prangte, dazu einen silberbesetzten Hut mit Krempe.

Die anderen hatten sich weiter dem Frühstück gewidmet. So blieb anscheinend meine Liebeserklärung an die Wolga eine Bemerkung ohne weitere Bedeutung. Doch ich hatte es ernst gemeint. Dieses Land begann mir wirklich zu gefallen.

168

An Bord hatten wir einen WLAN-Zugang erstanden. Nach jeder Stadtführung las ich nach, was mir unklar geblieben war oder wozu ich eine andere Meinung hatte.

So erklärte zum Beispiel die Stadtführerin, die uns durch die Stadt Jaroslawl leitete, am Denkmal für die im Krieg gefallenen Rotarmisten sinngemäß, dass die Kommunisten in Russland mehr Kirchen zerstört hätten als die Deutschen. Diese Aussage erschien mir als eine unangemessene Gleichsetzung. Damit stellte sie den faschistischen Vernichtungskrieg gegen die Sowjetunion und die Zerstörung von Kirchen auf eine Ebene. Ich informierte mich und erfuhr, dass die russisch-orthodoxe Kirche vor der Oktoberrevolution zu den größten Ausbeutern der armen Landbevölkerung gehört hatte. So hatte es nach dem Sieg der Bolschewiki oft keiner Anweisung von oben bedurft, die Symbole der Ausbeutung, die Kirchen, zu zerstören.

Am Abend desselben Tages herrschte, wie es mir schien, an unserem Tisch zunächst betretene Stille. Tagsüber hatte ich mich einer Stadtführung durch Uglitsch, einer Stadt an der Wolga, angeschlossen. Auch Victoria war nicht an Bord geblieben. So kam es, dass wir beide oft nebeneinander hergingen und uns an den Besonderheiten der Stadt erfreuten. Seltsam, wenn ich das heute bedenke, erwähnten wir dabei unsere Partner nicht.

Später am Tisch, als der Nachtisch aufgetragen wurde, fragte Victoria plötzlich: „Und, wie ist es euch beiden heute ergangen?" Michael und Katja warfen sich einen kurzen Blick zu, verständnisinnig wie es mir schien. Katja ergriff das Wort:

„Die Sonne schien, und wir trafen uns auf dem Oberdeck, haben uns unterhalten und gelesen."

Wie auswendig gelernt, war mein erster Gedanke. Doch, warum auch immer, weder Victoria noch ich stellten weitere Fragen an die beiden.

* * *

Nach dem Frühstück begaben wir uns zusammen mit unseren beiden Tischnachbarn auf das Sonnendeck. Wir waren unter uns, stellten vier Liegestühlen gegeneinander und genossen die Ruhe. Es war der vorletzte Tag und das Schiff fuhr auf dem Wolga – Moskwa - Kanal in Richtung Moskau.

Heute begingen die Russen den Tag des Sieges, den 9. Mai. Überall am Ufer des Kanals sahen wir Menschen beim Angeln, am Lagerfeuer oder einfach nur, um sich zu sonnen. Am Abend legten wir an einem Moskwa-Hafen an. Ein Landausflug war nicht geplant, stattdessen ein Vortrag zum Thema „Russland heute" und anschließend ein Unterhaltungsprogramm mit Sketchen und Comedy.

Entspannt begaben wir uns anschließend in die Musik Bar, wo wie üblich auch getanzt wurde. Katja schien mir gegenüber wie umgewandelt zu sein. Sie lächelte, wenn sie mit mir sprach, zog mich an sich, wenn sie mit mir tanzte und streichelte meinen Oberschenkel, wenn wir nebeneinander am Tisch saßen. Kein Grund zur Eifersucht, zumal sie sich Michael gegenüber neutral verhielt.

Wodka war heute angesagt, und zumindest ich sprach ihm ordentlich zu. Um Mitternacht stellte die Kapelle ihr Spiel ein,
170

was ich schon nicht mehr so recht wahrnahm. Mehr schwankend als gehend geleitete mich Katja in unsere Kabine. Ich ließ mich sofort auf das Bett fallen und beobachtete Katja, die sich betont langsam und lasziv ihrer Kleidung entledigte. Meine Erregung wuchs und liegend versuchte ich mich auszuziehen. Katja, inzwischen nur noch mit dem Höschen bekleidet, half mir, indem sie mir die Hose von den Beinen zog. Ich griff nach ihr und willig ließ sie sich auf mich ziehen. Sie richtete sich auf und half mir, in sie einzudringen. Mehr nahm ich nicht mehr wahr, denn ich war wohl eingeschlafen.

* * *

Ich taste nach rechts – nichts. Ich schalte die Lampe ein – Katja ist nicht da. Soll das alles geplant gewesen sein, durchfährt es mich. Hastig ziehe ich mich an, verlasse die Kabine. Auf dem Gang kommt mir Victoria entgegen. Beide wissen wir sofort wonach beziehungsweise nach wem wir zu suchen haben. Ohne ein Wort zu wechseln wenden wir uns voneinander ab und gehen los. Die Nacht ist warm und eine Ahnung treibt mich auf das Sonnendeck. Wut und Enttäuschung, ist das noch Eifersucht, ich weiß es nicht. Ich halte inne, lehne mich gegen die Gang Wand. Warum soll ich mir noch Gewissheit verschaffen? Will ich sie in flagranti erwischen? Will ich wirklich jetzt eine Entscheidung herbeiführen? Die Antwort auf diese Fragen erübrigt sich. Ich stoße mich von der Wand ab. Der Gang ist nur mäßig beleuchtet. Deshalb erkenne ich die Person nicht sofort, die aus der Kabinentür auf den Gang tritt. Sie lächelt – Nastja.

„Was ist mit dir?"

„Wie, was meinst du?" Ich öffne meine Augen.

„Du hast so wirres Zeug geredet."

„Keine Ahnung, hab wohl geträumt."

Nachtrag

Wir standen am Gepäckband, leer noch, aber schon am Laufen. Ein paar Meter von mir entfernt, die „Glitzer". Wie gebannt starrte sie auf das Fließband. Ich konnte mir vorstellen, was in ihr vorging: „Ein zweites Mal eine solche Katastrophe, das stehe ich nicht durch."

Dann erschienen die ersten Gepäckstücke. Neben der „Glitzer" zwei junge Männer südländischen Aussehens. Da, ihr erster Koffer. Mühsam zerrte sie ihn vom Band, hilfsbereit der junge Mann neben ihr. „Das ist sehr nett von Ihnen", bedankte sie sich artig, „es wäre schön, wenn Sie mir den zweiten Koffer vom Band heben könnten – wenn er denn kommt. Wissen Sie, auf dem Hinflug ist nämlich etwas ganz Schreckliches passiert …"

Auf der Lahn

Zu viert hatten wir das Floß gebaut, eine Plattform auf alte Ölfässer montiert. Darauf das Zelt, mit zwei Schlafkabinen errichtet. Voller Zuversicht waren wir aufgebrochen, wollten den Fluss hinab bis zu seiner Mündung in den Strom befahren. Dann die Konflikte, die nicht ausbleiben, wohnt man auf so engem Raum zusammen. Zuerst verließ Benno, der Freund Jaschkas das Floß, bald darauf Andrea, meine Freundin. So blieben Jaschka und ich an Bord. Jaschka studierte noch, während ich, Marcel, mich als einigermaßen begabter Schriftsteller und freischaffender Journalist durchs Leben schlug.

Als Jaschka wieder einmal an der Reling stand, hatte ich endlich die Idee für die Gestaltung des Titelbildes meines neuen Romans.

„Schau mal, Jaschka, das Strauchwerk am Ufer dort, das gäbe einen guten Hintergrund für das Titelfoto."

Sie drehte sich zum Ufer hin um.

„Nur das Strauchwerk?"

„Nein, natürlich nicht."

„Und, was fehlt?"

Ich war mir sicher, dass sie genau das wusste.

„Na du."

„Ich auf dem Titelbild deines Buches, das hast du mich schon einmal gefragt, ich weiß nicht."

„Man muss dich ja nicht erkennen können. Es kann dunkel sein, und man sieht dich nur von hinten."

„Einverstanden, aber Schuhe muss ich anziehen dürfen, du weißt, der Untergrund."

Schnell, dachte ich, ehe sie es sich anders überlegt und eilte in mein Schlafzelt, um die Kamera zu holen. Als ich zurückkam, stand sie schon an der kleinen Heckleiter. Ich war am Zelteingang stehen geblieben. Sie blickte zu mir hin, sicher, weil ich keine Anstalten machte, ihr zu folgen. „Was ist, warum kommst du nicht?"

„Ja also, ich dachte, dass ich das Foto hier vom Floß aus mache und dass du dich ganz ausziehst."

„Na gut, wenn es dann unbedingt sein muss."

Sie will extra darum gebeten werden, dachte ich. Jaschka kam noch einmal zurück, zog den Bikini aus und kletterte die Leiter herunter.

„Vorsicht, Jaschka, wer weiß, was da so auf dem Grund herumliegt."

„Es fühlt sich durch die Schuhe wie Schotter an."

Ich dirigierte sie zu verschiedenen Positionen und drückte ständig auf den Auslöser meiner Kamera. Dazu hatte ich mich auf die Plattform gelegt, erreichte so die Normalhöhe, wie wenn ich ebenfalls im Wasser gestanden hätte.

„Alles im Kasten", sagte ich, und Jaschka kam zum Floß zurück, kletterte die Leiter wieder hoch.

„Bleib dort stehen", sagte ich, legte die Kamera zur Seite und holte den Kanister mit dem Vorratswasser. Dann zog ich mir einen Stuhl heran, auf den ich stieg. Sie hatte verstanden, was ich vorhatte. Langsam goss ich ihr das Wasser abwechselnd auf beide Schultern, Brust und Rücken. Dabei verfolgte ich mit meinen Augen das Rinnsal, das durch ihre ausgeprägte Rückenfurche in der Hinternspalte verschwand. Als sie sich zwischen den Beinen wusch, hoffte ich auf das Leerwerden des Kanisters, denn ich wollte vermeiden, dass sie mir meinen Zustand ansah. Da trat sie zur Seite, trocknete sich ohne Hast ab und zog ihren Bikini wieder an. Später zeigte ich ihr die Fotos. Eines gefiel ihr besonders gut, und ich merkte mir die Nummer.

Seit uns unsere Freunde aus verschiedenen Gründen verlassen hatten, waren Jaschka und ich alleine auf dem Floß zurückgeblieben. Zunächst hatten wir in Erwägung gezogen, unsere Expedition abzubrechen, doch dann entschieden wir uns anders. Wir beide verstanden uns gut, hatten uns vor einem Jahr kennengelernt. Damals versuchte ich es vergebens bei ihr, denn da war sie schon mit Benno zusammen. Jetzt halfen wir uns gegenseitig über die Trennung hinweg. Ich arbeitete an meinem Roman und las Jaschka abends daraus vor. Wir sprachen auch über das Schreiben im Allgemeinen, wobei ich die Meinung vertrat, dass jeder, der ein wenig Fantasie besitzt, dazu in der Lage sei.

Jaschka traute es sich zunächst nicht zu, bis sie mir eines Abends, nachdem ich vorgelesen hatte, eröffnete, dass sie, nach dem Fotografieren mit dem Schreiben einer erotischen Geschichte begonnen habe.

„Weißt du, Marcel", sagte Jaschka, „die Fotosession hätte ja auch ganz anders ablaufen können. Und da beginnt meine Geschichte."

Ich war überrascht und angenehm berührt, dass mein Werben hinsichtlich des Schreibens von Erfolg gekrönt war. Ich hatte da auch eine Idee gehabt, mich aber nicht getraut, Jaschka davon zu erzählen. Nun tat ich es.

„Was hältst du davon, wenn wir zusammen etwas schreiben, jeder aus seiner Sicht?"

„Hab' ich im Traum darüber geredet, oder woher weißt du von meiner Idee?"

Im Zelt gab es zwei Schlafkabinen. Auch nachdem uns unsere Freunde verlassen hatten, schliefen wir beide getrennt voneinander.

„Nein, aber nachdem ich dich fotografiert hatte, überlegte ich, wie du wohl den Ablauf beschreiben würdest."

„Gedankenübertragung, gibt es so was?"

„Keine Ahnung, aber erzähle, wie du die Fotoaktion gesehen hast."

„Wir machten die Fotos, nur, dass ich vorher zur Bedingung gemacht hatte, dass auch du dich ausziehst, bevor du mich

176

nackend fotografierst. Also zogen wir uns aus, und stiegen beide ins Wasser. Während du fotografiertest, registrierte ich deine Erregung. Du erinnerst dich, damals am Steinbruchsee?"

Von einer Bootsanlegestelle aus hatten wir eine Wanderung zu einem mit Wasser zugelaufenen Steinbruch unternommen. Dort badeten wir nackt, und ihr Anblick hatte mich dermaßen erregt …

Ihre Offenheit machte mich verlegen, und ich wunderte mich über meine Befangenheit.

„Es stimmt, was du sagst, aber damals war Benno dabei. Ich wollte es nicht, und als ich es nicht verhindern konnte, drehte ich mich auf den Bauch und wartete."

„Und später, als ich mich rasierte, und du eine andere Badehose anziehen musstest?"

Also hatte sie auch das bemerkt.

„Was mich hinderte, die Geschichte so weiterzuspinnen war, dass ich das als einen Verrat an Benno ansah."

„Marcel, das soll ein fiktiver Text werden"

„Marcel", hatte sie gesagt, also meinte sie es ernst.

„Also gut, und wenn ich es versuche?"

„Das werde ich zu verhindern wissen."

Jetzt musste ich lachen.

„Worüber lachst du?"

„Weil wir uns schon warm geredet haben."

Mir war eine Idee gekommen. „Was hältst du davon, wenn wir den Text abwechselnd, mal aus deiner und dann aus meiner Sicht schreiben?"

„Versuchen wir's."

Gesagt, getan, und ich begann: „Zunächst hatte ich Bedenken, mich auszuziehen, erinnerte mich daran, wie du damals am Steinbruchsee reagiert hast. Doch gleichzeitig reizte es mich, und ich machte zur Bedingung, dass du dich gleichzeitig ausziehen solltest."

„Okay Jaschka, so können wir beginnen. Lass mich den nächsten Satz sagen. Allerdings sollten wir in der Er-Form schreiben."

„Gut, dann du."

„Er schien zu zögern, wusste wahrscheinlich, was passieren könnte."

„Jetzt wieder ich."

„Doch der Wunsch nach einem Foto von mir war stärker, und so begann er, sich auszuziehen. Jetzt entledigte ich mich meines Bikinis."

„Das machen wir so weiter, Jaschka, ein Gedanke von mir, dann einer von dir, das heißt, dass es auch mehrere Sätze sein können, die einer von uns beiden vorschlägt."

Jetzt war ich dran:

„Ich schlug vor, die alten Turnschuhe anzuziehen, denn man wisse ja nicht, was so alles auf dem Grund des Flusses herumliegt."

Dann Jaschka:

„Marcel stieg als Erster die Leiter am Heck herunter, stand bis zu den Hüften im Wasser. Ich sah, dass er nach oben blickte, als ich auf die Leiter stieg, gab mir keine Mühe, meine Schenkel zusammenzuhalten, sollte er doch sehen, was er wollte. Dann dirigierte er mich vor den von ihm ausgewählten Hintergrund, das Strauchwerk am Ufer des Flusses. Wir standen beide bis etwa zu den Knien im Wasser, als er zu fotografieren begann. Er hatte gesagt, dass er mich von hinten ablichten wolle, damit mich niemand erkennen könne. Ich aber dachte, dass ihm mein Arsch besonders gut gefiel. Ich spürte einen Gegenstand unter meinem rechten Fuß. Ich hätte darüber hinwegsteigen können, bückte mich aber, um nachzusehen. Ich schaute seitlich an mir vorbei und sah, dass er mir auf meinen Hintern blickte und auch mehr sehen musste. Was ich mit meiner Bewegung bewirken wollte, sah ich ihm an."

„Schluss, Jaschka, das reicht."

„Okay, so wollen wir es beibehalten. Jeder soll sagen können, wenn wir abbrechen sollen."

„Jetzt ein Glas Wein, das wäre schön."

Ich öffnete eine Flasche aus unserem Vorrat. Nach einer Weile, wir hatten, um uns Mut zu machen, schnell getrunken.

„Dann sprechen wir das doch am besten gleich alles aufs Band, sollten aber zuerst das Kapitel Titelfoto, abschließen."

„Wenn du meinst", sagte Jaschka und startete den MP3-Player, den wir aufgestellt hatten, um nichts zu vergessen.

„Beim Ansehen sollten wir es auch belassen."

„Das heißt, wir lassen sie im Wasser stehen? Hat er sie eigentlich schon fotografiert?"

„Das hat er", sagte sie und lachte.

„Warum lachst du?"

„Das Eigentliche vergisst man leicht."

„Fragt sich, was das Eigentliche ist."

„Also gut, lassen wir sie jetzt wieder an Bord klettern und in die Schlafzelte gehen, um sich dort umzuziehen ..."

„Dann schreiben wir heute Abend gemeinsam das Logbuch für den heutigen Tag."

Wir hatten beschlossen, die Geschichte in Tagebuchform zu schreiben. Da sollte noch einiges hinzukommen.

Wir hatten nicht bemerkt, dass Wolken aufgezogen waren und Wind wehte.

„Ich muss mir etwas anziehen, mir wird kalt", sagte Jaschka und verschwand in ihrem Schlafzelt.

***

Ein paar Tage später, wir hatten uns zur Abwechslung und um ein gutes Bad zu nehmen, in einer kleinen Pension eingemietet. Unser Floß lag gut vertäut in einem Motorboothafen.

Ich setzte mich in einen der Sessel unter dem Giebelfenster, der zu einer kleinen Sitzgruppe gehörte. Mit meinem Schreibbuch auf dem Schoß schaute ich Jaschka zu, die sich auszog und im Bad verschwand, die Tür offenlassend. Leider bestand die Duschkabine aus nicht durchsichtigem Material, und so begann ich mit den noch ausstehenden Logbucheintragungen.

Nachdem auch ich geduscht hatte, legte ich mich auf meine Bettseite zog, wie Jaschka es getan hatte, die Bettdecke über mich und löschte das Licht. Ich genoss das Gefühl, in einem richtigen Bett zu liegen, konnte aber nicht einschlafen.

„Wir könnten die Geschichte weiterspinnen", sagte Jaschka plötzlich.

Ich schaltete die Lampe wieder an, holte das Aufnahmegerät und legte es zwischen uns. So konnten wir liegend texten.

„Lass uns fabulieren, wie es gerade gewesen sein könnte", schlug ich vor.

„Einverstanden", meinte Jaschka.

Also begann ich: „Welch eine Fügung, Jaschka und er in einem großen Bett. Wie mochte sie wohl darüber denken?"

Und nun Jaschka: „Sicher dachte er, dass er heute ein leichtes Spiel mit ihr hätte. Sie würde ihn jedoch in die Schranken weisen, es nicht dazu kommen lassen. Nicht, dass sie keine Lust dazu gehabt hätte."

Wieder ich: „Schon dachte er, dass sie zusammen unter die Dusche gehen würden, als sie ihm bedeutete, vor der Duschkabine zu warten. Sie schloss die Kabinentür nicht, stellte eine für sie angenehme Wassertemperatur ein, nahm den Duschkopf aus der Halterung und richtete den Wasserstrahl zuerst auf ihre Brüste, dann auf den Bauch und schließlich zwischen ihre Oberschenkel."

Das Texten hatte mich erregt. So offen, wie wir gerade noch gesprochen hatten, getraute ich mich jetzt nicht Jaschka, die nur wenige Zentimeter von mir entfernt lag, meinen Zustand zu zeigen, blieb stillliegen, schloss meine Augen, weil ich nicht wagte, Jaschka anzuschauen.

Plötzlich spürte ich ihre tastende Hand auf meinem Bauch. Ich zuckte zusammen. Einen Moment lang beließ sie ihre Hand dort, wanderte dann tiefer. Ich streckte meine Hand nach ihr aus, doch sofort schob sie sie, behutsam zwar, aber bestimmt zurück.

„Nein, bitte nicht, Marcel und außerdem müssen wir jetzt auch aufstehen, um uns für das Abendessen anzuziehen."

Sie sprang aus dem Bett, rannte ins Bad. Dieses Mal schloss sie die Tür.

Es war stockdunkel, als wir das Lokal verließen und auf die Straße traten, und erst nach einigen Schritten hatten sich meine Augen an die Dunkelheit gewöhnt. Außer uns beiden schien niemand mehr unterwegs zu sein. Nur eine Frau in einem roten Kleid sah ich kurz um eine Ecke biegen. Ich hatte meinen Arm um Jaschka gelegt, ließ meine Hand auf ihren Hintern gleiten. Ich spürte ihn deutlich unter dem leichten Stoff des Sommerkleides. Wir hatten das Flussufer erreicht, gingen auf einem Holzsteg ein Stück hinaus. Da machte sich Jaschka von mir frei, lief ein paar Schritte voraus und ließ sich auf das noch warme Holz nieder. Sie zog ihren Slip aus, legte sich auf den Rücken …

Danach saßen wir mit angezogenen Knien, uns mit den Händen auf den Planken abstützend einfach nur da und schauten auf das Wasser hinaus. Schließlich standen wir auf und kehrten in die Pension zurück.

Am Morgen, nach dem Frühstück würden wir die Fahrt auf unserem Floß fortsetzen.

An einem Tag Anfang Juli

In meinem ersten Leben, so bezeichne ich die Zeit vor Vera, war ich Journalist, besser Artikelschreiber, bei einer regionalen Zeitung. Dort bestand meine Aufgabe oft darin, neunzigjährige Bewohner der zum Leserbereich gehörenden Ortschaften aufzusuchen und sie nach besonderen Ereignissen in ihrem Leben zu befragen.

Immer wieder hörte ich mir ähnliche Geschichten an. Frauen, die von ihren Kindern, Enkelkindern und Urenkeln erzählten, und Männer, die ihre „besten Jahre" in Frankreich, Norwegen, Afrika, Kroatien oder Russland verbracht hatten. Ja, sie waren herumgekommen, hatten sich durchgeschlagen im wahrsten Sinne des Wortes, bei El Alamein, am Nordkap oder in Stalingrad. Einer hatte in meiner Gegenwart zu singen begonnen: „Ob´s stürmt oder schneit, ob die Sonne uns lacht, der Tag glühend heiß oder eiskalt die Nacht", und vom Panzer der vielen zum „ehernen Grab" geworden war. Doch der Sänger hatte überlebt, war heimgekehrt ins Egerland und hatte dort vergeblich nach seinen Angehörigen gesucht, bis er von einem Kommunisten, der hatte dableiben dürfen, erfahren musste, dass man sie davongejagt habe, die „Henlein-Faschisten". Und er, der „Naziheimkehrer" sollte am besten auch gleich wieder verschwinden, nach Deutschland, von wo aus das Jahrhundertverbrechen seinen Lauf genommen hatte.

„Dieses Kommunistenschwein", meinte der Jubilar, sei dann '68 von den tschechischen Freiheitskämpfern zurecht aufgehängt worden, hätte ihm ein „alter Kamerad" damals geschrieben.

Er aber habe seine Familie wiedergefunden, sei bald der „Egerländer Gmoi" beigetreten. Jahrelang hätten sie gehofft, in die alte Heimat zurückkehren zu können. Aber die sei ja von den Sozis ohne Gegenleistung verschenkt worden.

An dieser Stelle bat ich den Opa um ein Bild aus guten Tagen. Der kramte in einem alten Schuhkarton und förderte schließlich ein Bild zutage, das ihn als Gefreiten in der Wehrmachtsuniform zeigte.

Aus dem Gehörten formulierte ich dann einen Neunhundert-Zeichen-Artikel und hatte dabei große Mühe, die „Lebensweisheiten" des alten Mannes zu verschweigen.

Dann war da noch das Diamantene Hochzeitspaar. Diesmal war die Frau berufen zu berichten. Sie schwadronierte über ihre schöne Zeit beim „Bund deutscher Mädel", zeigte mir das Mutterkreuz, auf das sie heute noch stolz sei. Und wieder hatte ich den Neunhundert-Zeichen-Artikel geschrieben. Und dazu das Hochzeitsfoto, das sie im schwarzen Kostüm und ihn in der Unteroffiziersuniform zeigte. Im Vergleich zu diesen Berichten empfand ich solche über die Jahreshauptversammlung eines Kleintierzüchtervereins noch als angenehm.

Nach dem Tod meiner Erbtante und einem anderen tiefen Einschnitt in meinem Leben habe ich diese Tätigkeit aufgegeben, war in eines der geerbten Häuser gezogen: drei Zimmer, Küche, Bad mit einer kleinen Dachterrasse im obersten Stockwerk inklusive der Aussicht auf Dächer der Altstadt.

* * *

An einem Tag Anfang Juli vor sechs Jahren lernte ich sie kennen. Das Lokal am Wetzlarer Schillerplatz war damals ein Szenetreff gewesen. Hier trafen sich Maler, Schriftsteller und solche, die es gerne wären.

Die Kneipe war bekannt für ihre außergewöhnliche Einrichtung und eine gemütliche Atmosphäre. Im Sommer saß man dort gerne draußen auf dem Platz, der den Namen des mit Goethe befreundeten Dichters trägt.

Mir war wieder einmal die Decke auf den Kopf gefallen, und weil ich in der Nähe wohnte, war ich auf ein Bier hingegangen. Dieser Entschluss sollte mein Leben verändern und zwar so gründlich, dass ich beinahe daran zugrunde gegangen wäre. Dabei fing alles so harmlos an.

Vor mir das Bier stand ich an der Theke und blickte in den Spiegel an der Wand hinter dem Gläserregal. Links neben mir stand ein Mann, der sich intensiv mit der Frau an seiner Seite unterhielt. Der Platz an meiner rechten Seite war frei. Es war ein Mittwoch, ein Tag, an dem in Wetzlar allgemein nicht viel los ist. Von dieser Stadt hieß es: „Morgens ein Nebelmeer und abends nach zehn Uhr gar nichts mehr."

Hin und wieder wanderte mein Blick durch das Lokal, in der Hoffnung, jemand Bekanntes zu entdecken – Fehlanzeige. Na gut, nahm ich mir vor, ich gehe zur Toilette, trinke danach mein Bier aus und mache mich wieder von hinnen.

Als ich vom Klo zurückkam, stand sie da, ein Glas vor sich. Ich schätzte sie auf etwa dreißig Jahre. Blond, mittellanges Haar. Sie trug ein schwarzes T-Shirt, eine rote Leinenhose und schwarze Ballerina.

Vergessen die Absicht zu gehen, starrte ich in den Spiegel, solange, bis sich dort unsere Blicke trafen. Als sie endlich lächelte, wanderte mein Blick nach rechts. Sie folgte meinem Beispiel, das Lächeln immer noch auf ihren Lippen.

Ich überlegte krampfhaft, was ich sagen könnte, doch es fiel mir nichts ein. Hätte nicht sie das Wort ergriffen, wer weiß, wie es ausgegangen wäre.

„Entschuldigung, Sie machen ein Gesicht, als sei Ihnen heute alles danebengegangen. Und irgendwie wirken Sie dabei auch noch komisch."

Was sollte ich darauf erwidern? Sag, wie es ist, Jonas, was kann dir schon passieren?

„Sie haben recht, ein guter Tag war's nicht, zumal mir eben nicht einfallen wollte, wie ich mit Ihnen ins Gespräch kommen könnte."

Eine Woche darauf, wir trafen uns wieder in „unserer" Kneipe, wie wir das Lokal am Schillerplatz bald nannten. Vera sprach von ihrem Mann, mit dem sie schon einige Jahre zusammen war, dass sie nicht wusste, ob es noch Liebe war, was sie miteinander verband. An eine Trennung dachte sie jedoch nicht. Nun sei er oft beruflich unterwegs, und ihr fiele zu Hause die Decke auf den Kopf, weshalb sie hin und wieder um die Häuser ziehen würde.

Ich war hingerissen von der Art, wie sie sprach, von ihrer Mimik und Gestik, wie sie lachte.

Dann standen wir unschlüssig auf der Straße. „Mach's gut, Jonas", sagte sie, wandte sich um und ging. Kurz blickte ich ihr nach, ehe auch ich mich auf den Weg nach Hause machte.

Noch keine einhundert Meter war ich gegangen, da war sie neben mir, griff nach meiner Hand.

In meiner Wohnung angekommen, zogen wir uns sofort bis auf Slip beziehungsweise Unterhose aus und stiegen in mein Bett. Wir küssten uns. Als ich versuchte, ihre Schenkel zu streicheln, hielt sie meine Hand fest und flüsterte: „Jonas bitte, noch nicht."

Ich war zwar enttäuscht gewesen, doch das eine Wort ließ mich hoffen.

Danach trafen wir uns, den Umständen entsprechend, regelmäßig. Die Umstände wurden uns durch die Anwesenheit beziehungsweise Nichtanwesenheit von Jürgen Dauer, ihrem Ehemann, diktiert. Nie sahen wir uns an einem Wochenende.

An einem Montag, Vera rief wie immer, wenn ihr Mann abgereist war, an, fragte, ob wir uns sehen könnten. Natürlich trafen wir uns in „unserem" Lokal. Ich weiß noch genau, dass ich da zum ersten Mal laut über ein gemeinsames Leben gesprochen habe. Vera sah mir lange in die Augen, ehe sie sagte: „Jonas, wir sollten eine Vereinbarung treffen."

Die Art, wie sie das sagte, diese Ernsthaftigkeit, mit der sie mich dabei ansah, ließ mich Schlimmes erahnen.

„Wir sollten Schluss machen, bevor es ernst wird."

Zu spät, dachte ich, denn da war es für mich längst ernst geworden.

„Bitte ruf mich nicht an. Es könnte sein, dass ich nicht sprechen kann. Ich melde mich am nächsten Montag bei dir."

***

Ich saß da und wartete, verließ meine Wohnung nicht, aus Angst, ich könnte ihren Anruf verpassen.

Am Dienstag, um acht Uhr abends klingelte es an der Wohnungstür. Wahrscheinlich die Nachbarin, dachte ich, die wieder vergessen hatte, etwas einzukaufen. Entsprechend gelangweilt öffnete ich die Tür.

Vera! Unfähig zuerst, etwas zu sagen, standen wir uns gegenüber. Dann ihr zweifelnder Blick: „Komme ich ungelegen?"

„Aber nein", stieß ich hervor und ergriff ihren Arm, zog sie herein, warf die Tür ins Schloss. Sofort drängte sie sich an mich, küsste mich, wie ich es noch nicht erlebt hatte. Noch im Flur stehend hob ich ihr den engen Rock über die Hüften. Als meine Hand zwischen ihre Schenkel fuhr, merkte ich, dass sie keinen Slip trug.

„Wenn ich mich recht erinnere, nennst du ein Schlafzimmer dein Eigen?"

Sie machte sich von mir los, lief mir auf ihren hochhackigen Pumps voraus. Im Schlafzimmer warf sie sich bäuchlings auf das Bett, ihre Beine ein wenig gespreizt. Ich stand davor, starrte auf sie hinab, während ich mich meiner Kleider entledigte.

„Leg dich auf mich, ich mag es von hinten."

Ich kam ihrer Aufforderung nach, schob meine Knie über ihre Schenkel, drückte sie zusammen. Vera hob mir ihren Po entgegen. Nie würde ich diesen Höhepunkt vergessen.

Einmal trafen wir uns auf einem einsamen Waldparkplatz. Es war Sommer und Vera trug ein luftiges Leinenkleid, rot mit weißen Punkten, oder war es weiß mit roten Punkten? Ich weiß es nicht mehr.

Wie lange würde es noch dauern, bis ich vergessen könnte, wie sie aussah. Fotografien von ihr besaß ich nicht. In dieser Beziehung verweigerte sie sich mir stets. „Wer ein Foto von mir besitzt, kann damit auch Macht auf mich ausüben", erklärte sie mir ihre Ablehnung, was mich an eine Art Voodoo-Zauber erinnerte.

Sie trug Turnschuhe. Deshalb konnten wir den Waldweg und querfeldein gehen.

„Schau dort, Jonas, ein Hochstand für Jäger."

Ich wusste, dass ihr Mann begeisterter Weidmann war, und schon deshalb verachtete ich diese Zunft. Da setzen sich diese Dick Wanste, zu faul zu laufen, auf eine Sitzbank hoch oben unter den Wipfeln der Bäume und warten, bis ein Tier vorbeikommt, das sie sitzend aufgelegt abknallen können.

„Da muss ich hoch!" rief Vera und nahm leichtfüßig die ersten Sprossen. Dickwanstige Freizeitjäger hin und her, erregt, folgte ich ihren Spuren. Vera blickte hinab, dann zu mir hin und lächelte mich an. Oben angekommen, beugte sie sich über die Brüstung: „Ganz schön hoch, was?"

Sie erwartete sicher keine Antwort. Ich war hinter sie getreten, hob das Kleidchen mit der einen Hand über ihren Po und öffnete gleichzeitig mit der anderen meine Hose. Vera wartete, rührte sich nicht, und so drang ich augenblicklich in sie ein. Niemals würde ich diesen Augenblick vergessen.

Vera lachte in der Art wie sie oft lachte, wenn es vorbei war. Auch dieses Lachen würde in meinem Gedächtnis haften bleiben.

Während ich das niederschreibe, fällt mir auf, dass ich oft denke, die Erlebnisse mit Vera werde ich niemals ungeschehen machen können. Will ich das?

Anfangs dachte ich, sie lache über mich, vielleicht darüber, dass ich mich scheinbar vergeblich bemüht hatte. Doch bald glaubte ich, in ihrem Lachen einen befreiten Unterton zu erkennen. Einmal sprach ich sie darauf an.

„Jonas", meinte sie und sah mich an wie eine Mutter, wenn ihr Söhnchen wieder einmal etwas nicht kapiert hat. „Ich lache dich doch nicht aus, vielmehr ist es der Ausdruck meiner Freude, dass ich in diesem Moment besonders glücklich bin."

191

Ich weinte – vor Freude, und auch Vera liefen Tränen über ihre Wangen. Da brachte ich den Mut auf, sie zu fragen. Und schlagartig verdüsterte sich ihre Miene. Traurigkeit lag in ihren Augen, und nach einer Zeit, die mir endlos erschien, sagte sie: „Jonas, ich kann nicht – ich kann es ihm nicht antun, er würde daran zerbrechen. Und stürbe er darüber, ich könnte erst recht nicht mit dir zusammenleben."

* * *

Einmal nur haben wir zusammen Urlaub gemacht. Wir waren auf einem kleineren Motorschiff auf die Insel Langeoog übergesetzt. Jürgen Dauer, Veras Mann, befand sich für drei Wochen zu geschäftlichen Verhandlungen in Peking. Sie führe für eine Woche zu ihrer Schwester nach Hamburg, hatte sie ihm gesagt, für den Fall, dass er zu Hause am Telefon niemanden erreichte.

An Deck saßen wir auf einem Kasten über dem Maschinenraum, dass ich die Vibration des Motors spürte. Wir schauten aufs Meer hinaus, genossen die Sonnenstrahlen.

Ich wunderte mich, dass Vera, die zuvor noch gesprächig gewesen war, nichts mehr sagte. Von der Seite her beobachtete ich sie und sah dieses Lächeln. Sie hatte ihre Augen geschlossen. Ich konnte meinen Blick nicht von ihr wenden. Plötzlich öffnete sie ihre Augen, sah mich an, aber wie durch mich hindurch. „Jonaaas!", mehr nicht, und sogleich wirkte sie völlig entspannt. Dann: „Wie ich mich auf diese Tage mit dir freue."

Das war eines unserer Lieder:

Love, love me do

You know I love you

I'll always be true

So please, love me do

Liebe, liebe mich

du weißt, ich liebe dich

ich werde immer ehrlich sein

also bitte liebe mich.

Ein paar Tage nur, und doch erschien mir unser erster gemeinsamer Urlaub wie eine Ewigkeit, gemessen an den Momenten unseres Zusammenseins in der Vergangenheit. Nicht andauernd auf die Uhr schauen zu müssen, nicht die ständige, wenn auch unausgesprochene Frage: Wieviel Zeit haben wir heute?

„Wie ich mich auf unsere Tage freue", gab auch ich später meiner Hoffnung Ausdruck.

Ein kleines Hotel im Städtchen. Dann standen wir unschlüssig vor dem breiten Bett. Ungewohnt die Situation. Sonst hatte es keiner Worte bedurft. Heute, jetzt ...

„Wenn du nicht sofort mit mir schläfst ..."

„Was dann? Was sollte das? Bedarf es der Drohung", fragte ich.

„Dann – nieh wiehder", zog sie beide Wörter in die Länge.

Da war er geboren der Begriff – „niehwieh" – zwei Wörter zu einem zusammengefasst, den wir fortan gebrauchten fürs Geschlechtliche, intim nur für uns beide.

Später ein paar Schritte durchs Dorf, ein Glas Wein an der Hotelbar – niehwieh.

„Frag doch mal, ob wir das Frühstück aufs Zimmer bekommen können?" bat sie mich.

Ich griff zum Hörer und völlig ungeübt in solchen Dingen: „Entschuldigung, wir würden gerne hier frühstücken."

„Kein Problem, den Frühstücksraum finden Sie im Erdgeschoss."

„Eh, ich mein hier auf dem Zimmer."

„Geht in Ordnung, was wünschen Sie?"

„Moment bitte."

„Vera, was möchtest du?"

„Englisch."

„Was meinst du, englisch?"

„Jonas! Also: Ei, Käse, Wurst, Butter, Brötchen, Milchkaffee."

Das gab ich so weiter.

„Alles klar", lachte die Frau am anderen Ende der Leitung, „also zwei Mal englisch?"

„Ja."

„Kommt sofort."

Vera kuschelte sich an mich. „Jonas, das mag ich an dir."

„Was meinst du?"

„Dass du nicht den Bringer spielst."

„Was ist ein Bringer?"

„Na so ein cooler Typ, einer, der vorspielt, allen erdenklichen Situationen gewachsen zu sein."

War ihr Mann ein solcher? Ich fragte sie aber nicht danach.

Es war Flut, als wir an den Strand kamen. Kurz nur ins Wasser, das schon recht kalt war. Der Sand war warm. Ich legte mich bäuchlings darauf, verfolgte mit meinen Augen Vera, die am Strand entlanglief, sich hin und wieder bückte, etwas aufhob, es eingehend betrachtete. Sie trug einen weißen Bikini, kein Tangahöschen, sondern eines, das ihren Hintern zur Hälfte einrahmte. Nach einer Zeit kam sie zu mir, legte die kleinen Steine vor mich in den Sand. Ich nahm einen, rund und schwarz, nicht wissend, dass ich ihn später mitnehmen würde, als wir uns trafen, ein letztes Mal.

Jetzt griff ich nach der Hand, die gerade noch den Stein gehalten hatte, zog sie zu mir herab.

„Jonas, da sind Leute."

„Leg dich vor mich, dann sieht man es nicht."

Das Frühstücken im Bett wurde zu einer lieben Gewohnheit, im Sinne des Wortes. Doch immer schneller vergingen für uns die Tage und die Nächte.

„Unseren Weg", nannten wir einen Pfad, den wir täglich gingen. Gesäumt von Buschwerk verschiedener Höhe führte er mal in der Nähe des Strandes entlang, mal Insel einwärts. Zu dieser Jahreszeit, es war Herbst, weilten nicht viele Touristen auf der Insel. So begegnete uns kaum jemand bei unseren Spaziergängen. Noch einmal wagten wir ein Bad im Meer, nur kurz, um uns danach von der Sonne aufheizen zu lassen.

Ich musste mal und entfernte mich ins Gebüsch, jenseits des Deichweges. Als ich zurückkam, fand ich Vera auf dem Rücken liegend, ihre Beine gespreizt, den Unterleib der Sonne zugewandt. Niemand war in der Nähe. Ich ließ mich neben ihr nieder, berührte sie mit eindeutiger Absicht. „Hat schon, und jetzt verlangt sie nach der Sonne." Sie schob meine Hand zur Seite. Das war das erste Mal, dass sie sich mir verweigerte.

Allein die Vorstellung von „hat schon" ließ mich ihre Zurückweisung nicht ernst nehmen. In so kurzer Zeit war sie noch nie zum Höhepunkt gelangt. Zurück im Hotel, auf unserem Zimmer, umschlang und küsste sie mich, sah mich an und fragte: „Niehwieh?"

Drei Tage später, packten wir wortlos unsere Koffer, checkten aus und traten die Rückreise an. Auf der Fahrt sprachen wir kaum miteinander.

„Wann kommt er?" fragte ich sie, als ich ihr ihren Koffer reichte.

„Morgen."

* * *

Wir standen uns gegenüber. Ich wartete vergebens auf die entscheidenden Worte.

Ich würde ihn einwerfen, den Brief, nahm ich mir vor, als ich den Wagen startete.

War Vera immer ehrlich gewesen zu mir? Habe ich immer gewusst, dass sie mich liebt? Fragen, die wohl immer offenbleiben würden – durch meine Schuld.

Nie zuvor habe ich einen größeren Fehler begangen, warf ich mir vor, als es schon zu spät war. Und dass ich hätte versuchen sollen, mit ihr in Ruhe zu reden. Vielleicht hätte sie mir alles erklärt, und ich vielleicht alles verstanden. Vielleicht, vielleicht. Es waren immer nur Anwürfe gewesen: Wann sagst du es ihm? Meinst du nicht, du solltest es ihm endlich sagen? Ich weiß nicht, was ich tue, wenn du ihm nicht bald von uns etwas sagst. Wie stellst du dir das weiter vor? Meinst du nicht, er weiß es längst?

Ich hätte warten sollen, anstatt sie ständig zu bedrängen. Warum hatte ich ihr nicht geglaubt, wenn sie zu mir gesagt hatte: „Ich liebe dich."

Warum habe ich nicht verstanden, dass es eher die Sorge um ihren Mann war als Feigheit, ihm etwas zu sagen? Wie lange hatte sie davon gewusst, dass ihr Mann ...

197

An einem Montag im November trafen wir uns in „unserer" Kneipe. Und wieder nur: Warum, warum, warum? Dann drohte ich, sprach von dem Brief, den ich nun einwerfen würde.

„Nein", schrie Vera, "tu das bitte nicht!"

Auf dem Nachhauseweg warf ich den Brief an Jürgen Dauer in den Briefkasten.

Tagelang habe ich dagesessen, gewartet, gegrübelt, immer noch in der Hoffnung, dass sich ihr Mann von ihr trennen würde. Ich an seiner Stelle jedenfalls würde das tun, erführe ich von der Liebe meiner Frau zu einem anderen.

Und ich wartete weiter. Bald schlug meine Hoffnung in Lethargie um. Keine Nachricht konnte nur bedeuten, sie hatte ihrem Mann gegenüber geleugnet, einen anderen zu lieben oder hatte es als eine kurze Affäre abgetan. Ja, so musste es sein. Schluss, aus. Ich musste mich damit abfinden.

Auf eine Nachricht von ihr wagte ich schon nicht mehr zu hoffen. Dann kam sie, die Nachricht, landete in meinem E-Mail-Briefkasten:

„von Vera Dauer"

Kein Text, nur der Hinweis auf eine Anlage, die ich sofort öffnete:

„Plötzlich und unerwartet für uns alle ... Jürgen Dauer ... Die trauernden Angehörigen:

Vera Dauer ..."

198

Unter der Anzeige ein Satz von ihr: „Ich will dich nie wiedersehen!"

Tage, Wochen. Wie im Tran schlich ich abends, mehr als ich ging, in „unsere Kneipe", trank, um zu vergessen, kündigte meine Arbeitsstelle, drohte zu verkommen. Dann starb die Tante. Ich erbte die Häuser. Da musste ich handeln.

Wladimir

Der Holzmarkt in Kaltenbach. Das Café der Lebenshilfe an der Ecke, praktizierte Integration.

Die Vormittagssonne beheizt den Platz um die beiden Tische auf der Straße.

Wladimir zögert nicht lange, als ein Stuhl frei wird. Gerne sitzt er an solchen Orten. Hier kann er nachdenken oder schreiben. Schaut er dann von der Arbeit auf, hat sich alles um ihn herum verändert. Nein, natürlich nicht alles. Nicht die Straßen, der Platz und die Häuser, sieht man einmal von den Lichtverhältnissen ab, die vom Stand der Sonne bestimmt werden. Aber immer sind es andere Menschen, die den Platz überqueren, in ein Schaufenster schauen oder einfach nur stehen bleiben, um miteinander zu reden. In einem gegenüberliegenden Modegeschäft ist gerade eine Frau damit beschäftigt, einer nackten Modepuppe nacheinander verschiedene Kleidungsstücke anzuziehen, bis sie sich für ein Sommerkleid entscheidet. Seit einiger Zeit nennt er sich wieder Wladimir, so wie ihn seine Mutter einst beim Standesamt in Berlin Lichtenberg angemeldet hatte.

In seiner Protestphase, als alles, was Erwachsene sagten oder taten, falsch war, hat er sich in Wolfgang umbenannt. Wladimir, das war der Kommunist, den seine Mutter vergötterte.

Eines Tages, Soja, seine Mutter, erklärte ihm gerade zum wiederholten Male die Merkmale für eine revolutionäre Situation, die Lenin entwickelt hatte. Sie wollte ihm damit klarmachen, dass sein, wie sie es nannte, ultralinkes Gehabe, nicht den realen gegenwärtigen Verhältnissen entsprach. Da war er vom Stuhl am Küchentisch aufgestanden, so heftig, dass dieser nach hinten weggekippt war.

„Hör zu, Kosmodemjanskaja", nach der war seine Mutter benannt worden, der mutigen Partisanin, die im Großen Vaterländischen Krieg gegen die faschistischen Eindringlinge gekämpft hatte, „ick sare dir det jetzt zum letzten Mal, hör uff, mir zu belabern." Bewusst hatte er die heimische Mundart gewählt, denn die mochte seine Mutter nicht an ihm. Dann war er in sein Zimmer gegangen, hatte alles, von dem er meinte, er brauche es fortan, in seinen US-amerikanischen Seesack gestopft und war grußlos gegangen.

Von da an nannte er sich Wolfgang.

Nun, Jahre später, registrierte er bei sich Wehmutsgefühle, wenn er an seine Mutter dachte und stellte fest, dass es immer öfter vorkam, dass er deren einstige Argumente jetzt selbst gegen andere richtete, gegen Leute, die heute, im Frühsommer 2006, von einer möglichen revolutionären Situation, wie er es nennt, faseln. Dann erklärt er denen Wladimirs Merkmale. Und eines Abends, auf einer Versammlung, er hatte sich wieder einmal in Rage geredet, zog er sein Portemonnaie aus der Tasche, entnahm ihm seinen Personalausweis und knallte den auf den Kneipentisch.

Erstaunte Blicke von allen Seiten. Unverständnis.

„Wolfgang ist tot, es lebe Wladimir!" Es dauerte einige Sekunden, bis einer den Ausweis in die Hand nahm und las. Alle Blicke richteten sich jetzt auf den Mann. „Er heißt tatsächlich Wladimir."

Wladimir lächelte, als er sich heute an die Gesichter der anderen erinnerte. Dabei schaute er unbewusst, weil in diesem Moment von seinen Augen keine entsprechende Nachricht an seinen Arbeitsspeicher ausging, in das Gesicht einer jungen Frau, die am Nachbartisch saß. Die lächelte zurück, und es erreichte ihn jetzt das Signal.

„Entschuldigung", sagte er, weil er meinte, das Missverständnis aufklären zu müssen. „Sie haben mich nicht gemeint, stimmt's?" „Doch, doch", log er, denn jetzt meinte er sie wirklich.

Das eine Mal im November

„Kennst du mich nicht mehr?" Ich saß im Zug nach Frankfurt, der vor etwa zehn Minuten Gießen verlassen hatte. Plötzlich stand die Frau vor mir und sah mich fragend an. Ich kannte sie nicht, glaubte, ihr noch nie begegnet zu sein. Der Zug hielt erneut.

Die Frau nickte mir zu, sagte, dass sie nun aussteigen müsse. Ich schaute ihr nach, sah sie gehen. Ich hatte kein Wort gesagt, und wie schon so oft, wenn die Gelegenheit verstrichen war, fragte ich mich, warum ich nicht mit ihr gesprochen hatte.

Kurz entschlossen stand ich auf, folgte ihr. Ich stand auf dem Bahnhofsvorplatz, wusste, dass ich noch nie zuvor dort gewesen war. Weit und breit war kein Mensch zu sehen. Schon wollte ich weiter nach ihr suchen, als ich daran dachte, dass der Zug ohne mich weiterfahren könnte. So ging ich zurück, wunderte mich darüber, dass ich plötzlich auf dem Bahnsteig eines Sackbahnhofs stand.

„Türen schließen und zurückbleiben", hörte ich eine Stimme. Ich rannte los, hätte den letzten Waggon noch erreichen können, jedoch, der Abstand von mir zu ihm verringerte sich nicht, so schnell ich auch lief. Da wurde ich wach.

„Entschuldigen Sie, aber das hier ist Ihnen heruntergefallen." Sie hielt mir das Buch hin, in dem ich gerade gelesen hatte.

„Woher sollte ich dich kennen?"

Fast ärgerlich blickte sie von oben auf mich herab. „Was meinen Sie?"

Ich musste sie angesehen haben, bevor ich eingeschlafen war.

„Entschuldigen Sie bitte, aber ich habe gerade von Ihnen geträumt."

Jetzt lachte sie mich an, meine Verlegenheit wohl ernst nehmend.

„Wie können Sie von mir geträumt haben, wenn wir uns doch überhaupt nicht kennen?"

Da erzählte ich ihr von meinem Traum. So verging die Zeit wie im Fluge. Viel zu schnell, so meinte ich, waren wir am Frankfurter Hauptbahnhof angelangt.

Und tatsächlich, plötzlich glaubte ich, sie zu kennen. Vergeblich jedoch grub ich in meinem Gedächtnis, konnte die entsprechende Datei nicht öffnen. Vor meinem inneren Auge veränderten sich auf einmal ihre Gesichtszüge. Sie wurde jünger, und ich wusste, dass wir uns schon einmal begegnet waren.

Das sagte ich ihr, doch sie schüttelte den Kopf. Vielleicht, so meinte sie, sei jetzt der Wunsch der Vater des Gedankens. Und wenn ich wollte, könnten wir uns ja wiedersehen. Sie müsse jetzt aber gehen, hätte einen wichtigen Termin.

Visitenkarten tauschte man vor zehn Jahren aus, wenn es um geschäftliche Angelegenheiten ging. Heute, der PC macht es möglich, rationalisiert man auch im privaten Bereich, schreibt nicht mehr umständlich auf den abgerissenen Rand einer Zeitung Anschrift und Telefonnummer, sondern übergibt, wie selbstverständlich, seine Karte, die zusätzlich Handynummer und E-Mail-Adresse enthält. Mit dem Aufschreiben bekäme ich sowieso Schwierigkeiten, konnte ich mir doch meine Mobilnummer nicht merken.

Wir tauschten nicht, sie gab mir die ihre. Damit war auch geklärt, wer sich bei wem melden sollte.

„Katrin Baumert", stand da. Ich starrte auf den Namen, Baumert, nein, da musste ich mich wohl doch getäuscht haben. Ich erinnerte mich nicht.

Wiedersehen wollte ich sie schon, aber nicht sogleich. Ich wollte warten.

Auf der Rückfahrt beschäftigten mich andere Überlegungen. Wir hatten beschlossen, an der Vorbereitung einer Demo gegen die in Hessen anstehende Einführung von Studiengebühren mitzuarbeiten. Dazu wollte ich Text und Layout eines Flyers entwerfen. Flugblatt haben wir früher dazu gesagt.

Als der Zug auf dem Gießener Bahnhof einfuhr, hatte ich das Manuskript im Kopf und ein paar Notizen in der Tasche. Da dachte ich schon wieder an sie.

Vierzehn Tage später fuhr ich wieder nach Frankfurt. Dieses Mal schlief ich nicht im Zug ein.

Etwa eintausend Menschen waren auf der Straße, äußerten ihren Unmut. Ich verteilte Flugblätter, diskutierte mit Passanten, versuchte sie zu überzeugen, dass der Widerstand notwendig sei, wenn verhindert werden wollte, dass die Kinder der weniger Begüterten von der höheren Bildung ausgeschlossen bleiben sollten.

Gerade wollte ich auf ein älteres Paar zusteuern, als ich sie sah. Sie trug Demoklamotten, der Jahreszeit entsprechend, es war November. Bluejeans und Militärparka. Im Unterschied zu früher waren die Hosenbeine jetzt weit geschnitten und so lang, dass sie, obwohl leicht umgeschlagen, den Boden berührten.

Auch sie hatte mich gesehen, und so gingen wir uns entgegen.

„Hallo", sagte sie und: „Ich habe an Sie gedacht, war mir ziemlich sicher, Sie hier zu treffen."

Ich glaubte ihr nicht.

Den Rest der Demostrecke gingen wir gemeinsam. Am Ende lud ich sie zu einer Tasse Kaffee ein. Bald fanden wir ein Café und dort einen Platz am Fenster.

„Erinnern Sie sich an die Sprüche von damals, als wir für mehr Bafög auf die Straße gegangen sind?"

„Ich dachte mir schon, dass Sie, wie auch ich, kein Student mehr sind."

„Nicht schwer zu erkennen, der Altersunterschied."

„Und die Losungen lauteten damals ähnlich wie heute. Ich erinnere mich noch gut. ‚Bei der Rüstung sind sie fix, für die Bildung tun sie nix'".

„Genau, und ‚Bundeswehr das Ungeheuer, erstens Scheiße, zweitens teuer'.“

„Offensichtlich haben wir beide seiner Zeit an denselben Demos teilgenommen.“

Ich schaute sie verstohlen von der Seite an und dachte erneut, sie zu kennen. Wieder suchte ich vergebens in meinem Gedächtnis nach einer Verbindung.

Wir unterhielten uns noch sehr lange gut. Worüber, das habe ich vergessen.

So gut, dass sie mich schließlich zu sich nach Hause einlud. Das war im Zug, kurz vor Gießen.

Später, wir hatten schon recht viel Wein getrunken, gingen wir zusammen ins Bett.

Und plötzlich wusste ich es. Auch damals hatte sie die gestrickten Socken anbehalten, das eine Mal im November.

Du bist mein ...

Sie liebte Hunde. Schon als Kind hatte sie gerne mit ihnen gespielt. Vielleicht lag das auch daran, dass ihr Vater, so lange sie denken kann, einen Hund besessen hatte.

Besitzen, das Verb gefiel ihr. Menschen, das sagte ihr die Erfahrung, die sie schon früh hatte machen müssen, kann man nicht besitzen, lassen sich nicht festhalten und machen auch nicht immer das, was man ihnen sagt.

Das erste Mal, sie war gerade vierzehn geworden, lernte sie Heiko kennen. Sie war, was ihre körperliche Entwicklung betraf, wie man das gerne nannte, frühreif gewesen. Rundungen hatte sie dort, wo Männer gerne hinschauen. Hätte man sie mit einer Schiebelehre vermessen, wäre man bei Ihrer Schulterbreite und den Hüften auf dasselbe Maß gekommen.

Heiko war der Erste gewesen, der mit einem gewissen Besitzerstolz damit bei seinen Kumpels angab.

„Worüber redet ihr denn so?" hatte sie ihn einmal gefragt.

„Fußball, Autos, Saufen, Ficken", war seine Antwort gewesen. Damals hatte sie gelacht, hielt das für einen Spaß. Doch mit der Zeit musste sie feststellen, dass es viele Männer gab, die so dachten und redeten wie Heiko und das, was sie sagten, auch ernst meinten. Seine Aussage über ihre Proportionen besaß noch lange ihre Gültigkeit, zumal sie mit der Zeit an Gewicht zugenommen hatte. Ihr Wunsch jedoch, einen

Mann zu besitzen, war geblieben, obwohl sie die diesbezüglichen Erfolgsaussichten als immer geringer einschätzte.

Dann lernte sie Jan-Klaus Linse kennen. Der war, wie sich schnell herausstellte, wohlbehütet aufgewachsen. Seine Eltern bezeichneten sich selbst und das bei jeder sich bietenden Gelegenheit als bibeltreue Christen, vor allem dann, wenn es zwischen ihr und ihnen zu Meinungsverschiedenheiten ob ihres Zusammenlebens gekommen war. Die die Diskussion stets abschließenden Worte des Vaters von Jan-Klaus waren dann: „Wir sehen das genauso, wie es in der Schrift steht."

Einmal, sie erinnerte sich noch ganz genau, hatte sie wiedergegeben, was sie in der Schule gelernt und behalten hatte, nämlich, dass vor Millionen von Jahren Menschen in Höhlen gelebt haben. Heute weiß sie nicht mehr, wie sie auf das Thema gekommen waren.

Helmut, der Vater von Jan-Klaus, war außer sich geraten.

„Niemals", hatte er gebrüllt, „können Menschen in Höhlen gelebt haben", denn Kain, der Sohn der ersten Menschen, sei schließlich und so stehe es in der Schrift, in die Stadt gezogen. Also lebten die Menschen schon immer in Häusern, meinte er.

Waltraud hatte dann noch gewagt nachzufragen, wo denn dann die Höhlenzeichnungen, Feuerstellen und Werkzeuge, herkämen, die man in diesen Behausungen gefunden hatte.

Dies seien, so sagte Helmut im Brustton tiefer Überzeugung, Zeichen und Mittel, die der Teufel ausgelegt habe, um die Menschen zu verwirren.

Von da an hatte sich Waltraud zurückgehalten, aus Angst, Jan-Klaus zu verlieren. Ihm wollte sie schließlich bis ans Ende ihrer Tage gehören.

Zunächst, so schien es ihr, hatte sie damit auch Erfolg, bis eines Tages Erika auftauchte: Groß, schlank, blond, mit Haaren, die, wenn sie den Knoten löste, bis auf ihren Po fielen. Dazu kam noch, dass sie ein Mitglied der Gemeinde war. Ihre Eltern waren schon lange mit denen von Jan-Klaus befreundet, hatten ihre Kinder bereits verkuppelt.

Erika sei, so verkündete es Helmut beim Abendessen, ein strebsames Mädchen, hätte in der Schule stets gute Noten gehabt. Und mit abwertendem Blick auf Waltraud fügte er hinzu, dass Erika die für eine gute Frau richtige Kleidung trage. Als sie hereinkam, hatte sie einen Anorak mit glattgebügelter Kapuze ausgezogen. Darunter trug sie einen langen Rock, Wollstrümpfe und derbe Schuhe. Sie war nicht geschminkt und ihr langes Haar zu einem Knoten gebunden.

Das war deutlich. Waltraud kochte vor Wut. Am liebsten hätte sie Helmut jetzt vorgeworfen, dass sie ihn schon oft dabei erwischt hatte, wie er ihr, wenn sie sich hingehockt, auf ihr frei gewordenes Stück Hintern gestarrt hatte. Ihr fehlte der Mut, es zu sagen.

Später, als sie alleine waren, stellte sie Jan-Klaus zur Rede und erhielt eine Abfuhr.

Da nahm sie sich vor, sich einen ordentlichen Abgang zu verschaffen.

Zum Abholen ihrer Sachen hatte sie sich entsprechend angezogen, eine Hose, die Hintern und Schambein nur ganz knapp verdeckten. Helmut stand in ihrer Nähe, als sie sich, ihm ihr Hinterteil zuwendend, langsam nach einer Kiste bückte. Jan-Klaus, seine Mutter und Erika waren ebenfalls in dem Raum, schauten aber, scheinbar interessiert, zum Fenster hinaus.

Sie hatte sich so tief heruntergebückt, dass sie, unter einem ihrer Arme hindurchblickend, registrierte, wo Helmut hinschaute.

„Soll ich meine Hose ausziehen, damit du meinen ganzen Arsch betrachten kannst?"

Sie verharrte in der Stellung. Helmut war wohl so erschrocken, dass er seinen Blick nicht sofort von ihrem Hintern abwenden konnte. Das musste die Mutter von Jan-Klaus gesehen haben, als sie sich ihnen zugewandt hatte. „Helmut", schrie sie und rannte aus dem Zimmer.

Als Waltraud später in ihrem Auto saß, konnte sie ihre Tränen nicht mehr zurückhalten.

***

Jan-Klaus folgten noch einige, bis Waltraud, was Männer betraf, die Schnauze voll hatte, wie sie es sich selbst gegenüber bezeichnete.

Sie erinnerte sich an den Hund ihrer Kindheit. Der hatte ihrem Vater gehört, war dessen Besitz gewesen, bis zu seinem Tode.

Jetzt beschloss Waltraud, zwei Dinge in Angriff zu nehmen: Einen Hund anschaffen und weiter zur Schule gehen. Bildung, das hatte sie erfahren müssen, war etwas, das einen gewissen Schutz vor Unterdrückung bieten kann.

Nach der Arbeit ging sie jetzt regelmäßig zur Schule, lernte. Ihre Freizeit gehörte Hasso, den sie so erzog, dass er stets nur das tat, was Waltraud ihm befohlen hatte. Mit Hasso redete sie von sich immer in der dritten Person Singular. „Hol Frauchen das Stöckchen, Hasso!" Der rannte los und führte den Befehl aus. „Frauchen hat jetzt keine Zeit." Hasso nahm Platz und wartete geduldig.

Bildung, das stellte sie mit der Zeit fest, kann selbstkritisch machen. Sie reflektierte über ihr Leben. Aber auch ein Mangel wurde ihr bewusst. Der hatte einen Namen – Mann.

Hasso sollte ihr dabei helfen, diesen Mangel zu beseitigen, nahm sie sich vor.

Schon des Öfteren, wenn sie mit dem Hund unterwegs gewesen war, hatten sich Gelegenheiten ergeben, mit Hundebesitzern männlichen Geschlechts ins Gespräch zu kommen. Immer war sie aber schnell weitergegangen. Jetzt wollte sie darauf eingehen.

Als Erstes beobachtete sie an Hundebesitzern körperliche Übereinstimmungen. Viele von ihnen waren mittelgroß, eher klein, rundlich und Bartträger. Waltraud stellte, was die Körperlichkeit betraf, keine besonderen Ansprüche, da sie inzwischen selbst zur Rundlichkeit neigte. Größeren Wert legte sie auf die Bildung des Gesprächspartners. Sprachen die von

Fußball und Autos, merkte sie bald, dass das Saufen und die Weiber nur deshalb nicht zur Sprache kamen, weil sie eine Frau war. Das Ficken hätte sie schon interessiert, obwohl sie es anders benannte.

Schließlich hatte sie Erfolg, lernte Sven kennen. Mit ihm konnte sie über Gott und die Welt reden. Sven führte einen Golden Retriever aus, wie er zu der Zeit bei Hundebesitzern sehr beliebt war, ein Mode Hund sozusagen. Bald waren sie stundenlang miteinander unterwegs, kamen sich näher, gingen miteinander ins Bett.

„Wie wäre es", fragte Sven eines Tages, „wenn wir Lily mit Hasso verheirateten?"

Waltraud registrierte hinter seiner Frage einen Antrag und war begeistert. Endlich der richtige Mann.

Die Hochzeitsreise machten sie nach Bayern, fanden ein Hotel, in dem auch Hunde gerne gesehen waren.

Alles könnte so schön sein, dachte Waltraud eines Nachts, als sie noch wach im Bett lag, während Sven neben ihr schnarchte, wenn er doch nur ein wenig mehr Rücksicht auf mich nähme, wenn er auf meinen Höhepunkt wartete. Die Zeit würde es richten, hoffte sie.

Dann eines Nachts, fast wäre sie so weit gekommen, nahm er sie liebevoll in den Arm und flüsterte ihr ins Ohr: „Du bist mein, auf ewig sollst du mir gehorchen."

Sie war sich nicht ganz sicher, ob sie ihn richtig verstanden hatte, gehorchen oder gehören?

Kennst du noch mehr solcher schönen Geschichten?

„Was hast du heute vor", fragte mich Pauline, kaum dass ihre Eltern ein letztes Mal gewunken hatten, bevor ihr Boot um die Felsenberge gebogen war.

„Nichts Besonderes."

„Gut, ich auch nicht."

„Ich werde ein wenig schreiben."

„Darf ich mich zu dir setzen, wenn ich lese?"

„Natürlich, wenn ich dich hin und wieder etwas fragen darf."

„Gerne."

Pauline zog sich einen der grün bespannten Holzliegestühle heran, die die Campingplatzverwaltung den Bungalow Urlaubern zur Verfügung stellt.

„Weißt du schon, worüber du schreiben wirst?"

Ich erklärte ihr, dass ich meine eigenen Erlebnisse in Tagebuchform mit erfundenen Ereignissen vermischen wollte.

„Also weiß der Leser später nicht, was wahr und was erfunden ist?"

„Richtig."

„Dann ist das Ganze doch ein fiktionaler Text?"

„Woher weißt du, dass das so heißt?"

„Gymnasium, Grundkurs Literatur."

„Wie alt bist du eigentlich, Pauline?"

„Sechszehn."

„Das hätte ich nicht gedacht."

„Jetzt sag bitte nicht, dass du mich jünger geschätzt hättest."

„Nein, natürlich nicht."

„Ich weiß auch schon, was Ironie ist."

„Eins zu eins."

Eine Zeit lang saßen wir so, keiner sagte etwas.

Gerade wollte ich sie etwas fragen, als sie abrupt aufstand und verkündete, dass heute wieder wunderschönes Badewetter sei. Sie zog ihr T-Shirt über den Kopf, streifte ihren kurzen Rock herunter und rannte zum Strand, machte dort noch drei Schritte und sprang kopfüber ins Wasser.

Sie tauchte nicht wieder auf. Schon machte ich mir Sorgen sie könnte auf einen Unterwasserfelsen gestoßen sein, da sah ich sie, und sie winkte mir zu. Sie musste gewusst haben, dass ich ihr nachgeschaut hatte.

Später, wieder an Land, ging sie ins Wohnmobil und kam kurz darauf zu mir zurück. Sie trocknete sich ab, bereitete das Handtuch auf dem Boden aus, setzte sich darauf und tauschte den nassen Bikini gegen einen trockenen aus. Ich beobachtete es aus den Augenwinkeln.

„Jetzt habe ich Hunger."

„Wie wäre es mit Weißbrot und Käse? Das habe ich noch da."

„Okay, ich hole uns Mineralwasser."

Später nahm sie ihr Handtuch und legte sich etwa zwanzig Meter von mir entfernt an den Strand, der um diese Zeit menschenleer war. Ich schrieb noch etwas, da stand sie plötzlich wieder neben mir, das Handtuch in der Hand.

„Eigentlich wollte ich heute Nachmittag mit dem Kanu nach Cannigione fahren", sagte ich.

„Nimmst du mich mit?"

„Was haben deine Eltern gesagt, wann sie zurückkommen werden?"

„Heute Abend. Sie wollten weit raus, um mehrere Tauchgänge zu machen, bis zur Isola Budelli."

„Na gut, dann pack das Handtuch in eine Plastiktüte, damit es nicht nass wird."

Pauline sprang auf und rannte zum Wohnmobil.

„Pauline, warte", rief ich. Sie blieb stehen, schaute zurück. „Leg auch ein T-Shirt mit dazu."

Kurz darauf kam sie wieder, eine Tüte in der Hand. Auch ich hatte Geld und Hemd wasserdicht verpackt.

Gemeinsam zogen wir das Boot ins Wasser. Ich hielt es fest und ließ Pauline vorne einsteigen. Wir legten unsere Sachen zwischen uns auf den Boden. Dann nahm ich das Paddel und stieß uns vom Ufer ab.

„Hast du nur ein Paddel", fragte sie, ohne sich umzudrehen.

„Ja."

„Dann wechseln wir uns nach der Hälfte des Weges ab."

„Einverstanden."

Ich schaute zum Himmel und entdeckte im Westen ein paar Wolken, machte mir aber keine Sorgen, da völlige Windstille herrschte. Wir fuhren auf eine kleine Insel zu, und ich berichtete, dass die für die Bewohner der Gegend hier ein Wallfahrtsort sei, weithin sichtbar als solcher gekennzeichnet durch eine große Statue.

Pauline unterbrach mich: „Schau mal Werner, auf der Südseite hat sie einen Sandstrand. Lass uns dort kurz halten, dann kann ich mir die Figur aus der Nähe ansehen."

Südseite, dachte ich, hat sie bestimmt von den Eltern, den Tauchern. Ich kannte die Insel, war schon einmal dort gewesen und hatte den Chef vom Restaurant nach der Bedeutung der Skulptur befragt.

Ich steuerte das Kanu auf den Strand und Pauline, den Umgang mit einem Boot beim Landen geübt, sprang an Land und zog Boot und mich auf den Sand.

Vom Strand aus führte uns ein schmaler Weg zum höchsten Punkt der Insel, dorthin, wo sich die Figur befand.

„Ich müsste etwas weiter ausholen", sagte ich, als wir die übermannshohe Bronzeplastik erreicht hatten. „Ja, aber mach´s kurz sage ich in solchen Fällen immer zu meinem Vater, der ist nämlich Lehrer, musst du wissen."

Ich musste lachen, denn auch ich kenne solche Leute, die immer bei der Urgesellschaft beginnen, wenn sie einen gegenwärtigen Zustand erklären wollen. Also bemühte ich mich.

„Vor etwa dreitausend Jahren sind Menschen nach Sardinien gekommen, man weiß nicht woher. Die errichteten auf der Insel viele Steinburgen, die sogenannten Nuraghen. Die Bezeichnung kommt von Nurakes, dem Steinhaufen.

Man nimmt an, dass die Nuraghier ziemlich raue Hirtenvölker waren, die sich untereinander bekriegten."

Bisher hatte ich zu der Bronzefigur geschaut. Mein Blick wanderte jetzt zu Pauline hin. Sie schaute mich an und ihr Blick sagte alles.

„Okay, ich fasse mich kurz. Diese Leute haben uns nichts Schriftliches hinterlassen außer einer Anzahl Bronzeskulpturen, etwa zehn bis vierzig Zentimeter hoch. Die stellen zum Beispiel Bogenschützen oder Hirten dar. Als dann das Christentum hier eingeführt wurde, hat man das Design dieser Figuren übernommen, ihnen aber eine christliche Bedeutung verpasst. Hier zum Beispiel wurde aus dem Hirtenstab ..."

„Ein Bischofsstab, erkennbar an dem Kreuz an seinem oberen Ende."

„Setzen, Eins, Pauline."

Und schon lief sie hinunter zu einer, etwa fünf Meter breiten Felsspalte.

„Komm mal her, hier ist eine Höhle", rief sie. Ich folgte ihr.

„Da können wir übernachten, wenn ein Sturm aufkommen sollte."

„Mal den Teufel nicht an die Wand, Pauline."

„Warum, das wäre doch sicher spannend?"

„Lass uns weiterfahren Pauline."

Gegen sechs Uhr, am Nachmittag machten wir am Hafen von Cannigione fest. Von dem Hafenwächter, einem alten Mann, erhielt ich die Erlaubnis zum kostenfreien Kurzzeitparken. Der aber schaute mich etwas seltsam an. Sicher, weil er nicht einschätzen konnte, wo er meine Beziehung zu Pauline einordnen sollte.

Wir nahmen unsere Tüten und gingen zuerst zu einem Supermarkt, wo ich ein paar Lebensmittel einkaufte, dazu ein Sixpack Bier der Marke Ichnusa, auf sardisch Schuhsohle, aber das ist eine andere Geschichte.

Im „Café del Porto" tranken wir einen Espresso.

„Schau mal", sagte plötzlich Pauline und zeigte zum Himmel. Dunkle Wolken türmten sich von Westen herkommend auf. Immer noch herrschte Windstille.

„Na dann los Pauline, das schaffen wir noch."

Ich zahlte. Wir liefen zum Boot, verstauten wieder alles zwischen uns. Ich paddelte los, mit erhöhter Schlagzahl.

Inzwischen war es sieben Uhr, und es begann, dunkel zu werden – und windig.

„Lass mich paddeln", rief Pauline. Sie musste fast brüllen, wollte ich sie verstehen.

„Später Pauline", schrie ich zurück. Der Wind, inzwischen zum Sturm geworden, kam aus nordwestlicher Richtung, also vom offenen Meer her. Das bedeutete Wellen, die an Höhe zunahmen. Schwarze Wolken bewirkten Dunkelheit. Ich orientierte mich an den beleuchteten Häusern, die an der Küste standen, musste jetzt entscheiden, dorthin, was etwa einen Kilometer Fahrstrecke bedeutet hätte, oder zur Insel.

Die Entscheidung wurde mir abgenommen.

„Die Insel", brüllte Pauline, als eine Welle unser Boot umwarf.

„Schwimm zur Insel!", rief ich.

„Ich kann hier stehen", rief sie zurück.

Da spürte auch ich Grund unter meinen Füßen. Ich drehte das Boot wieder um. Neben mir schwamm eine der Plastiktüten. Ich ergriff sie und warf sie ins Boot. Kurz darauf klatschte die zweite, von Pauline geworfen, dazu. Ich musste nicht schieben. Das Mädchen zog das Kanu an dem Seil, das ich am Bug befestigt hatte, an Land.

„In die Höhle", schrie ich. Jeder griff sich eine Tüte und wir stolperten, mehr als wir liefen, zum Höhleneingang.

Ruhe umfing uns, kaum dass wir das Innere erreicht hatten. Ich setzte mich und kontrollierte den Tüteninhalt. Ein Glück, dachte ich, nicht nass.

Pauline hatte inzwischen die andere Tüte ausgepackt. Seltsamerweise war auch dort alles trocken geblieben – bis auf das Handy.

„Mist", sagte Pauline, „das Ding ist von innen her beschlagen. Nichts geht mehr."

Ich war mir nicht sicher, ob sie meinte, was sie sagte. Und draußen auf dem Meer tobte ein Sturm, wie ich ihn hier noch nicht erlebt hatte. Die Felsspalte jedoch lag im Windschatten.

„Ich gehe noch einmal hinunter und sehe nach dem Boot", sagte Pauline und ehe ich etwas entgegnen konnte, war sie schon verschwunden. Jetzt erst schaute ich mich in der Höhle um. Etwa in der Mitte entdeckte ich eine Feuerstelle, und in der äußersten hinteren Ecke lag noch etwas Holz. Wenn wir Glück haben, zieht der Rauch hinaus, dachte ich und probierte es aus, indem ich den Käse aus seiner doppelten Verpackung wickelte, um ein Papier zum Entzünden des Holzes zu nutzen. Auch mein Feuerzeug war trocken geblieben. Ich versuchte es und atmete erleichtert auf, als der Rauch zur Höhlenöffnung hinauszog. In dem Augenblick kam auch Pauline zurück.

„Oh, wie toll, dann können wir ja über Nacht hierbleiben", sagte sie beim Anblick des Feuers.

„Das müssen wir auf jeden Fall", stimmte ich zu.

„Auf dem Weg zum Kanu bin ich über Holzstücke gestolpert", und schon war sie wieder weg. Dieses Mal dauerte es länger, bis sie zurückkam. Ich machte mir Sorgen, wollte schon nach ihr suchen, da kam sie mit einem ganzen Arm voll Holz beladen zurück.

„Das reicht, damit kommen wir über die Runden."

Ich ging noch einmal hinaus, doch kaum, dass ich um die Felsspalte bog, erkannte ich, dass der Sturm nicht nachgelassen hatte. Ich dachte an Paulines Eltern, die sich sicher große Sorgen um ihre Tochter machen würden, wenn sie bei ihrer Rückkehr feststellten, dass die nicht da war.

Als ich in die Höhle zurückkam, hatte Pauline es sich bequem gemacht. Sie saß vor dem Feuer auf ihrem Handtuch und lehnte an der Höhlenwand. Ich setzte mich in der gleichen Weise ihr gegenüber, nur, dass ich meine Beine geschlossen hielt.

Ich nahm einen Pfirsich aus der Tüte und warf ihn Pauline über das Feuer hinweg zu. Geschickt fing sie ihn auf.

„Das war der Tante-Polly-Test. Kennst du die Geschichte von Tom Sawyer und Huckleberry Finn, als sie, als Mädchen verkleidet, Tante Polly besuchen?"

„Nein, kenne ich nicht."

„Die Jungs sitzen in der Wohnstube der Tante gegenüber. Die erkennt sie zunächst nicht. Doch plötzlich ergreift sie einen Apfel von der Schale auf dem Tisch und wirft ihn, wie ich dir eben den Pfirsich, Tom hin. Der nimmt sofort, bevor er den Apfel fängt, seine Beine zusammen. Da weiß die Tante, dass vor ihr keine Mädchen sitzen."

Pauline schaute mich einen Moment lang an, einen Blick, den ich nicht zu deuten wusste.

„Verstehe", sagte sie dann und drückte ihre Knie aneinander.

„Kennst du noch mehr solcher schönen Geschichten?"

Pure Ironie, registrierte ich.

„Ja, zum Beispiel die von Pauline, einer mutigen, attraktiven jungen Frau, die es schafft, ohne jegliche Anmache, einen alten Mann von sich zu begeistern."

Jetzt lachte sie in einer so offenen und herzhaften Weise, wie es nur junge Mädchen können.

„Von wegen ,alter Mann'." Und dann sagte sie noch etwas aber so leise, dass ich es nicht verstehen konnte. Ich fragte auch nicht nach. Stattdessen erkundigte ich mich nach ihrem Hunger und Durst, denn schließlich hatten wir schon lange nichts mehr gegessen.

„Durst", sagte sie.

„Wir haben aber nur Bier."

„Macht doch nix."

Später, inzwischen war es in der Höhle einigermaßen warm geworden, fragte ich sie, was sie einmal machen wolle, nach dem Abitur.

„Ich werde studieren, Journalistik", kam es aus ihr heraus, ohne dass sie überlegen musste. Als ich nichts darauf sagte, erzählte sie von der Schule. Deutsch sei ihr Lieblingsfach und besonders der Grundkurs Literatur bereite ihr viel Freude. Vielleicht auch deshalb, weil der Lehrer so toll sei. „In etwa so ein Typ wie du, nur noch viel cooler."

„Was bedeutet das Pauline, wenn einer cool ist?"

„Nun ja, so einer steht über den Dingen, reagiert zunächst auf alles gelassen, lässt sich nicht provozieren und macht außerdem den Eindruck, als ginge ihm alles am Arsch vorbei. Das bedeutet aber nicht, dass er abgestumpft ist. Eher das Gegenteil davon, sehr sensibel."

Eine bessere Definition hatte ich noch nicht gehört und den kleinen Stich Eifersucht nahm ich hin, cool eben.

„Jetzt sollten wir versuchen, ein wenig zu schlafen", schlug ich vor.

„Okay, aber ich muss noch mal."

„Ich auch, aber geh du zuerst."

Pauline schaute sich etwas ratlos um, „eh, hast du vielleicht ein trockenes Tempo?"

Meine Hose war zwar inzwischen durch die Kraft des Feuers fast getrocknet, das Taschentuch in meiner Tasche aber noch nicht ganz. „Nur das hier", ich reichte es ihr.

„Das geht schon", sagte sie und verschwand hinaus in die Dunkelheit.

Als ich zurückkam, lag Pauline in der Embryonalstellung am Feuer, hatte sich das trockene T-Shirt, soweit es reichte, um die Beine gewickelt. Ich setzte mich so, dass mich die Wärme der Glut erreichte. Ich schloss die Augen, wollte aber versuchen nicht einzuschlafen. Zuvor hatte ich noch einige der dicken Holzstücke nachgelegt.

„Werner!"

Ich schreckte hoch, war wohl doch eingeschlafen.

„Entschuldige, aber der Sonnenaufgang."

Ich rappelte mich hoch, alles tat mir weh und folgte ihr nach draußen. Der Golfo di Arzachena war in östlicher Richtung durch das Licht der blutroten Sonne rot eingefärbt worden.

Andächtig schauend standen wir dicht beieinander.

Als wir in die Höhle zurückkamen, war das Feuer vollständig heruntergebrannt.

Wortlos packten wir unsere Sachen zusammen und verließen unsere Zufluchtsstätte. Schon auf dem schmalen Pfad hinunter zum Strand blickten wir beide, wie auf Kommando, noch einmal zurück.

Aus dem Sturm war ein leichter Wind geworden, der nun aus westlicher Richtung wehte. Die Wolken waren verschwunden, strahlend blauer Himmel soweit das Auge reichte. Wir ließen uns Zeit, paddelten gemütlich.

„Meine Eltern haben sich bestimmt große Sorgen gemacht", sagte Pauline, nachdem wir die ganze Zeit über geschwiegen hatten.

„Und ich stelle mich bereits auf die Vorwürfe ein, die sie mir, und das zurecht, machen werden."

„Das glaube ich auch, aber mein Handy konnte ich doch nicht nutzen, um sie zu benachrichtigen."

„Nun, wir werden sehen."

Wir sprachen nicht mehr, und als wir um die Spitze der Halbinsel bogen, die uns bisher den Blick auf den Campingplatz versperrt hatte, sahen wir das Boot von Paulines Eltern, an der Brücke festgemacht.

„Scheiße, im Stillen hatte ich gehofft, dass auch sie wegen des Sturms auf einer der Inseln geblieben waren. Also dann auf in den Kampf."

Eiskalt die Blicke des Vaters, vorwurfsvoll die der Mutter. So standen sie vor dem Wohnmobil.

„Es ist wohl besser, wenn wir hineingehen", sagte ihr Vater anstelle einer Begrüßung. Wortlos gingen sie uns voraus. Drinnen ließen sie uns den Vortritt, sodass Pauline und ich an der Stirnseite des Tisches zu sitzen kamen.

Als wir uns gesetzt hatten, sah man uns erwartungsvoll, mit noch immer demselben Gesichtsausdruck, an.

Ich ließ Pauline den Vortritt. Die begann auch sogleich zu erzählen, von Anfang an. Sie berichtete wahrheitsgetreu und mit Ausnahme von zwei Szenen alles. Nachdem Pauline fertig war, richteten sich die Blicke der Eltern auf mich.

„So war es, da gibt es nichts hinzuzufügen."

„Und das sollen wir Ihnen glauben?"

Die Frage kam von der Mutter.

„Was hatten Sie sonst noch erwartet?"

„Sie können uns doch nicht weiß machen wollen, dass da auf der Insel nichts weiter passiert ist?"

Und der Vater ergänzte: „Ein Mann und ein Mädchen, beide völlig durchnässt, auf einer einsamen Insel, in einer Höhle am Lagerfeuer."

„Herr Vollmer", so langsam wurde ich wütend, „das sind doch ganz offensichtlich Ihre Fantasien, die Sie jetzt herauslassen. Ich möchte noch einmal und das in aller Deutlichkeit erklären", ich machte bewusst eine Pause, „dass es dem Bericht von Pauline nichts hinzuzufügen gibt."

„Und eigentlich hatte ich von Ihnen erwartet", fuhr ich fort, „dass Sie dankbar dafür sind, Ihre Tochter gesund wiedersehen zu können."

„Wer's glaubt …", sagte da die Mutter. Ich beachtete ihren Einwand nicht.

Jetzt aber explodierte Pauline förmlich, die nach dem Ende ihres Berichtes kein Wort mehr gesprochen hatte.

„Dann fasst euch doch einmal an eure eigenen Nasen, bevor ihr andere verdächtigt."

Ich beschloss, die Anklagebank zu verlassen und zu gehen. Also erhob ich mich, Widerstand erwartend. Der erfolgte seltsamerweise nicht. Ich ging zu meinem Zelt. Mir war nach Aufschreiben zumute.

Am Abend kam Pauline herüber, setzte sich zu mir. Ich legte mein Manuskript zur Seite, schaute sie an.

„Hast du noch ein Bier übrig?"

Ich blickte fragend zum Camper hinüber.

„Die sind nur noch mit sich selbst beschäftigt."

Wir sprachen kaum, hatten mit dem Boden der Bierflaschen angestoßen. Dann sagte Pauline: „Sie sind kurz vor uns zurückgekommen, hatten in einer Bucht vor Caprera geankert und dort übernachtet, um den Sturm vorüberziehen zu lassen."

Später, es war noch nicht dunkel, stand sie auf und blickte in die Richtung, wo die kleine Insel, verborgen durch eine vorgelagerte Halbinsel, lag.

„Ich will noch einmal hinüberschauen", sagte sie und lief zu der Halbinsel hin.

Da ich meine Vergesslichkeit kannte, hatte ich mir vorgenommen, noch an diesem Abend alles aufzuschreiben. Ein Kaffee, ein Tisch und ein Stuhl wären jetzt das Richtige, dachte ich und ging hinüber zur Bar. Schön wäre es, überlegte ich, als der Espresso vor mir stand, die Geschichte, an der ich arbeitete, auch aus Paulines Sicht zu kennen.

Den Ansatz dazu sollte mir Pauline am nächsten Morgen liefern.

Das Geräusch von einem Dieselmotor weckte mich. Ich döste noch eine Weile vor mich hin, bis mir bewusstwurde, dass es der Motor des Wohnmobils sein konnte. Sofort zog ich den Reißverschluss, klappte den Zelteingang hoch und sah den Platz, an dem ihr Auto gestanden hatten - leer.

Vor meinem Gesicht baumelte etwas. Ich kroch hinaus. An der Firststange hing eine Plastiktüte. Darin fand ich ein zusammengefaltetes Blatt Papier. Ich las:

„Lieber Werner,

wenn du diesen Brief liest, sind wir schon auf dem Weg nach Olbia, zum Hafen. Meine Eltern haben gedrängelt, weshalb ich Dich nicht geweckt habe, um mich von Dir zu verabschieden. So sage ich Dir auf diese Weise auf Wiedersehen und bedanke mich bei Dir für die Gespräche und das Abenteuer.

Lieber Werner, ich würde mich freuen, Deine Geschichte lesen zu können. Hier meine E-Mail-Adresse: pauline-vollmer@wtx.de. Und dann habe ich da noch eine Idee. Wie wäre es, wenn ich das, was ich mit Dir erlebt habe, aus meiner Sicht aufschreiben würde? Total fiktiv natürlich!?

Also Werner, mach´s gut.

Pauline"

Auf der einen Seite war es mir ganz recht, dass ich ihren Eltern nicht mehr begegnen musste, andererseits hätte ich mich schon gerne von Pauline verabschiedet. Aber, was hätte sie mir zum Abschied anderes sagen können, als das, was in dem Brief stand? Aber ich, ich hätte ihr sagen können, dass ich mich in ihrer Gegenwart wohl gefühlt und ihre Offenheit geschätzt habe. „Gut", dachte ich, „die Möglichkeit, ihr das zu sagen, bestand ja noch, hatte ich doch ihre E-Mail-Anschrift." Und natürlich war ich gespannt auf ihre Interpretation der Ereignisse.

**

Zwei Wochen war ich nun schon wieder zu Hause in Weilburg an der Lahn. Noch am Tage meiner Rückkehr hatte ich den Computer eingeschaltet und eine Nachricht an Pauline gesandt. Ich hatte ihr geschrieben, dass ich auf ihre Geschichte gespannt sei und dass ich mir vorstellen könnte, sie mit der meinen zu verbinden. Ich wollte ihr keine übertriebenen Hoffnungen machen, da ich ja überhaupt nicht wusste, ob Stil und Inhalt mir zusagen würden. Ich hatte inzwischen meine Geschichte fertig geschrieben und sie anderen Kurzgeschichten hinzugefügt, die ich demnächst an meinen Verlag zu senden gedachte.

Von der Verbindung unserer beiden Storys erhoffte ich mir einen für mich interessanten Effekt in der Weise, dass etwas von zwei so unterschiedlichen Menschen gemeinsam Erlebtes von beiden auch differenziert empfunden und wiedergegeben werden kann.

Endlich, ich hatte die Hoffnung, von ihr zu hören schon aufgegeben, erreichte mich ihre Nachricht.

„Lieber Werner", schrieb sie, „entschuldige bitte, dass ich mich erst heute melde, aber ich hatte einiges zu verarbeiten. Hier nun meine Geschichte."

***

Da musste ich lachen

In Livorno fuhren wir auf die Fähre, die uns über Nacht nach Olbia brachte. Wir standen mit dem Wohnmobil auf dem Deck der Fähre und konnten in unseren eigenen Betten schlafen.

Wir wollten auch, mehrmals Rast einlegend, von Olbia nach Palau und von dort aus, der Nord-West-Küste folgend, bis nach Porto Torres fahren. Von dort aus sollte es über Sassari, Tempio-Pausana und Arzachena nach Cannigione zum Campingplatz gehen.

Von hier aus wollten wir Bootsfahrten und Tauchgänge durchführen.

Schließlich trafen meine Eltern und ich auf Isuledda, so hieß der Campingplatz, ein. Wir fanden einen schönen Stellplatz in der Nähe des Strandes.

Kurz nach unserer Ankunft lernte ich Werner kennen. Er saß vor seinem Zelt und schaute zu uns herüber. Meine Mutter bat mich, ihn zu fragen, ob der Platz, wo wir standen, noch frei war.

„Entschuldigung", sagte ich. Er stand sofort auf und sah mich auffordernd an.

Getroffen war ich von seinem Blick. Groß, sportlich und braun gebrannt schaute er auf mich herab. Im ersten Moment hatte ich vergessen, was ich ihn fragen wollte. Dann erinnerte ich mich und übermittelte die Frage meiner Mutter. Doch er wusste keine Antwort und verwies mich an die Rezeption. Ich ging zurück, sagte es meiner Mutter. Die machte sich sofort auf den Weg.

„Lass uns zum Strand gehen und das Wasser testen", sagte ich zu meinem Vater. Eigentlich war es mir egal, ob er mitging oder nicht. Ich wollte nur an Werner, da wusste ich noch nicht, dass er so hieß, vorübergehen. Er lächelte mich an.

Kaum dass wir die Sache mit dem Platz geregelt hatten, zog ich mich um. Drei Bikinis hatte ich eingepackt. Ich nahm den roten. Dann blies ich meine Luftmatratze auf, fragte sicherheitshalber, ob ich noch etwas helfen könne, und als mein Vater verneinte, ging ich hinunter an den Strand und legte mich so, dass ich Werner beobachten konnte. Vor seinem Zelt lag ein Kanu.

„Ein wenig Sonne muss schon sein", sagte ich, nahm mein Handtuch und legte mich in einiger Entfernung in den warmen Sand. Ich sah hinüber zu Werner, niemand war in der Nähe. Ich schob meine Hand unter meinen Bauch in das Bikinihöschen. Das war ein so schönes Gefühl, dass ich meine Augen schließen musste. Erschrocken schaute ich hoch, als in der Nähe eine Möwe schrie. Ich blieb noch ein wenig liegen und ging dann zurück zu Werner.

Er sagte, er wolle heute noch nach Cannigione fahren, mit dem Kanu. So gut es ging, versuchte ich meine Freude zu verbergen, als er auf meine Frage hin einwilligte, mich mitzunehmen. Sofort holte ich die Dinge, die er mir auftrug.

Er half mir beim Einsteigen, indem er das Boot festhielt und mir seine Hand reichte.

Bald fuhren wir auf eine kleine Insel zu und Werner erzählte von der Bedeutung, die diese Insel für die Bewohner der Umgebung hat. Ich sah den Sandstrand und bat Werner, dort an Land gehen zu dürfen. Er war einverstanden und kaum, dass wir ausgestiegen waren, erfuhr ich etwas über die Ureinwohner Sardiniens und deren Kunst.

Ich schaute in den Himmel und entdeckte dort die ersten aufziehenden Wolken. Und noch etwas entdeckte ich, eine Höhle. Von dem Augenblick an hoffte ich, dass uns auf der Rückfahrt ein Sturm zwingen würde, hier zu übernachten.

In Cannigione angekommen, sprach Werner mit einem Mann, der auf dem Steg stand. Der erlaubte uns, dass Boot für eine kurze Zeit festzumachen.

Ich genoss den Blick des Mannes, der uns sicher für ein Paar hielt.

Schon unterwegs drängte Werner zur baldigen Rückfahrt, denn inzwischen waren dunkle Wolken aufgezogen, und der Wind hatte ein wenig an Stärke zugenommen.

Eingestiegen, bot ich an zu paddeln. Werner lehnte das kategorisch ab, und übernahm sofort die Paddel. „Welch ein Glück dachte ich, das Wetter wird zusehends schlechter."

Doch bald bekam ich Angst, wir könnten kentern und deshalb die Insel nicht rechtzeitig erreichen. Ich schaute hinter mich, sah Werners zuversichtlichen Blick und wurde ruhiger. Ohne Hast, aber mit kräftigen Zügen trieb er das Kanu an.

Plötzlich sah ich sie vor uns. „Die Insel", brüllte ich, als uns eine Welle umwarf.

Zum Glück spürte ich Grund unter meinen Füßen. Werner drehte das Boot wieder herum. Neben mir sah ich eine der Plastiktüten schwimmen, in die wir im Supermarkt den Einkauf gesteckt hatten, ergriff sie und warf sie ins Kanu. Dann zog ich das Boot an Land.

„In die Höhle", hörte ich Werner rufen. Das musste er mir eigentlich nicht sagen, hatte ich mir doch genau das erhofft. Und auch das, was dann passierte.

Bis auf die Sachen, die wir anhatten, war alles trocken geblieben – nur das Handy hatte seinen Geist aufgegeben. Also konnten wir keine Hilferufe versenden, mussten bleiben.

Auf dem Weg zur Höhle hatte ich trockenes Holz entdeckt, das holte ich jetzt.

Bald brannte ein Feuer und der Blick in die Flammen erwärmte mich bereits.

Am liebsten hätte ich meine nassen Klamotten ausgezogen und zum Trocknen aufgehängt. Werner hatte die Höhle verlassen. Was würde er denken, käme er zurück und fände mich nackt vor dem Feuer sitzen. So schön die Vorstellung war, ich wagte nicht, es zu tun. So setzte ich mich vor das Feuer, spreizte meine Beine und genoss die Wärme. Auch so würde meine Hose trocknen, dachte ich.

Werner kam herein, setzte sich mir gegenüber, griff in eine der Tüten und warf mir einen Pfirsich zu. Dann erzählte er mir etwas von einem Tante-Polly-Test. Die Geschichte kannte ich, denn ich hatte das Buch gelesen. Trotzdem tat ich interessiert, wollte ihn nicht verärgern. Als er mit dem Erzählen fertig war, schaute er mich erwartungsvoll an.

„Verstehe, aber was soll ich machen, ich bin doch kein Junge und außerdem ist meine Bikinihose noch nass. Also, halt es aus Werner. Wenn du aber noch mehr solcher schönen Geschichten kennst, lass hören."

Dann sagte er etwas ganz Tolles: „Ja, zum Beispiel die von Pauline, einer mutigen und sehr attraktiven jungen Frau, die es schafft, einen alten Mann für sich zu begeistern."

„Von wegen alter Mann", entgegnete ich und etwas leiser fügte ich hinzu, „in den ich mich verliebt habe." Doch das war wohl in den Sturmgeräuschen untergegangen.

Eine Zeit lang schwiegen wir. Dann sprachen wir über meine Berufsabsichten und anderes Allgemeines.

Ich hatte Durst, und wir tanken von dem Bier, das Werner in Cannigione gekauft hatte. Wir hatten ja nichts Anderes.

235

War es dessen Wirkung oder die des Feuers oder einfach die entspannte Situation, jedenfalls war ich richtig müde geworden. Nacheinander gingen wir raus zum Pinkeln. Als ich zurückkam, legte ich mich ans Feuer und schlief sofort ein.

Irgendwann in der Nacht wurde ich wach. Ich lag mit dem Hintern zur Feuerstelle gewandt. Dort war mir warm, vorne herum fror ich. Ich setzte mich auf. Das Feuer war fast heruntergebrannt und dementsprechend dunkel in der Höhle. Ich ging hinaus, um neues Holz zu sammeln. Zurückgekommen ließ ich das Feuer auflodern. Werner schien fest zu schlafen. Er saß mit dem Rücken an die Felswand gelehnt. Sein Kopf war ihm auf die Brust gesunken. Er hatte seine Beine gespreizt, sicher um den Halt zur Seite nicht zu verlieren. „Ob er wohl träumte, fragte ich mich, „und wenn ja, von wem? Ich würde es wohl nie erfahren", dachte ich, „es sei denn ... „

Ich ging zu ihm herüber und fuhr leicht mit der Hand über sein Haar. Da schreckte er hoch. „Was ist los?" Er starrte mich an. „Nichts", sagte ich, „schlaf weiter, ich habe nur noch etwas Holz aufgelegt."

„Dann ist es ja gut", sagte er, ließ den Kopf sinken und schien sofort wieder einzuschlafen.

Ich setzte mich wieder auf meine Seite, betrachtete Werner, der leicht schnarchte. Auch ich lehnte mich nun mit dem Rücken an die Felswand, schloss die Augen und bin dann wohl ebenfalls eingeschlafen.

236

Wieder war es die Kälte, die mich weckte. Ich stand auf und ging hinaus. Es dämmerte bereits. Die Wolken waren verschwunden, der Sonnenaufgang kündigte sich an, indem sich das Meer am östlichen Horizont rot färbte.

Das möchte ich mit ihm zusammen erleben, nahm ich mir vor. Ich ging zurück in die Höhle und weckte ihn, indem ich leise seinen Namen rief.

***

Er sah meine Tränen nicht, als wir hinuntergingen zum Kanu.

Und später, zuhause in Dillenburg, wartete ich.

„Was erwartete ich von einem Wiedersehen", fragte ich mich, welche Erwartungen hegte ich? Was wusste ich von ihm?

Werner Brauer, freischaffender Schriftsteller, einundvierzig Jahre alt. Das war alles. Ich hatte keine Ahnung davon, wie er lebte.

Ich war sechszehn, also fünfundzwanzig Jahre jünger als er. Aber gleiche Interessen, die hatten wir. Er schrieb und ich liebte die Literatur, wollte Journalistin werden, also auch schreiben.

Ich sah uns im gemeinsamen Arbeitszimmer sitzen, jeder vor seinem Notebook, er einen Roman überarbeitend, ich einen Artikel schreibend. Am Abend würden wir uns gegenseitig unsere Texte vorlesen und kritisieren.

Dann, wenn wir uns eine größere Wohnung angeschafft hätten, wollte ich Kinder haben, zwei, zuerst einen Jungen und dann das Mädchen.

„Spinn nicht", sagte ich zu mir und rechnete weiter. Mit achtzehn das Abitur, mit dreiundzwanzig der Abschluss meiner Ausbildung. Drei Jahre Berufspraxis, da wäre ich sechsundzwanzig und Werner schon über fünfzig.

Und wenn er dann unseren Sohn zu Schule fahren würde und der dort sofort zu seinen Kumpels rannte: „Hast du keinen Vater, dass dich dein Opa bringt?"

Da musste ich lachen und tat es laut.

„Worüber lachst du", fragte mich meine Mutter aus der Küche heraus.

„Ach", sagte ich, „ich habe da an etwas denken müssen."

Was ist Werner, lachst du nun auch über meine Spinnereien?

Ende mit Schrecken

Rot leuchtete es am Telefon, was mir sagte, dass jemand während meiner Abwesenheit angerufen hatte. Ich drückte die Taste, und es erschien eine Telefonnummer, die mir unbekannt war. Ich zögerte, gab es doch immer noch, obwohl verboten, Werbeanrufe.

Schließlich siegte meine Neugier.

„Tamara Krug", meldete sie sich. Meine Überraschung war groß. Lange schon hatte ich nichts mehr von ihr gehört, von der Freundin aus vergangenen Tagen. Eine kurze Affäre, damals für uns beide, aus der echte Freundschaft geworden war. Alles konnten wir uns sagen, ohne Angst haben zu müssen, dass das Gesagte einem von uns beiden zum Nachteil gereichte. Ihr durfte ich blind vertrauen, erzählen, was ich niemandem sonst mitteilen konnte. Dann war Tamara weggezogen, einer neuen Liebe folgend.

„Mensch Tamara, wie oft habe ich gerade in der letzten Zeit an dich gedacht, mich nach deiner kritischen Zuneigung gesehnt."

„Landmann", sie nannte mich manchmal mit meinem Nachnamen, „nun übertreib mal nicht. Gesehnt, was für ein großes Wort."

„Doch, doch, gerade jetzt habe ich ihn nötig, deinen Rat."

„Lass mich raten, eine Frau?"

„Ja, was denn sonst? Alle anderen Probleme lassen sich schließlich rational lösen."

„Und jetzt soll ich dir einen irrationalen Rat geben?"

„Schön Tamara, deine Ironie gefiel mir schon damals. Aber sag, wie es dir ergangen ist, seit unserem letzten Gespräch."

„Nun, Landmann, es geht mir gut, seitdem ich es aufgegeben habe, auf den Märchenprinzen zu hoffen. Wenn ich einen Mann brauche, und mir einer gefällt, sage ich einfach: ‚Sparen wir uns das Geplänkel, ich würde gerne eine Tasse Kaffee mit Ihnen schlafen.' Tut er darauf schockiert, weiß ich, dass er doof ist, und schicke ihn zum Teufel."

Immer noch die Alte, dachte ich, offen, ehrlich und unzweideutig.

„Ja, Tamara, wenn das immer so einfach wäre."

„Du willst sie also noch nicht zum Teufel schicken?"

Ich fühlte mich wieder einmal darin bestätigt, dass ich mich besser Frauen als Männern anvertrauen konnte, gerade dann, wenn es um so etwas ging.

„Ich kann es nicht, weil ich sie liebe."

„Ach du Scheiße, jetzt wird es kompliziert."

„Tamara, wo bist du gerade?"

„In Frankfurt."

„Am Main?"

„Ja."
240

„Hast du Zeit?"

„Ja."

„Dann komm doch einfach her, ich hol dich am Bahnhof ab."

„Gut, ich ruf dich von unterwegs an, sage, wann ich ankomme."

Dann stand ich am Bahnsteig und war gespannt darauf, wie sie wohl jetzt aussehen mochte.

Damals war sie, wie sie es selbst nannte, straßenköterblond, vollschlank und unauffällig.

Erst auf den zweiten Blick hin erkannte ich sie wieder: blond, vollschlank, anthrazitfarbenes Kostüm, high heels, Minirollkoffer. Also bleibt sie über Nacht, dachte ich, während ich auf sie zuging. Wir schlossen uns in die Arme, begrüßten uns so, als hätten wir uns erst gestern getrennt.

„Hast du heute schon etwas gegessen", fragte ich sie.

„Kaum."

„Ich weiß noch, was du magst. Das habe ich vorbereitet."

„Bruschetta?"

„Genau."

„Na dann."

Später erzählten wir von uns. Ich war schon immer ein guter Zuhörer, unterbrach sie nicht. Dann, ich hatte eine Flasche Vermentino di Gallura geöffnet, ihr davon eingeschenkt, mir selbst ein Kellerbier geholt, prosteten wir uns zu. Sie blickte mich erwartungsvoll an.

„Also Kay, was ist nun mit der Frau, die du nicht zum Teufel schicken kannst?"

Ich erzählte, wie ich Judith Gähler kennengelernt, dass ich geglaubt hatte, in ihr meine letzte Liebe gefunden zu haben und nun zweifelte.

„Und warum zweifelst du?"

„Sie hat mich total verändert. Du weißt, lange Telefongespräche und Liebesbriefe, nein, das war bisher nichts für mich. Und jetzt, vier Stunden, bis tief in die Nacht hinein hängen wir an der Leitung, sprechen und diskutieren zum Beispiel über Politisches auf der Grundlage einer gemeinsamen Weltanschauung, versichern uns unserer Liebe, planen für die Zukunft."

„Ja, das ist doch schön, Landmann."

„Schon, aber …"

„Warum ist da das aber, Landmann?"

„Es vergeht kein Gespräch, dass sie nicht in irgendeinem Zusammenhang ihre erste, aber unerfüllte große Liebe erwähnt."

„Wie das?"

„Nun ja, Jugendliebe eben. Dann lange Trennung. Schließlich wiedergetroffen, Stunden voller Liebe erlebt und doch wieder getrennt. Er war und ist verheiratet.

Judiths Mann ist vor über einem Jahr verstorben, und sie hat, wie sie sagte, ihr zweites Leben begonnen, hat vor mir zwei Männer gehabt. Mit beiden hatte sie, wie mit mir, ständig von ihrer ersten großen Liebe gesprochen. Ich meinte einmal, weil mich das Gerede über diesen Mann nervte, ja eifersüchtig machte: ‚Weißt du was Judith, dieser Mann liegt immer zwischen uns im Bett.' Und was noch dazu kommt, Tamara, ich kann manchmal nicht richtig mit ihr schlafen, obwohl sie sehr zärtlich mit mir umgeht."

„Das heißt, du bekommst ihn nicht hoch?"

„Nicht immer, nein."

„Kompliziert, Landmann, aber lass mich überlegen."

Inzwischen waren Wein und Bier zur Neige gegangen. Ich nutzte ihre Nachdenkpause, kümmerte mich um entsprechenden Nachschub.

Als ich zurückkam, lag Tamara auf dem Sofa, ein Bein angewinkelt, ihre kräftigen Schenkel zur Hälfte entblößt, den Blick anscheinend ins Leere gerichtet. Ich setzte mich, füllte die Gläser, wartete.

Schließlich drehte Tamara ihren Kopf in meine Richtung, schaute mich an, sagte aber noch nichts.

Ungeduldig werdend meinte ich: „Na los Tamara, sag schon, was du darüber denkst!"

Sie setzte sich aufrecht hin, nahm einen Schluck von dem Wein, stellte das Glas bedächtig auf die Tischplatte zurück.

243

„Landmann", begann sie endlich, „du weißt, dass zwischen uns nur Freundschaft übriggeblieben ist. Das ist gut so und soll auch so bleiben. Morgen werde ich es sein, die deinen Rat brauchen wird."

„Mensch Tamara, bitte komm doch endlich zur Sache."

„Geduld Landmann, so einfach liegt der Fall nicht."

„Ich verstehe, Frau Doktor."

„Ich bin zwar Psychologin, promoviert habe ich aber immer noch nicht, werde ich auch nicht mehr, in meinem Alter. Also gut, meine Meinung: Deine Judith kann ihre Jugendliebe nicht vergessen. Obwohl der Mann ihr keine Hoffnung macht, zehrt sie von den wenigen glücklichen Stunden, immer noch auf eine Fortsetzung hoffend. Um aber daran nicht verzweifeln zu müssen, beginnt sie mit einem anderen Mann eine Beziehung, wie um sich damit zu betäuben. Bald reicht das nicht mehr, und sie braucht eine stärkere Droge, also einen neuen Mann. Und jetzt bist du derjenige, mit dem sie sich von ihrer eigentlichen Liebe abzulenken versucht. Vielleicht glaubt sie ja wirklich, dich zu lieben, glaubt, dass du ihr das Vergessen erleichtern kannst. Sie lügt nicht, wenn sie sagt, sie liebe dich."

Tamara stand auf, ging wieder ans Fenster, schaute hinunter auf die Straße, gab mir damit Zeit, über das Gesagte nachzudenken. Irgendwie fühlte ich mich bestätigt, hatte Ähnliches in Betracht gezogen. Ich fragte nach.

„Und, wie sieht er aus, dein Rat?"

Tamara, als hätte sie meine Frage erwartet, antwortete prompt: „Ich sehe zwei Möglichkeiten. Die eine, du wartest ab, wie es sich entwickelt, was dir sicher nicht leichtfallen wird."

„Und die zweite?"

Tamara setzte sich auf die Lehne meines Sessels, legte ihren Arm auf meine Schulter, streichelte meine Wange mit ihrer Hand.

„Die andere, du stellst sie vor die Wahl."

„Und wie soll das gehen?"

„Wenn sie es mit dir ernst meint, könnte sie dem Mann schreiben, dass sie nichts vergessen, nun aber endlich wieder lieben kann, einen Mann, der ihr zu geben vermag, was sie sich bisher nur von ihm, ihrer ersten Liebe erhofft hat."

„Ja, und dann Tamara?"

„Da gibt es wieder zwei Möglichkeiten", sagte sie und schwieg.

„Na los Tamara, sag schon!"

„Also, entweder ist der Mann froh darüber, deine Judith endlich los zu sein, schreibt ihr ein paar unverfängliche Abschiedsworte, wünscht ihr Glück, oder …"

Tamara hatte sich wieder erhoben, ging erneut zum Fenster, wohl um mich nicht ansehen zu müssen, bei dem, was sie zu sagen hatte.

„Oder", fragt ich, und glaubte schon zu wissen.

„Oder er steht andern Tags vor ihrer Tür."

„Verstehe, Tamara", sagte ich, und dachte, es sei gut, dass sie mir zwei Möglichkeiten aufgezeigt, mich aber nicht zu der einen oder anderen gedrängt hat.

Schließlich redeten wir über vergangene Zeiten, auch über den kurzen, aber schönen Weg, da sind wir uns einig, den wir gemeinsam gegangen waren.

Ein Frühstück, wie damals, englisch eben. Dann brachte ich sie zum Bahnhof. Der Zug hielt, sie stieg ein, wandte sich in der noch offenen Tür um, schaute mich an, ich wusste nicht wie, sagte: „Alors, écoutez-moi, Lan, also hör mir zu Lan, so hatte sie mich früher, in glücklichen Stunden manchmal genannt, und erinnerte mich damit an ihre frankophile Ader. „Wenn er denn vor der Tür stehen sollte, und du nicht weiterweißt, lass es mich wissen, oder besser, komm einfach."

Und dann, der Zug setzte sich gemächlich in Bewegung, tat ich etwas, was man heute auf Bahnhöfen kaum noch zu sehen bekommt, zog mein Taschentuch aus der Hosentasche und winkte ihr damit, bis der Zug meinen Blicken entschwunden war.

arbet

Sie liebten sich beide

Sie liebten sich beide, doch keiner

Wollt es dem andern gestehn;

Sie sahen sich an so feindlich,

Und wollten vor Liebe vergehn.

Sie trennten sich endlich und sahn sich

Nur noch zuweilen im Traum;

Sie waren längst gestorben,

Und wussten es selber kaum.

H. Heine, 1823

Das erste Mal fuhr er mit dem Auto, hatte sich die Strecken-führung ausgedruckt.

Trotzdem wurde eine Irrfahrt daraus. Zum Glück kann er in seinem Wagen das Beifahrerfenster automatisch bedienen. So kann er Passanten nach der Kurfürstenstraße fragen.

Das nächste Mal fahre ich mit der Bahn, nahm er sich vor.

Vielleicht liegt es auch am Alter, denkt er, als er jetzt im Zug sitzt. Nach Gießen dauert es nur zehn Minuten, da lohnt es sich nicht, mit Lesen zu beginnen oder sich auf die Sitzung vorzubereiten. Das nimmt er sich für die Strecke nach Frankfurt vor.

Es wird anders kommen.

In Gießen steigt er um, hat fünfzehn Minuten Zeit. Im Bahnhofskiosk kauft er sich die „junge Welt". Der Name der Zeitung täuscht, hat Tradition. Er glaubt, die Zeitungsverkäuferin hätte ihn doch etwas skeptisch angeschaut. Arne ist fünfundfünfzig, wird aber oft auf fünfundvierzig geschätzt, was ihm schmeichelt.

Er hat die Wahl, Parterre oder Oberdeck. Arne bleibt unten. Die Sitzreihenformationen wechseln, hintereinander und solche gegenüber. Er setzt sich auf eine Bank, hintereinander. In der Reihe vor ihm sitzt eine junge Frau, die ihr Gepäck ordnet. Blondes Haar, hochgesteckt, breites Gesicht, das den sibirischen Einschlag vermuten lässt, ideal zum Schminken, hatte er letztens jemand sagen hören. Arne getraute sich nicht, sich ihr gegenüber hinzusetzen. Züge rucken nicht mehr an, kaum spürt er Fahrbewegungen. Jetzt hat er Zeit, sucht und findet das Protokoll der letzten Sitzung.

Dann spürt er plötzlich die Bremsbewegung. Er schaut hinaus: kein Bahnhof, freie Strecke. Ein Haltesignal, denkt er, liest weiter.

Hin und wieder schaut er durch die Lücke zwischen den beiden Sitzen. Jetzt blickt sie ihn an. „Da ist bestimmt etwas passiert, so lange hat er hier noch nie gestanden."

„Sie fahren diese Strecke öfter?"

248

„Zwei, drei Mal die Woche."

Dann die Durchsage: „Ein Ereignis auf der Strecke zwingt uns zum Halt auf unbestimmte Zeit."

„Na toll, das kostet mich Arbeitszeit."

Sie nimmt ihr Handy, wählt.

„Der Zug hält auf freier Strecke für unbestimmte Zeit wie der Zugführer meint, ich komme später."

Arne sieht noch keinen Grund anzurufen, hat noch Zeit.

„Bestimmt wieder ein Selbstmord, soll hier schonmal passiert sein."

„Darf ich mich zu Ihnen setzen?"

„Ja, gerne."

Arne rafft die Papiere zusammen, verstaut sie in seiner Tasche, setzt sich ihr gegenüber.

Sie kommen ins Gespräch, finden Gemeinsames. Sie ist fünfundzwanzig, studiert Pädagogik, in Gießen.

Ihr leichter Akzent lässt ihn fragen.

„Kasachstan."

Selten, aber immer wieder passiert es. Man redet mit jemandem zum ersten Mal und hat plötzlich das Gefühl man kennt sich schon lange.

Er sagt es, sie bestätigt.

Schnell vergeht die Zeit, kaum bemerkt er die Bewegung. Schade, denkt er, schaut auf die Uhr und stutzt.

„Hallo Sven, ich komme später."

„Kein Problem, Arne, wir fangen schonmal an."

Sie arbeite, sagt sie, an einigen Tagen in der Woche in Frankfurt, bediene in einem Café, finanziere damit ihr Studium.

„Was machen Sie in Frankfurt?"

„Parteisitzung, Kommunistische Partei."

Ohne nachzudenken hat er die Wahrheit gesagt, was ihn wundert. Sofort spürt er ihr Ressentiment, obwohl sie dieses nicht in Worte fasst. SED – Stalinismus – Vertreibung von der Wolga nach Kasachstan.

Sie scheint seine Gedanken zu erraten. „Ich kann nicht vergessen, was meine Großeltern erlebt haben."

Arne entgegnet nichts, will die Stimmung nicht noch weiter trüben.

„Ich kenne die Kurfürstenstraße. Sie können an der Station Frankfurt-West aussteigen, gehen dann durch den Park, gegenüber dem Bahnhof, und schon sind Sie da."

Der Zug hält.

„Das ist schon Frankfurt-West."

Arne rafft schnell seine Sachen zusammen.

„Tschüss."

„Tschüss."

Warum habe ich sie nicht gefragt, ist das Erste, was er denkt, als er auf dem Bahnsteig steht. Er kennt weder ihren noch den Namen des Cafés, in dem sie arbeitet.

Sie geht ihm in den nächsten Tagen nicht aus dem Kopf. Längst ist er wieder zu Hause, in Wetzlar, in der Weißadlergasse. Dann die Idee. Heute ist Mittwoch. Mittwoch, nächster Woche, 17.30 Uhr, Bahnsteig drei, Gießen.

Um 17.15 Uhr steht er auf dem Bahnsteig. Er hat einen Platz an der Haupttreppe gewählt, kann von hier aus dem ganzen Bahnsteig überblicken.

Sie schaut verdutzt, erkennt ihn aber sofort wieder.

„Wieder zur Parteisitzung?"

„Nein, ich bin Ihretwegen hier, habe gehofft, Sie wieder zu treffen."

„Sie sind offen, dann bin ich es auch. Wir haben uns gut unterhalten letzte Woche, und dabei möchte ich es auch belassen."

Arne weiß nicht, was er sagen soll. Inzwischen ist der Zug eingefahren. Sie nickt ihm zu, wendet sich zum Einsteigen. In der Tür dreht sie sich noch einmal um. „Mittwochs und freitags arbeite ich im Café Mainbrücke."

* * *

Er findet das Café und hat Glück. Arne stellt sich vor. Sie heißt Katja, hat in zehn Minuten eine Pause.

Sie laufen ein Stück und setzen sich im Park auf eine Bank.

„Mein Freund und ich, wir studieren beide an der Gießener Uni. Seit einem Monat wohnen wir auch zusammen. Wir werden heiraten."

Was soll er sagen? Eine Stellungnahme verbietet sich für ihn, sowohl in der einen als auch in der anderen Frage.

Stattdessen erzählt er von sich. Erzählt von der Trennung, die nun schon ein Jahr zurückliegt, von seiner Arbeit als Lehrer an einer Gesamtschule in Wetzlar.

Und auch heute vergeht die Zeit wie im Fluge.

„Wann haben Sie Feierabend?"

Sie zögert. „Ich möchte eigentlich nicht ..." Sie lässt offen, was sie eigentlich nicht möchte.

„Um sieben."

Es ist wie bei ihrer ersten gemeinsamen Bahnfahrt, doch schon zehn Minuten vor der Ankunft des Zuges in Gießen werden sie einsilbig.

Draußen, im Bahnhofsparkhaus stehen sie sich gegenüber. Abschiedsumarmung, sie bietet ihm ihre Wange. Arne zögert, wartet, wie es ihm erscheint, eine Ewigkeit.

Katja wendet ihm ihr Gesicht zu. Flüchtig berühren sich ihre Lippen.

Hastig wendet sie sich ab, fast, dass sie rennt. Sie dreht sich nicht um. Arne schaut ihr nach, bis sie ihr Auto erreicht hat und eingestiegen ist.

Er setzt sich in seinen Wagen, braucht Zeit zum Nachdenken. Warum verhält sie sich so abweisend-zuwendend? Wenn sie sich ihrer Liebe zu ihrem Freund sicher ist, warum lässt sie sich dann von mir auf den Mund küssen?

Freitag fährt er wieder hin.

Sie will den nächsten Zug nehmen. Zwei Stunden haben sie Zeit. Sie erzählt von ihren Großeltern, von der Vertreibung nach Kasachstan. Sie erzählt von dem Leid, das sie ertragen mussten, aber auch davon, dass ihr Großvater vorgehabt hatte, wären die Deutschen in ihr Dorf an der Wolga gekommen, mit diesen zusammenzuarbeiten, an ihrer Seite gegen Stalin zu kämpfen.

„Doch er", und damit meinte mein Opa Stalin, „kam mir zuvor."

Ihr Gespräch hat nur selten Berichtscharakter, meist äußern sie ihre Gedanken, Eindrücke und Meinungen. Sie lernen sich immer besser kennen.

Ein paar Mal berühren sich ihre Hände, als sie zum Bahnhof gehen.

In Gießen dann der Abschiedskuss, wieder auf den Mund.

Als er am Mittwoch nach Frankfurt fährt, überlegt er, wie er es ihr sagen soll.

„Ich würde gerne mit dir schlafen", klingt blöd, denkt er, denn schlafen will er ja nicht.

„Ich will mit dir ficken", nein, das hört sich zu brutal an.

Dann wäre es beinahe passiert, ohne Worte. In Gießen, im Parkhaus, in ihrem Auto.

„Arne, das geht nicht", sagt sie, „ich liebe Oliver. Bitte, hole mich nicht mehr ab. Und außerdem, du bist mehr als doppelt so alt wie ich."

Ihr Blick ist plötzlich kalt. In der Nacht träumt er von ihr. Er träumt weiter, was in ihrem Auto begann. Der Traum endet vorher.

Weder am Mittwoch noch am Freitag. Nicht um 17.30 Uhr und nicht am Bahnsteig drei. Doch in der Woche darauf.

„Ich hab' ihm alles erzählt, wollte ihn verlassen. Er rannte aus unserer Wohnung, sprang ins Auto. Als es klingelte, und ich die Tür öffnete, wusste ich es, ohne dass der Polizist ein Wort hatte sagen müssen. Absicht oder nicht, keiner weiß es."

Arne weiß wieder einmal nicht, was er sagen soll. Beileid? Er sagt nichts.

„Ich fühle mich schuldig", sagt sie, bevor sie sich vor dem Bahnhof von ihm verabschiedet. Umarmung, kein Kuss.

Die Sache mit Jutta

1956, ich war fünfzehn Jahre alt, übte Westberlin auf mich eine große Anziehungskraft aus. Die bunte Warenwelt, Westernkinos, verbilligt für Ostbesucher, waren für meine Freunde und mich das, was wir begehrten.

Meist haben wir uns sogenannte Wildwest-Filme angesehen. An Zeitungskiosken kauften wir Heftchenromane, deren Helden unter anderem Tom Prox und Jack Morlan hießen, wenn ich mich richtig an die Namen erinnere.

Zu dieser Zeit fanden wir Jungs, wenn wir mit dem Fahrrad in der Wuhlheide unterwegs waren, Flugblätter aus Pergamentpapier, so groß wie eine Postkarte, dicht bedruckt mit Informationen zur politischen Situation in der „Zone". Genau kann ich mich noch an eine Aufforderung am Schluss eines Textes erinnern: „Streut Sand in die Getriebe und Zucker in die Benzintanks!" Unterschrieben war der Text von einer „Kampfgruppe gegen Unmenschlichkeit". Wir sammelten einige davon auf, nahmen sie mit nach Hause und zeigten sie unseren Eltern. Mein Vater lobte mich dafür, wies mich aber auch auf die Gefahr hin, die mit der Weitergabe dieser Flugblätter verbunden war. Das machte die Angelegenheit für mich noch interessanter.

Ich erzählte Jutta, einer Kollegin, davon, und sie gestand mir, dass auch sie Wildwestfilme und Heftchenromane, allerdings eher die Arzt- und Heimatromane, liebte. Jutta war drei Jahre älter als ich. Sie hatte den Oberschulabschluss gemacht und erlernte jetzt wie ich den Beruf eines Betriebsschlossers im VEB Kabelwerk Oberspree. Später wollte sie Maschinenbau studieren, wollte Ingenieurin werden. In der Lehrwerkstatt stand sie an der Werkbank neben mir, in der Betriebsberufsschule saßen wir am selben Tisch.

Wenn der Ausbilder außer Sichtweite war, legten wir die Feile beiseite, taten so, als kontrollierten wir die Maße unserer Werkstücke, unterhielten uns über alles Mögliche. Heute machte sie mir zwei Vorschläge, die mein Leben beeinflussen sollten.

„Weißt du was Klaus, wir könnten doch einmal zusammen nach Westberlin fahren. Warst du schon einmal im Amerikahaus am Nollendorfplatz? Dort kann man völlig umsonst interessante Filme über die USA anschauen.“

Ich verneinte und schlug vor, am kommenden Sonnabend zuerst über die Oberbaumbrücke nach Westberlin zu gehen, wo ich mir von dem Geldgeschenk meiner Westberliner Tante eine Jeans kaufen wollte.

„Gut“, meinte sie, „und anschließend ins Amerikahaus.“

Bei nächster Gelegenheit, wieder war der Ausbilder außer Sichtweite, erzählte sie mir, dass sie in der Betriebssportgemeinschaft Tennis spiele. Das wusste ich nicht, bekundete aber mein Interesse an diesem Sport.

„Dann komm doch einfach heute Nachmittag mit. Der Trainer wird da sein, vielleicht nimmt er dich ja auf.“

So kam es. Ein paar Schläge, und der Trainer meinte, ich hätte Talent, sollte wiederkommen. Er müsse leider jetzt weg, aber die Jutta könne mich ja schon mal einweisen.

Manchmal ging ich mit ein paar Kollegen nach der Arbeit an die Spree zum Baden. Deshalb zog ich mir morgens anstatt der Unterhose eine Badehose an. So auch heute. Badehose und Turnhemd, Sportschuhe trugen wir so wie so, so stand ich Jutta auf dem Tennisplatz gegenüber. Und die jagte mich von einer Seite auf die andere, ans Netz und an die Grundlinie – lange Bälle, kurze Bälle. Nach einer Stunde war ich total erledigt und völlig durchgeschwitzt.

„Und jetzt, ab ins Wasser", rief Jutta und lief schon, mir voraus, hinunter ans Ufer der Spree. Noch im Laufen entledigte sie sich all ihrer Klamotten, hechtete ins Wasser. Ich zögerte kurz, tat es ihr dann aber gleich.

Gerade näherte sich in der Flussmitte ein Schlepper, der sechs Lastenkähne hinter sich herzog.

„Los, wir machen, wer am längsten auf dem Kahn bleibt!"

Ich kannte das Spiel. Die Lastenkähne hatten außer einem Hund keine Besatzung an Bord. Der aber vertrieb jeden, der es wagte, auf den Kahn zu klettern. Gewonnen hatte, wer sich zuletzt vor ihm durch einen Sprung ins Wasser rettete. Etwa zehn Sekunden standen wir sprungbereit. Für mich Zeit genug, einen Blick zur Seite zu werfen.

Der Köter näherte sich laut kläffend, hätte mich zuerst erreicht. Sekundenbruchteile vor Jutta sprang ich.

„Du hast verloren, also musst du mich jetzt küssen", befahl sie später in der Umkleidekabine.

Mein erster Kuss, und der auch noch zur Strafe, konnte der Auftakt zu meiner ersten Liebe sein, hoffte ich. Doch es sollte anders kommen.

Am Sonnabend trafen wir uns am S-Bahnhof Warschauer Straße. Bevor wir zum Amerikahaus fuhren, wollte ich drüben im Westen etwas kaufen.

Zu zweit würde ich mich sicherer fühlen, zumal ich wusste, dass verboten war, was ich vorhatte – Devisenschmuggel.

In der Verkaufsbude probierte ich verschiedene Jeans an, ließ mich von Jutta beraten. Schließlich behielt ich die gekaufte an und zog meine alte Hose darüber, hoffte, so unbehelligt die Grenze überqueren zu können.

Die Spreemitte bildete die Sektorengrenze und kaum gelangten wir auf Ostberliner Gebiet, winkte mich ein Volkspolizist, zu sich hin. Jutta und ich folgten der Aufforderung, in der Annahme, die neue Hose loszuwerden. Der Polizist blickte mich strafend an. Dann, wahrscheinlich wegen meines belämmerten Gesichtsausdrucks, lächelte er und sagte: „Ziehe sie das nächste Mal höher, dann schaut sie nicht unten heraus. Und nun verschwindet, aber schnell, ehe ich es mir anders überlege."

Auf der Toilette am S-Bahnhof Warschauer Straße zog ich die alte Hose aus und warf sie in einen Mülleimer.

„Sieht schau aus", meinte Jutta zu meiner Jeans, als wir im Zug saßen.

Angekommen führte mich Jutta durch verschiedene Besucherräume – Ausstellungen, Filme, Informationsmaterial. Sie kannte sich hier offensichtlich gut aus. Später meinte sie, man wolle mit uns reden, hätte uns einen Vorschlag zu machen.

Worum es sich dabei handelte, erfuhr ich, als wir einem gewissen Mister John in seinem Büro bei Kaffee und Plätzchen gegenübersaßen.

„Ihre Freundin", und dabei wies er auf Jutta, „hat mir berichtet, dass auch Sie Interesse an einer Zusammenarbeit mit uns haben."

Ich war verdutzt, schluckte ein paar Mal, bis ich fragen konnte, um was es dabei ginge.

„Nun", meinet er und es klang wie „well", „von Miss Jutta weiß ich zum Beispiel, dass Sie von der Politik der Zonenmachthaber nicht viel halten. Das stimmt doch, oder?"

Ich zögerte, bekam es jetzt doch ein wenig mit der Angst zu tun, musste plötzlich an die Flugblätter denken, die wir in der Wuhlheide gefunden hatten, sagte schließlich: „Na ja."

Und doch wollte ich genauer wissen, was dieser Mister John von mir wollte. Der musste wohl meine Antwort als Einverständnis ausgelegt haben, zumal er einen kurzen Blick auf Jutta warf, die kaum merklich mit dem Kopf nickte. Da wurde mir endgültig klar, dass es da Gespräche gegeben haben musste.

Der Mann blickte mich wieder freundlich an und erklärte: „Nun, wie Sie sicher wissen, werden in der Zone Menschen, die eine andere Meinung als die des SED-Regimes vertreten, verfolgt und eingesperrt. Manchmal werden sie gefoltert und sogar hingerichtet."

Mein Vater hatte mir davon erzählt. Allerdings hatte der seine Informationen aus den Sendungen des Rundfunks im amerikanischen Sektor, RIAS, von dem ich seit der Sache mit den Pappmaschee Wänden nicht mehr allzu viel hielt.

Mister John fuhr fort: „Also, meine Organisation, die Kampfgruppe gegen Unmenschlichkeit, setzt sich für die in der Zone politisch Verfolgten Menschen ein, auch indem sie deren Angehörige finanziell unterstützt, ihnen im Notfall zur Flucht in den Westen verhilft. Wir leisten auch Aufklärung, indem wir zum Beispiel Flugblätter verteilen."

Jetzt war mir klar woher dieser Mann kam, und ich dachte an die Pergamentpapiere, die wir in der Wuhlheide gefunden hatten. Doch von der dort geforderten Sabotage sagte Mister John nichts. Als ahnte er meine Gedanken: „Sie werden verstehen Klaus, dass ich Ihnen noch nicht mehr über unsere Arbeit sagen kann. Fragen Sie später, sollten Sie sich für eine Zusammenarbeit mit uns entschieden haben, einfach Ihre Freundin hier", und er deutete auf Jutta, die sich mir zuwandte und vielsagend lächelte. Mister John erhob sich hinter seinem Schreibtisch, was ich als Zeichen für ein Ende des Gesprächs deutete. „See you later", sagte er, ging zur Tür und hielt sie uns auf.

Zunächst sprachen wir nicht, auch nicht in der U-Bahn. Doch dann, auf der Straße, hielt ich es nicht mehr aus, wollte endlich mehr erfahren. Das sagte ich ihr.

„Kann ich mich darauf verlassen Klaus, dass alles, was du bisher gehört hast und was ich dir noch sage, unter uns bleibt?"

Da dachte ich an das Bad in der Spree und den Kuss, und ich wusste, dass ich Jutta nicht verraten könnte.

„Du hast mein Wort, Jutta."

„Wir verteilen Flugblätter."

„Und was steht da drauf?"

„Na über Stalin zum Beispiel, dass der wie Hitler ein Verbrecher war. Dass die Männer in Pankow nur das machen, was ihnen ihre Chefs in Moskau befehlen. Dass man als Arbeiter in der Zone für die Freiheit kämpfen muss, indem man Sabotage übt, zum Beispiel Sand in die Getriebe der Maschinen oder Zucker in die Motoren streut. Oder dass die die Kommunisten hier unfähig sind, Deutschland wieder aufzubauen und so …

In dem Augenblick fiel mir die Sache mit der Stalinallee ein und ich erzählte Jutta davon:

„Also, meine Tante, die ist in der SED, und wenn sie uns besucht, gibt es meistens Streit. Einmal sagte mein Vater zu ihr: „Weißt du Edith, was ich neulich im RIAS gehört habe?"

„Nein, aber du wirst es mir sicher gleich sagen."

„Ja, die haben gesagt, dass die Ulbricht Leute da an der Stalinallee Pappmaschee Wände aufstellen, um die Menschen glauben zu machen, dass dort Wohnhäuser errichtet worden seien."

Meine Tante lächelte wissend, sagte aber nichts dazu.

Wochen später war sie wieder bei uns zu Besuch.

„Du Gerhardt, ihr habt doch hier in eurer Wohnung kein Bad?"

„Das weißt du doch, Edith."

„Na ja, ich möchte euch einladen. Einmal die Woche könnt ihr bei mir baden."

Mein Vater schaute sie erstaunt an, und sie fuhr fort: „Ich habe nämlich in der Stalinallee eine dieser Pappmaschee-wohnungen bekommen, mit Bad, Fahrstuhl und Müllschlucker, versteht sich."

Jutta lachte nicht, wie ich es erwartet hatte, sagte zunächst kein Wort, schien nachzudenken. Inzwischen waren wir in die Nähe der Wohnung ihrer Eltern gelangt. Die seien übers Wochenende zu Besuch bei Freunden, drüben in Westberlin, hatte sie mir, als wir uns trafen, zu verstehen gegeben. Also war ich voller Hoffnung.

Jetzt blieb sie stehen, sah mir in die Augen – Wehmut in den Ihren.

„Du Klaus, ich glaube, es ist besser, wenn du alles vergisst, was du heute gehört hast. Und das mit uns … denk daran, ich bin drei Jahre älter als du."

Sie hielt mir ihre Hand hin. „Dann bis Montag. Und Klaus bitte, halte dich an dein Versprechen."

***

Tennis wurde zu meiner großen Leidenschaft. Zu Anfang spielte ich nur, um sie sehen zu können. Ich kam in den Kader. Training, Wettkämpfe, Fahrten in Trainingslager, alles für eine halbe Ostmark im Monat.

Und noch einem Sport widmete ich mich, dem Segelfliegen. Dazu bin ich der Gesellschaft für Sport und Technik beigetreten. Schöne Wochenenden auf einem ehemaligen Militärflugplatz am Rande Berlins. Arbeit am Flugzeug, dem „Schulgleiter 38", Lagerfeuerabende, Musik und Tanz ließen mich Jutta vergessen.

Erste Flugversuche, Starten und Landen standen auf der Tagesordnung.

Dann, kurz vor der ersten Flugprüfung, eröffneten mir meine Eltern, dass sie die Absicht hätten, in den Westen zu Verwandten meines Vaters zu flüchten. Ich war erst siebzehn Jahre alt, also noch nicht volljährig. Doch auch mich lockte der Westen, mit seinen ungeheuren Konsumangeboten.

Als Zonenflüchtlinge bekamen wir schnell eine Wohnung, zumal meine Eltern nachweisen konnten, im Osten politisch verfolgt worden zu sein. Ich wusste, dass ihre Fluchtgründe, die sie an entsprechender Stelle kundtaten, nicht stimmten.

Auf dem Bau bekam ich eine Arbeitsstelle als Hilfsarbeiter, verdiente gut und konnte mir bald die schwarze Lederjacke kaufen, von der ich früher geträumt hatte.

Doch am Arbeitsplatz gab es Gehänsel. „Berliner Icke" wurde ich genannt und „Rucksackdeutscher". Bei einem Streit mit meinem Vorarbeiter meinte dieser schließlich, ich wäre besser „drüben geblieben".

Abends am Biertisch mit Kollegen und dem Vorarbeiter fühlte ich mich genötigt, die Gründe für meine Flucht aus der Zone zu benennen.

Ich berichtete von einem Freund, der ein zonenfeindliches Flugblatt weitergegeben hatte, und dafür von der STASI ins Jugendgefängnis gekommen sei.

Ich erzählte, dass ich gerne dem Tennisverein meines Betriebes beigetreten wäre, dazu aber der kommunistischen Jugendorganisation hätte beitreten müssen, was ich nicht wollte.

Ich erwähnte einen Freund, der das Segelfliegen lernte, und mir davon vorgeschwärmt hatte. Ich wollte das auch, doch wieder war der Beitritt zur FDJ die Vorbedingung. Und schließlich, dass ich mir von meinem mühsam ersparten Geld in Westberlin eine Jeans gekauft hätte, die mir der VOPO an der Grenze geklaut habe.

264

Der Vorarbeiter und die Kollegen hatten mir interessiert zu-gehört. Von da an war ich einer der Ihren, wurde nicht mehr gehänselt.

Ich hatte von meinen Eltern gelernt.

ISBN 978-3-7575-0043-6

www.epubli.de